Edgar Wallace

L'ATROCE RICATTO DELLA RUGGINE VERDE

Edizione integrale

COMPAGNIA DEL GIALLO
GRUPPO NEWTON

Personaggi principali

Stanford Beale
detective

Dottor van Heerden
uno scienziato disonesto

James Kitson
avvocato

Oliva Prédeaux Cresswell
una ragazza molto corteggiata

John Millinborn
ricco zio di Oliva

Illustrazione in copertina di Alessandro Denci Niccolai

Titolo originale: *The Green Rust*
Traduzione già pubblicata anonima nel 1934 nei "Gialli Economici Mondadori" opportunamente riveduta e aggiornata

ISBN 88-8183-878-8

Il Giallo Economico Classico - Numero 172 - 24 gennaio 1998 - Pubblicazione settimanale - Direttore responsabile: Raffaello Avanzini - Registrazione n. 151 del 5 aprile 1993 presso il Tribunale di Roma - Fotocomposizione GI Grafica Internazionale s.r.l., Roma - Stampato per conto della Finedim s.r.l., Compagnia del Giallo, Roma, presso la Rotolito Lombarda S.p.A., Pioltello (MI) su carta Ensobulky della Cartiera di Anjala, distribuita dalla Enso Italia s.r.l., Milano - Distribuzione nazionale per le edicole: A. Pieroni s.r.l., Viale Vittorio Veneto, 28 - Milano - telefono 02-29000221, telex 332379 PIERON I - telefax 02-6597865 - Consulenza diffusionale: Eagle Press s.r.l., Roma.

1. La fine di John Millinborn

– Non so se ci sia una legge che possa impedirmelo, James; ma se c'è, tu devi trovare il modo di eluderla. Sei avvocato e conosci tutti i trucchi. Sei il migliore amico che io abbia mai avuto e farai questo per me.

Il vecchio morente fissò i suoi occhi in quelli di colui che lo osservava con compassione e vi lesse l'assenso che chiedeva.

Non si può immaginare differenza maggiore di quella che esisteva fra quell'uomo giacente sul letto e l'esile figura che gli sedeva accanto. John Millinborn, con le sue ampie spalle e l'ossatura gigantesca che ancora, nei suoi ultimi giorni, davano l'idea della forza enorme di cui era stato dotato, aveva sempre amato la vita all'aria aperta, dove la sua grossa voce e i suoi gesti larghi potevano liberamente espandersi; mentre James Kitson, il quale durante la giovinezza era stato uno studioso assiduo e diligente, aveva trascorso gli anni maturi entro uffici polverosi e aule odoranti di muffa, tra scartafacci ingialliti e vecchi libri di legge rilegati in cuoio scorticato e consunto.

Eppure fra questi due uomini, l'armatore milionario e il fortunato avvocato, esisteva, nonostante la diversità dei gusti e dei modi di vivere, un'amicizia tenace e profonda. "Strano però", pensava Kitson guardando il suo amico, "che la morte si porti via il forte e lasci il debole".

– Farò il possibile, John. Ma è una grande responsabilità quella che tu lasci alla ragazza, si tratta di un milione e mezzo di sterline.

L'ammalato annuì.

– Mi libero da una responsabilità molto più grande, James. Mio padre lasciò, alla sua morte, 100.000 sterline a mia sorella e a me. Io ho fatto fruttare la mia metà; lo sai bene. Mia sorella era ricca e ostinata; ciò fu causa di gravi dolori per lei. Sapendo che era ricca, gli uomini della peggior risma la circondarono; e scelse il peggiore fra i peggiori.

Si interruppe per riprender fiato.

– Sposò un mascalzone che la rovinò e poi la lasciò senza un soldo, con un cumulo di debiti e una bambina di un mese. La povera Grace morì e lui riprese moglie. Cercai di avere la piccina, ma lui la tenne con sé come ostaggio. Dopo due anni, persi ogni traccia della bimba, né mi fu possibile sapere più nulla. Solo un mese fa compresi la ragione di questo. L'individuo era un farabutto internazionale, ricercato dalla polizia. Arrestato a Parigi, era stato condannato col suo vero nome, mentre il nome sotto il quale aveva sposato mia sorella era falso. Uscito di prigione conservò il suo nome: di conseguenza, anche quello della bambina fu cambiato.

L'avvocato annuì.

– E tu desideri che io...?

– Che tu, dopo aver registrato il testamento, ti metta in cerca di Oliva Prédeaux. Sai che questa persona non esiste. Ma sai anche il nome della ragazza, e inoltre ti ho detto dove vive. Non troverai nessuno che conosca Oliva Prédeaux: suo padre scomparve quando lei aveva sei anni e probabilmente è morto; la sua matrigna l'ha allevata senza saper nulla della sua parentela con me; poi è morta e la ragazza ha sempre lavorato, fin dall'età di 15 anni.

– Non bisogna trovarla?

– Finché non si sposa. Veglia su di lei, James; spendi tutto ciò che vuoi, ma non esercitare su di lei alcuna autorità a meno che non veda che sta per prendere un marito che non va...

La sua voce, che si era alquanto alzata di tono ricordando un po' dell'antica forza, si spezzò improvvisamente, e la grossa testa ricadde indietro sui guanciali.

Kitson si alzò e andò verso la porta, che aprì. Essa metteva in uno spazioso salone dalle cui ampie finestre spalancate si vedevano i vasti terreni del Sussex. In una poltrona accanto ad una finestra sedeva un uomo che, col mento in una mano, fissava sul pendio lontano i campi divisi a scacchiera. Era un uomo sulla trentina, con una barbetta a punta: udendo l'avvocato entrare nella stanza si alzò.

– Che c'è? – chiese.

– Credo che sia svenuto. Vuole andare da lui, dottore?

Il giovane si avvicinò al letto a passi rapidi e silenziosi ed esaminò brevemente l'ammalato. Prese una siringa sul tavolinetto accanto al letto e la riempì col liquido contenuto in una boccettina. Quindi, scoprendo un fianco del malato, iniettò lentamente il medicinale. Rimase per un istante a fissare l'uomo privo di sensi, quindi tornò nel salone dove James Kitson lo attendeva.

– Ebbene?

Il dottore scosse la testa.

– È difficile formulare un giudizio – disse tranquillamente. – Il cuore è tutto sconquassato. Non ha un medico di famiglia?

– No, che io sappia. Ha sempre odiato i dottori; e in vita sua non è mai stato ammalato. Mi sorprende che abbia tollerato la sua presenza.

Il dottor van Heerden sorrise.

– Non ha potuto farne a meno. Si è sentito male nel treno che lo conduceva qui ed io ero per caso nello stesso scompartimento. Mi ha pregato di accompagnarlo, e da allora sono rimasto. È strano – soggiunse – che un uomo ricco come il signor Millinborn non abbia un domestico che viaggi con lui e che viva solo in questo... via, è poco più di una casa rustica.

Malgrado la sua ansietà, James Kitson sorrise.

– È un uomo che detesta tutto ciò che è ostentazione. Credo che in tutta la sua vita non abbia mai speso più di mille sterline all'anno per sé... Credete che sia prudente lasciarlo solo?

Il dottore spalancò le braccia.

– Non posso far nulla. Non ha voluto che chiamassi uno specialista, e credo che abbia avuto ragione. Non si può far più nulla per lui. Tranquillità...

Tornò accanto al letto e l'avvocato lo seguì. John Millinborn sembrava dormisse d'un sonno inquieto; dopo un breve esame i due uomini tornarono nel salone.

– Si è eccitato troppo. Immagino che abbia fatto il suo testamento.

– Sì – rispose brevemente Kitson.

– L'ho immaginato vedendo che lei ha chiamato il cuoco e il giardiniere per far da testimoni.

Il dottor van Heerden tamburellò con la punta delle dita sui denti. Era un suo tic nervoso.

– Vorrei avere un po' di stricnina – disse improvvisamente. – Potrebbe servire... in caso...

– Può mandare un domestico; o posso andare io – rispose Kitson. – Crede che nel villaggio si possa avere?

Il dottore annuì.

– Non le chiedo di andare lei – riprese. – Ho mandato l'automobile a Eastburne per prendere alcune cose che non si trovano qui. Andare fino al villaggio è una passeggiata un po' lunga; d'altronde, temo che il farmacista non darebbe a un domestico la quantità che mi occorre, anche con una mia ricetta. Capirà – aggiunse sorridendo – sono un forestiero, qui.

– Andrò con piacere; la passeggiata mi farà bene – replicò il legale con energia. – Qualunque cosa io possa fare per prolungare la vita del mio povero amico...

Il dottore sedette al tavolo e scrisse la ricetta che porse all'altro con qualche parola di scusa.

Hill Lodge, la villetta di John Millinborn, era collocata in cima a una collina; la strada per recarsi al villaggio era lunga e scoscesa. A metà del cammino, cioè a poco meno di un chilometro, la strada attraversava una piantagione di giovani frassini. Qui John Millinborn aveva iniziato, nei primi tempi del suo soggiorno a Hill Lodge, l'allevamento di pochi fagiani. Nell'entrare nella piantagione, Kitson udì un rumore di rami smossi. Il rumore era troppo forte per essere prodotto da un coniglio selvatico o da qualche uccello impaurito. Incuriosito, Kitson scrutò attraverso il denso fogliame. Era un po' miope e a tutta prima non riuscì a vedere la causa dello strepito. Ma udì una voce rauca:

– Credo di aver violato i confini – e nello stesso tempo vide un uomo che gli veniva incontro.

Mostrava una certa vivacità, ma il suo aspetto era assai poco piacevole. Poteva avere tanto sessanta come cinquant'anni. Il suo abito, sudicio e lacero, era di buon taglio; la camicia era sporca, ma il colletto sfilacciato era inamidato e la cravatta sgualcita era ornata da un cammeo.

Fu però il volto dello sconosciuto ad attrarre l'attenzione di Kitson. V'era qualcosa di particolarmente cattivo in quel viso gonfio, in quegli occhi opachi che ammiccavano sotto le folte sopracciglia nere. Le labbra grosse e molli si aprirono a un sorriso, quando l'avvocato indietreggiò di un passo per evitare il contatto con quell'uomo disgustoso.

– Violato i confini... Dio mio: Io violare... buffo, molto buffo! – E scoppiò in una lunga risata roca e asmatica, che a un tratto interruppe per lasciar prorompere un torrente di parole, le più volgari che l'avvocato avesse mai udite.

– *Pardon, pardon* – esclamò d'improvviso. – Il signore è uomo di mondo, eh? Comprenderà quindi che quando vi vengono fatte delle ingiustizie... – Frugò nella tasca del panciotto e trovò un monocolo cerchiato di nero, che incastrò nell'orbita. Nell'aspetto di quel lercio rottame d'umanità c'era qualcosa di talmente laido e ripugnante che l'avvocato si sentì fisicamente disgustato.

– Violare i confini, santo Dio! – L'uomo era tornato al suo primo argomento, e la sua voce era beffarda e stridente.

Kitson non aveva ancora aperto bocca; ma finalmente la sua ripugnanza vinse il suo contegno regolarmente calmo.

– Che cosa fate qui? – chiese con severità. – Siete in una proprietà privata; portate altrove il vostro brutto ceffo.

L'uomo lo guardò e rise.

– Ho violato i confini! – sogghignò. – Violato i confini! Benissimo! Servitor suo!

Si levò il cappello floscio (l'avvocato vide che era calvo) e volgendo le spalle riprese a camminare tronfio e impettito attraverso la piantagione. Non era quella la via giusta per uscire, e Kitson fu tentato di seguirlo per cacciarlo via dalla proprietà. Ma pensò all'urgenza del medicinale e continuò la sua strada verso il villaggio. Al ritornò guardò nel punto in cui aveva incontrato lo sconosciuto, ma non c'era alcuna traccia di lui.

– "Chi sarà stato?" – si chiese. – "Qualche disgraziato cui non resta forse che il ricordo di passati splendori e che forse nutre in sé un odio impotente verso i fortunati".

Era passata quasi un'ora quando giunse trafelato alla sommità del colle su cui sorgeva la villetta. Il dottore era seduto accanto alla finestra.

– Come sta?

– Press'a poco lo stesso. Ha avuto una crisi. Ha portato la stricnina? Non le so dire quanto le sono grato.

Prese il pacchetto e lo posò sul davanzale, mentre Kitson entrava in casa.

– Francamente, dottore, che probabilità crede che vi possano essere?

Il dottore si strinse nelle spalle.

– Non credo che riprenderà conoscenza.

– Santo cielo!

La tragica rapidità di quanto accadeva colpì profondamente l'avvocato. Lui aveva vagamente pensato che probabilmente sarebbero passati giorni, settimane, prima della fine. Istintivamente si sentì spinto verso la camera ove giaceva il suo amico. Il dottore lo seguì.

John Millinborn stava supino, gli occhi chiusi, il volto cinereo. Kitson si fermò, i suoi occhi si inumidirono e posò la mano sulla fronte ardente del malato.

– John, John – mormorò, e voltò il capo altrove, con gli occhi pieni di lacrime.

Si asciugò il volto col fazzoletto e andò verso la finestra, guardando fuori la serena bellezza del paesaggio. I verdi pendii erano punteggiati dalle macchie bianche del bestiame al pascolo, e sotto le finestre le aiuole apparivano screziate di fiori variopinti.

– James, James!

Si volse rapidamente. Era la voce di John Millinborn.

– Presto, vieni...

Il dottore era rientrato nella stanza e si avvicinava al letto.

Millinborn si era levato a sedere e Kitson vide che fissava il dottore con occhi spalancati.

– James, mi ha...

La sua testa si piegò pesantemente sul petto e il dottore la riappoggiò lentamente sul guanciale.

– Che c'è, John? Dimmi...

– Temo che non vi sia più nulla da fare – mormorò il dottore nel rimettere a posto le coperte.

– È morto? – mormorò l'avvocato impaurito.

– No, ma...

Fece cenno all'altro di seguirlo nel salone, e Kitson, dopo un'occhiata al vecchio che giaceva immobile, lo seguì.

– Una cosa stranissima... chi è quell'uomo?

Attraverso la finestra aperta, il dottore accennava alla goffa figura di un uomo il quale discendeva in fretta e incespicando per il sentiero che conduceva alla piantagione.

Kitson lo riconobbe immediatamente. Era lo strano individuo che aveva incontrato nella piantagione. Ma nella fretta con cui lo straccione camminava, nella maniera in cui agitava le braccia, si scorgeva qualcosa di pauroso che fece dimenticare all'avvocato la tragica atmosfera che lo circondava.

– Dov'è stato? – chiese.

– Chi è?

Il volto del dottore era pallido e teso come se anche lui sentisse l'orrore di quella fuga frenetica.

Kitson tornò nella stanza del moribondo, ma sulla soglia si fermò pietrificato dal raccapriccio.

– Dottore... dottore!

Il dottore seguì lo sguardo dell'altro. Qualche cosa colava dal letto sul pavimento. Kitson strinse i denti, e avvicinatosi al letto, levò via le coperte.

Indietreggiò con un grido, perché dal fianco di John Millinborn sporgeva il manico d'avorio di un coltello.

2. L'ubriacone

La sala di chirurgia del dottor van Heerden occupava uno dei quattro ambienti che costituivano il pianterreno della Casa Krooman. L'edificio era stato costruito da un ricco filantropo il quale aveva voluto fornire di appartamentini modello le classi professionali che hanno bisogno di alloggi modesti in una buona località e a prezzo modico.

Il dottore aveva istallato da sei anni la sua sala di chirurgia e medicazione in quell'edificio. Durante la guerra era stato sospettato di simpatie col nemico, ma nessuna prova era stata addotta contro di lui, e benché fosse nato a Cranenburg – che è la stazione prussiana di frontiera sulla linea Rotterdam-Colonia – il suo nome era indubbiamente olandese.

Infischiandosi di qualunque sospetto, lui era riuscito a crearsi una posizione solida e redditizia. Una stanza del suo appartamento – che era il più grande di tutti – era stata adibita a laboratorio, perché il dottore aveva la passione delle ricerche scientifiche. Il misterioso assassinio di John Millinborn gli aveva procurato una pubblicità non priva di vantaggi. Il fatto che fosse stato in relazione col miliardario gli aveva dato una certa fama.

La sua opinione, che cioè il delitto fosse stato compiuto da qualcuno penetrato dalla finestra mentre i due uomini erano nell'altra stanza, era stata generalmente accettata, perché la polizia aveva trovato delle orme sulle aiuole, certamente attraversate dall'assassinio. Però esse non erano valse e far rintracciare il cencioso individuo visto dall'avvocato Kitson. Com'era comparso, era scomparso misteriosamente.

Tre mesi dopo il delitto, il dottore si trovava sulle scale dell'ampio vestibolo che conduceva agli appartamenti, e osservava l'andirivieni dei passanti. Erano le sei pomeridiane e le strade erano animate da numerose commesse e operaie che tornavano dal lavoro.

Aveva medicato l'ultimo paziente della giornata e la porta della "bottega", con le sue verdi vetrine, era stata chiusa. I suoi occhi vagavano fra il marciapiedi di fronte e l'estremità di Oxford Street quando, a un tratto, sussultò. Una fanciulla veniva verso di lui. Con quella eleganza che mette la fanciulla ricca e l'operaia a uno stesso ingannevole livello, indossava un abito di *serge bleu* di taglio severo. Era una semplice giacchetta con collettino bianco, e un cappellino le copriva, senza nasconderla, una massa di capelli che, al sole che la feriva alle spalle, davano l'impressione di un nimbo d'oro. Aveva occhi profondi e pensosi, di quella pensosa saggezza propria a coloro che hanno sofferto o han visto altri soffrire; il suo nasino era diritto, e le labbra rosse e carnose. Ma si potevano descrivere minutamente i lineamenti di Oliva Cresswell senza tuttavia riuscire a spiegare il fascino emanante da lei, che non proveniva né dal suo pallore d'avorio, né dalla figura snella, né dall'atteggiamento grazioso della sua testolina, né dal riso schietto che le faceva brillare gli occhi.

Lei alzò la mano con un gesto semplice e con un luminoso sorriso salutò il dottore.

– È un pezzo che non la vedo, miss Cresswell.

– Due giorni – rispose la giovane con gravità – ma immagino che i dottori, conoscendo tutti i segreti della natura, abbiano qualche medicina straordinaria per sostenersi anche in un frangente simile.

– Non sia cattiva verso la mia professione – rispose il dottore ridendo – e non sia sarcastica, lei che è così giovane. A proposito, non le ho mai chiesto se ha poi cambiato appartamento?

Lei scosse la testa.

– Miss Millit dice che non può spostare.

– È abominevole – replicò il dottore con aria seccata. – Le ha detto di Beale?

Lei annuì.

– Le ho detto: "Miss Millit, si è accorta che quel signore che abita di fronte a me è costantemente ubriaco da due mesi, cioè da quando è venuto ad abitare in casa Krooman?" "Le dà fastidio?" mi ha risposto. Ed io: "Gli ubriachi mi danno sempre fastidio. Il signor Beale torna a casa certe sere in condizioni che posso definire soltanto deplorevoli".

– E che cosa ha risposto?

La ragazza fece una piccola smorfia, poi divenne seria.

– Ha detto che se non mi parlava, non si occupava di me e non mi spaventava, la faccenda non mi poteva riguardare in nessun modo. – Rise scoraggiata. – Veramente, l'appartamento è così grazioso e così economico che mi dispiacerebbe andar via; lei non sa quanto le sono grata, dottore, per avermi sistemato qui... Miss Millit non è molto dolce con le signorine sole.

Fece una smorfia e rise.

– Perché ridete? – chiese lui.

– Penso allo strano modo in cui ci siamo conosciuti.

Le circostanze del loro incontro erano state veramente strane. Lei era impiegata come cassiera in un grande magazzino nel quale lui aveva fatto degli acquisti, pagando con un biglietto di cinque sterline che era risultato falso. La scoperta fu molto dolorosa per la ragazza, perché le toccò rimettere il denaro di tasca sua; e non era, per lei, piccola cifra. Poi era avvenuto il miracolo. Il dottore era venuto a scusarsi, aveva presentato la sua carta di visita e aveva dato delle spiegazioni. Il biglietto era stato da lui conservato a titolo di curiosità. Lo aveva avuto per errore ed era così perfettamente imitato che voleva farlo mettere in cornice. Ma involontariamente lo aveva poi confuso con l'altro denaro che aveva nel portafoglio.

– Lei ha cominciato con l'essere il furfante della favola, e ha finito con l'essere la mia buona fata – disse Oliva. – Non avrei mai saputo che qui c'era un appartamentino libero, se non me lo avesse detto lei; e la saggia miss Millit non mi avrebbe accettata se non fosse stato per riguardo a lei.

Si girò per andarsene, ma un'esclamazione irritata la trattenne.

– Che cos'è? Ah! Il numero 4.

Si avvicinò un po' più al dottore e guardò, con gli occhi socchiusi, la persona che veniva verso di loro.

– Perché fa quello... oh, ma perché lo fa? – chiese con impazienza. – Come si fa ad essere così sciocchi? Non riesco a capirlo!

"Quello" era, evidentemente, lo sforzo che la persona faceva per camminare sull'orlo del marciapiede come su una corda tesa. A parte un certo disordine nell'abbigliamento, una cravatta svolazzante e il cappello sudicio, il giovane aveva un aspetto abbastanza decente, che – in altre circostanze – sarebbe anche stato non spiacevole. Ma i capelli biondi ondeggianti sulla fronte e il cappello gettato all'indietro sulla nuca gli toglievano qualunque fascino. Il suo tentativo di conservare l'equilibrio sull'orlo del marciapiede, aiutandosi col bastone da passeggio che gli serviva da bilanciere, sarebbe sembrato buffo anche a una persona meno sensibile di Oliva.

Scivolò, riprese l'equilibrio con un piccolo grido, scivolò ancora e finalmente giunse senz'altri inconvenienti dinanzi alla porta della sua casa. Riconobbe il dottore e sollevò il cappello con gesto pomposo.

– Un tempo meraviglioso, caro Escu-escu-lapio – disse, strascicando un po' la voce, mentre i suoi occhi sorridevano lietamente – un tempo meraviglioso per i tripanosomi (come sono bravo, eh?) e tutti gli altri graziosi microbi.

Sorrise lievemente al dottore, senza accorgersi dello sguardo significativo di questi alla ragazza la quale si era ritratta indietro, sicché non sembrava prender parte alla conversazione.

– Vi lascio subito, dottore – proseguì – vado al piano di sopra, lontano dai cattivi odori della scienza e dai fatali allettamenti della bellezza. Piano di sopra, difficile salire quando si è stanchi... *per ardua ad astra* – con la fatica si arriva alle stelle – bel motto. Motto degli aviatori, il mio motto. Buona notte!

Si tolse nuovamente il cappello, si avviò barcollando per la larga scala di pietra e scomparve. Poco dopo si sentì sbattere la sua porta.

– Che orrore... eppure...

– Eppure? – fece il dottore.

– Mi è sembrato buffo. Mi è quasi venuto da ridere. Ma è terribile! È giovane ed ha avuto una buona educazione.

Scosse il capo con tristezza.

Si congedò dal dottore e salì al suo appartamentino. Sul pianerottolo si aprivano tre porte: i numeri 4, 6 e 8.

Lanciò uno sguardo di compassione al numero 4 nel passarvi davanti, ma nessun suono né voce indicavano la presenza del proprietario; quindi entrò nel numero 6 e chiuse la porta.

L'appartamento era di due stanze: un salotto e una camera da letto; poi il bagno e la cucina. L'affitto, notevolmente basso, rappresentava meno della quarta parte del guadagno settimanale della ragazza, e lei cercava di vivere il più comodamente possibile.

Accese il fornello a gas, vi pose sopra un pentolino e cominciò ad apparecchiare la tavola. Nella minuscola credenza c'era un po' di marmellata, un bricco col latte, un paio di pomodori, qualche frutto: insieme al tè rapidamente preparato, questa era la lauta cena dinanzi alla quale sedette col volto arrossato e perfettamente lieta. Pensava al dottore, ritenendosi fortunata di avere un così buon amico. Lui era così sensibile, così incapace di "sciocchezze": non cercava mai di prenderle la mano, come tanti stupidi clienti del magazzino, né aveva mai fatto un goffo tentativo per baciarla, come uno dei suoi colleghi.

Il dottore era diverso da tutti. Lei non avrebbe potuto immaginarlo seduto accanto a una ragazza nell'omnibus, tentando degli accostamenti col piede, o avviando la conversazione con un "Mi sembra di averla già incontrata altrove".

Mangiava lentamente, leggendo il giornale della sera e interrompendosi ogni tanto per lasciar vagare il suo pensiero. Quand'ebbe terminato era già buio e lei si alzò per girare l'interruttore della luce. Questa funzionava mediante un contatore automatico nel quale si metteva uno scellino, e che forniva altrettanta corrente per questo prezzo. Il contatore era nella stanza da bagno. A volte lo scellino bastava per una settimana; altre volte, dopo due giorni la luce cominciava a palpitare spasmodicamente e si spegneva.

Oliva ricordò che era passato già un certo tempo da quando aveva alimentato il contatore e cercò nella sua borsetta uno scellino. Trovò delle mezze corone, dei fiorini, delle monete di rame, ma nessuno scellino. Questa è la condizione cronica di tutti gli utenti di contatori automatici e lei accettò la constatazione con calma di fatalista. Rifletté. Doveva scendere a cambiare dal cortese tabaccaio all'angolo o doveva correre il rischio di rimanere al buio?

– Se non me ne vado io, te ne andrai tu – disse rivolgendosi alla luce; e questa palpitò minacciosamente.

Aprì la porta e si fermò sul pianerottolo. In quello stesso momento la luce dietro a lei venne a mancare. Il pianerottolo era scarsamente illuminato da una lampadina, alla cui luce Oliva chiuse la porta avviandosi verso la scala. Passando dinanzi al numero 4, notò che la porta era socchiusa e si fermò. Non voleva correre il rischio di incontrare l'ubriacone e tornò indietro. Si ricordò allora che il dottore abitava al n. 8; di solito quando lui era in casa si vedeva la luce della sua anticamera filtrare attraverso alle fessure della porta. Però, ora tutto era scuro. Vide un biglietto attaccato al battente e avvicinandosi lo lesse:

Tornerò alle 12. Aspettatemi.

Era uscito ed evidentemente aspettava una visita. Quindi non vi era altro da fare che correre il rischio di incontrare l'esuberante signor Beale. Scese le scale al volo e raggiunse la strada con un respiro di sollievo.

Il cortese tabaccaio, che era molto loquace quando parlava dei tedeschi e della Germania, la trattenne finché la sua pazienza fu esaurita; finalmente riuscì a liberarsi. Nell'attraversare la strada vide la figura di un uomo nell'androne semi-buio e si sentì mancare il cuore.

"Sei una grande sciocca", disse a se stessa.

Raggiunse coraggiosamente il portone e passò oltre senza guardare. Sbirciò però l'uomo con la coda dell'occhio, ma non riuscì a identificarlo; le parve piuttosto piccolo e grosso, ma non avrebbe potuto affermarlo con sicurezza. Salì le scale di corsa e voltò sul pianerottolo. La porta del n. 4 era ancora socchiusa; ma – ciò che era molto più grave – anche quella della sua camera lo era. Non vi era dubbio; fra lo stipite e l'orlo della porta c'erano cinque centimetri buoni; e lei si ricordava non solo d'aver chiuso ma di avere anche scosso il battente per accertarsene.

Spinse la porta e mosse un passo nell'interno, con un brivido.

Un rumore la fermò, piena di mortale spavento. Era uno scricchiolio e un fruscio come avrebbe potuto fare un cane strofinandosi contro una sedia.

– Chi c'è? – chiese.

Nessuna risposta.

– Chi c'è?

Fece un passo e urtò contro qualche cosa. Una grossa mano la afferrò per la manica della camicetta e lei udì un respiro affannoso.

Si morse le labbra per trattenere il grido che stava per sfuggirle e con uno strappo si liberò, lasciando un pezzo di manica nelle mani dello sconosciuto.

Indietreggiò in fretta, sbattendo la porta dietro di sé. In un balzo fu alla porta del n. 4, martellandola coi pugni.

– Ubriaco o no, è un uomo! Ubriaco o no, è un uomo! – balbettava incoerentemente.

Aveva battuto solo due volte quando la porta si aprì e Beale apparve sulla soglia.

– Che c'è?

Oliva non badò al tono della domanda.

– Un uomo... un uomo in casa mia – furono le parole che le uscirono di bocca, smozzicate, mentre mostrava la manica strappata – un uomo!

Lui la scostò e uscì sul pianerottolo.

– La chiave? – chiese rapidamente.

Lei gliela porse con mano tremante.

– Un momento.

Scomparve nel suo appartamento e tornò portando una torcia elettrica. Girò la chiave nella serratura del n. 6, mise la chiave in tasca e trasse, con grande stupore della ragazza, una corta rivoltella. Spinse la porta col piede e lei lo vide sparire nelle tenebre dell'interno.

– Mani in alto!

Era la sua voce, breve e minacciosa.

Una voce borbottò qualche cosa, agitatamente; poi Beale disse:

– Funziona la luce elettrica? Entrate pure; l'uomo è in salotto, immobilizzato.

Oliva entrò nella stanza da bagno: lo scellino scivolò nell'apertura e le lampade si accesero. In un angolo della stanza c'era un uomo, pallido, con aspetto sofferente e la testa troppo grande per il suo corpo. Aveva le braccia alzate e il suo labbro inferiore tremava per il terrore.

Beale lo perquisiva con rapidità.

– Niente armi. Va bene: potete abbassare le mani. Rovesciate le vostre tasche.

L'uomo disse qualche cosa in una lingua che la ragazza non comprese; Beale gli rispose nella stessa lingua. Mise sulla tavola il contenuto di una tasca e poi quello dell'altra, mentre Oliva lo osservava con gli occhi spalancati.

– Che cos'è questo?

Beale prese in mano un biglietto sul quale era scarabocchiato un numero che poteva essere tanto un 4 quanto un 6.

– Capisco – riprese Beale. – Ora le altre tasche... Capite l'inglese, vero?

L'uomo obbedì passivamente. Da una tasca interna uscì un astuccio di pelle che Beale aprì, trovandosi un pacchettino simile a quelli che contengono sali purgativi. Beale parlò aspramente in una lingua che la fanciulla comprese essere tedesco e l'uomo scosse la testa. Disse qualche cosa che sembrava significasse "Non va bene" e ripeté questo parecchie volte.

– Vi lascerò qui sola per qualche minuto – riprese Beale rivolto alla giovane – scendo con lui. Questione di poco.

Uscirono insieme; l'uomo con la testa grossa sembrava protestasse. Oliva udì i loro passi per le scale; quasi subito Beale risalì ed entrò nel salotto. E allora lei fu colpita da un fatto strano e inesplicabile: l'uomo non era affatto ubriaco. Il suo sguardo era limpido, le labbra ferme e i capelli, il cui disordine aveva tanto contribuito a dargli un aspetto sgradevole, erano accuratamente ravviati.

La guardò così seriamente che lei ne fu turbata.

– Miss Cresswell – cominciò tranquillamente – devo chiederle un gran favore.

– Sarò ben lieta, se posso – rispose Oliva sorridendo.

– Non le chiederò nulla di impossibile, malgrado il modo di vedere umoristico che hanno le donne. Desidero soltanto che non dica a nessuno ciò che è accaduto stasera.

– A nessuno? – Lei lo guardò stupita. – Ma il dottore...

– Neanche al dottore – e i suoi occhi ebbero un lampo. – Le chiedo questo come un favore particolare... Mi dà la sua parola d'onore?

Oliva rifletté un momento.

– Prometto – affermò dopo una pausa. – Non parlerò con nessuno di quell'orribile uomo da cui lei mi ha salvata...

Lui alzò la testa.

– La prego di comprendere una cosa, miss Cresswell. Desidero che lei non rimanga sotto un'impressione errata a proposito dell'"orribile uomo"... Lui aveva tanta paura quanta ne aveva lei, e non intendeva farle alcun male. Doveva venire da me: lo aspettavo.

– Lo aspettava?

Lui annuì.

– Dove?

– In casa del dottore – fu la risposta calmissima. – Van Heerden e io siamo rivali. Rivali nel campo scientifico, e io aspettavo quell'uomo capelluto per potermi impadronire di una cosa.

– Ma, ma... come poteva...?

– Avevo questa chiave – e la fece vedere. – Si ricordi che ho la sua parola d'onore. L'uomo che ho lasciato adesso è venuto su, ma non era sicuro se doveva entrare al n. 8, che è l'appartamento del dottore, o al n. 6: *la stessa chiave apre le due porte*.

Infilò la chiave nella toppa della serratura e la girò con facilità.

– Ecco ciò che aspettavo... era il meglio che il povero diavolo potesse fare.

Alzò il pacchetto e ne spezzò il sigillo. Spiegando accuratamente la carta, la posò sul tavola, lasciandone vedere il contenuto, che era una cucchiaiata di una sostanza simile a una fine segatura verde.

– Che cos'è? – sussurrò la fanciulla.

– Questa – rispose Beale scegliendo le parole con cura – è una discreta imitazione della Ruggine Verde, o meglio, per me, del Pericolo Verde.

– La Ruggine Verde? Che cos'è la Ruggine Verde? E che cosa fa? – chiese Oliva sbalordita.

– Spero che non lo sapremo mai. – E nei suoi occhi chiari passò un lampo di paura.

3. Un licenziamento

Avviandosi al lavoro, Oliva Cresswell s'accorse d'essere preoccupata. Era divenuta, senza volerlo, partecipe di un segreto; il giovane Beale, quel bevitore corrotto e dissoluto, l'aveva costretta ad accettarlo. Inoltre – e ricordava ciò con un sobbalzo – Beale era padrone di sé in modo sorprendente, per essere un uomo dedito al vizio e quindi di debole carattere.

Avrebbe dovuto informare il dottore, ch'era stato per lei un così buon amico? Le sembrava sleale, orribilmente sleale nascondergli il fatto che Beale era stato nella stanza di lui la sera prima.

L'omnibus la depose all'angolo dei grandi magazzini Punsonby. Sono questi i più grandi e i più noti fra i negozi d'abiti su misura che esistono a Londra, e Oliva poteva considerarsi ben fortunata della sua attuale posizione, poiché un impiego nella casa Punsonby equivaleva quasi – come sicurezza – ad un impiego governativo ed era, senza dubbio, assai meglio retribuito.

Entrando, diede un'occhiata al grande orologio che ornava l'ingresso. Era più che in orario, pensò fra sé, e stava per oltrepassare la grande porta vetrata attraverso la quale gli impiegati raggiungono i diversi reparti, quando si sentì toccare lievemente un braccio.

Si voltò e fu sorpresa nel vedere Beale, il quale aveva un aspetto singolarmente elegante, vestito d'un abito grigio d'ottimo taglio, con un cappello di feltro cinerino e un mazzolino di violette all'occhiello.

– Perdoni, miss Cresswell – disse cortesemente – posso dirle una parola?

Lei lo guardò dubbiosa.

– Preferirei che avesse scelto un altro momento e un altro luogo, signor Beale – rispose con franchezza.

Lui annuì.

– Comprendo che sia un po' imbarazzante – riprese – ma, purtroppo, i miei affari non mi permettono di aspettare. Sono un uomo d'affari – proseguì con un sorriso – malgrado la mia apparenza di uomo dissoluto.

Oliva lo fissò, perché credette di discernere sotto le sue parole una leggerissima beffa; ma lui non sorrideva più.

– Non la tratterrò più di due minuti – continuò Beale – ma in questi due minuti le dirò molte cose. Non l'annoierò con la storia della mia vita.

Questa volta lei vide chiaramente negli occhi di lui un'espressione burlesca e sorrise un po' controvoglia, perché tutto ciò non la divertiva.

– Ho affari in centro – riprese Beale – e sono qui per pregarla nuovamente di rispettare le mie confidenze. Sono perito in grani.

– Perito in grani – ripeté lei con un sussulto di sorpresa.

– Una strana occupazione, vero? Ma è proprio la mia. Nel mio ufficio è vacante il posto di segretaria privata. L'ufficio è grazioso, lo stipendio discreto, il lavoro è facile, le ore di lavoro son poche. Desidero sapere se lei vuole accettare questa posizione.

Oliva scosse il capo, guardandolo con nuovo interesse, non privo d'una certa sorpresa.

– Lei è molto gentile, signor Beale, e quest'offerta aumenta la mia gratitudine verso di lei. Ma non desidero lasciare i magazzini Punsonby. È un lavoro che mi piace; e benché sia certa che le mie faccende private non la interessano – lui avrebbe potuto dirle che, al contrario, lo interessavano molto, ma si trattenne – le dirò anche che ho un ottimo stipendio e che non ho intenzione né desiderio di mutare situazione.

Gli occhi di lui scintillarono.

– Beh, non sono fortunato. Ma posso dirle due cose. La prima è che se lei lavora con me non sarà infastidita né disturbata da qualche mia abitudine che può avere notato e che può costituire un pregiudizio contro di me. In secondo luogo, desidero che lei mi prometta che se mai decidesse di lasciare Punsonby, offrirebbe a me per primo i suoi servigi.

Lei rise.

– Lei è divertente, signor Beale, ma son sicura che quanto dice è la verità e che le sue... ehm... piccole eccentricità sono riservate alle ore di... ricreazione. Per quanto concerne il mio impiego le prometto che se mai dovessi andar via di qui, offrirei per primo a lei i miei inapprezzabili servigi. E ora devo scappar via. Le sono ancora gratissima per quanto ha fatto per me ieri sera.

Lui la fissò negli occhi.

– Non ricordo che iersera sia accaduto nulla – disse con fermezza – e le sarò riconoscente se la sua memoria sarà altrettanto debole.

Le strinse la mano, si levò il cappello e si voltò bruscamente; Oliva lo seguì con lo sguardo finché il rintocco dell'orologio la richiamò all'idea che il direttore della ditta Punsonby era un maniaco della puntualità.

Andò nell'ampio guardaroba e appese ad un attaccapanni il cappello e il soprabito. Nel voltarsi verso lo specchio per rassettarsi i capelli si trovò di fronte a una ragazza alta e bruna che la stava osservando pensierosa.

– Buongiorno – disse Oliva; e nel suo tono c'era più cortesia che cordialità, perché, quantunque le due giovani fossero occupate nello stesso ufficio da più di un anno, esisteva fra loro un'incompatibilità che neanche una lunga consuetudine di vita poteva distruggere.

Hilda Glaum, svizzera di origine, era una bella ragazza, sebbene di aspetto un po' tetro ed arcigno, ma le sue buone qualità si limitavano all'apparenza. Non dava confidenza né era cordiale; in questo andava d'accordo con Oliva, ma – al contrario di lei – non stabiliva relazioni d'amicizia con nessuno.

– ... giorno – rispose brevemente. Poi: – Sei stata di sopra?

– No... perché?

– Oh, per nulla.

Oliva salì al piano superiore, dov'era il suo piccolo ufficio. Lei e Hilda si occupavano delle lettere raccomandate che arrivavano, ne toglievano il denaro, lo registravano e trasmettevano gli ordini ai vari reparti.

Tre plichi sigillati erano sul suo tavolo e un giovane portalettere attendeva che lei gliene desse ricevuta. Ciò che fece, dopo aver confrontato i numeri dei plichi con quelli iscritti nel libretto di ricevute del ragazzo.

Hilda non l'aveva seguita. Era sola, e aveva rovesciato sul suo tavolo il contenuto del primo plico, quando il direttore del personale fece una sorprendente apparizione sulla porta a vetri dell'ufficio.

Si fermò sulla soglia e con un cenno la invitò a uscire, ciò che lei fece senza immaginare neanche lontanamente quanto le sarebbe stato detto.

– Oh, miss Cresswell – cominciò il direttore – mi... ehm... mi dispiace di non averla vista prima che si togliesse il cappello e il soprabito. Vuol favorire nel mio ufficio?

– Subito, signor White – rispose la giovane, chiedendosi che cosa poteva esser successo.

Lui si avviò con passo solenne, facendo dondolare il suo *pince-nez*, che teneva per il cordoncino come una persona schizzinosa avrebbe tenuto un topo sospeso per la coda, e la introdusse nel suo ufficio.

– Segga, segga, miss Cresswell – disse, e sedendo alla sua scrivania unì la punta delle dita e fissò il soffitto come a cercarvi un'ispirazione.

– Temo, miss Cresswell, di doverle dire... ehm... una cosa poco piacevole.

– Poco piacevole? – e lei sentì mancarsi il cuore.

– Devo dirle che la ditta Punsonby non ha più bisogno della sua opera.

Oliva si alzò in piedi, fissandolo a bocca aperta, con sorpresa e costernazione.
– Non ha più bisogno della mia opera? – profferì lentamente – Vuol dire che sono licenziata?
Lui annuì.
– Invece di un mese di servizio, le darò un assegno corrispondente a un mese di stipendio, oltre a tutto lo stipendio di questa settimana cominciata.
– Ma perché sono licenziata! Perché? Perché?
Il signor White, che aveva aperto gli occhi un momento per vedere l'effetto del suo colpo, li socchiuse nuovamente.
– Non è abitudine della ditta Punsonby render conto dei motivi per cui dispensa i suoi impiegati dal loro servizio – disse col tono di un oracolo. – Basta che io le dica che fino ad ora lei ha ben compiuto il suo dovere, ma per ragioni che non posso discutere la dispensiamo dai suoi servigi.
Ad Oliva parve d'avere il capogiro. Non riusciva ad afferrare quanto stava accadendo. Per cinque anni aveva lavorato in quell'enorme edificio, dove tutti erano stati buoni con lei e dove il lavoro le era apparso lieve e piacevole. Non aveva mai pensato di poter andare altrove. Come tutte le migliori impiegate, si considerava inamovibile.
– Devo comprendere – mormorò – che devo andar via... immediatamente?
Il signor White annuì. Spinse l'assegno lungo il tavolo; lei lo prese e lo piegò macchinalmente.
– Non vuol dirmi perché?
Il signor White scrollò la testa.
– La ditta Punsonby non fa nulla senza motivo – rispose solennemente, sentendo che qualunque cosa accadesse lui doveva dar ragione alla ditta, e che se in questo increscioso incidente vi era qualcuno da biasimare, questi non poteva mai essere il capo dell'angusta società che pagava con monotona regolarità il 14 per cento di utili ai suoi azionisti. – Manchiamo di... ehm... precise istruzioni che ci consentano di procedere in questa faccenda diversamente... ehm... da come abbiamo fatto. Precise istruzioni – la ragazza era sbalordita da queste circonlocuzioni diplomatiche – ci erano state promesse ma... ehm... effettivamente non le abbiamo avute. Tutto ciò è molto spiacevole... molto spiacevole – e scosse la testa.
Lei fece un breve inchino ed uscì rapidamente dalla stanza; si recò nel guardaroba dov'era il suo soprabito, mise il cappello e lasciò per sempre la ditta Punsonby.
Fu solo quando fu giunta in strada che, con un sobbalzo, si ricordò le parole di Beale; si fermò e rimase qualche istante immobile a riflettere stringendo fortemente le labbra. Quell'uomo sapeva? Perché era venuto quella mattina, parecchie ore prima di quanto – a dar retta ai pettegolezzi di Casa Krooman – lui fosse generalmente visibile? In quell'istante, come a coronare gli straordinari eventi di quella mattina, lo vide fermo all'angolo della strada, appoggiato al bastone, con una lunga sigaretta infilata in un bocchino lunghissimo, con l'aria di osservare attentamente un operaio che, arrampicato su una scala, stava riparando la linea telefonica.
Fece un passo verso di lui, poi si fermò. Beale era così evidentemente assorto nell'osservare le acrobazie dell'operaio quasi sospeso a mezz'aria, che poteva anche non averla vista; quindi lei si voltò vivamente e si avviò nella direzione opposta.
Non era ancora arrivata all'estremità dell'isolato che lui l'aveva raggiunta.
– Va a casa presto, miss Cresswell – disse sorridendo.
Oliva si voltò.
– Sa perché? – gli chiese.
– No... a meno...
– A meno... che cosa?
– A meno che non sia stata licenziata – replicò lui freddamente.

Lei corrugò le sopracciglia.
– Che cosa sa del mio licenziamento? – chiese.
– Sono cose possibilissime.
– Sapeva che sarei stata licenziata?
Lui accennò di sì.
– Non sapevo precisamente che sarebbe stata licenziata stamane, ma sapevo che ciò sarebbe avvenuto un giorno o l'altro. Perciò sono venuto a farle la mia offerta.
– Che certamente non accetterò – fu l'aspra risposta di lei.
– Che certamente ha accettata – replicò Beale tranquillamente. – Mi creda: io non so altro se non che la ditta Punsonby era decisa a licenziarla. Ma affermo onestamente che ignoro i motivi di questo passo.
– Come poteva conoscere questa decisione?
Lui divenne serio.
– Lo immaginavo – rispose. – Non è che io voglia fare il misterioso con lei; ma posso dirle che avevo delle ragioni per temere che questo passo sarebbe stato compiuto.
Oliva scrollò le spalle con stanchezza.
– Mi sembra abbastanza misterioso – soggiunse. – E lei desidera veramente che io lavori per lei?
Beale annuì.
– Non mi ha dato l'indirizzo del suo ufficio – proseguì Oliva.
– Ero tornato indietro appunto per questo.
– Sapeva che sarei uscita subito?
Lei lo fissò.
– Vorrebbe dire che mi avrebbe aspettata tutto il giorno per darmi il suo indirizzo?
Lui rise.
– Voglio dire che avrei aspettato anche tutto il giorno.
Un riso scoraggiato fece eco al suo.
– Il mio indirizzo è: Lothbury 342 – riprese – 342. Lei può cominciare il suo lavoro oggi nel pomeriggio e... – Esitò.
– E...?
– E credo che sarà più saggio che non dica al suo amico, il dottore, che è diventata mia impiegata.
Mentre parlava si guardava attentamente le unghie, quindi non incontrò lo sguardo della fanciulla.
– Vi sono molte ragioni per questo – continuò. – Prima di tutto, non ho una buona reputazione, a Casa Krooman, e l'essere mia impiegata potrebbe danneggiare la sua.
– Avrebbe dovuto pensarci prima di chiedermi di venire da lei – replicò Oliva.
– Infatti, vi ho pensato parecchio – ribatté tranquillo.
In quanto diceva, doveva esservi della verità. Oliva si rammaricò per aver promesso troppo in fretta; ma gli eventi della notte precedente, collocando Beale su un piano diverso, gli avevano dato una certa posizione indefinibile alla quale – come ubriacone – non avrebbe certo potuto aspirare.
– Mi pare che questo mistero mi abbia un po' sconvolta – riprese – quindi non credo che verrò in ufficio oggi. Domattina, a che ora?
– Alle dieci. Vi sarò anche io per spiegarle ciò che deve fare. Come onorario avrà cinque sterline alla settimana. Si occuperà dell'ufficio, dove – tra parentesi – io vado molto raramente; e il suo lavoro, consisterà nel preparare le statistiche dei raccolti granari di tutto il mondo durante gli ultimi cinque anni.
– Divertente! – esclamò Oliva, e un sorriso si disegnò rapidamente sul suo volto e scomparve.
– Più divertente di quanto lei possa supporre – fu la risposta.

Giunse a Casa Krooman proprio mentre il dottore usciva. Lui la guardò stupito.

– Come torna presto!

Doveva dirglielo? Non vi era alcuna ragione per tacere. Era stato per lei un buon amico, ed Oliva era sicura della sua simpatia. In questo istante si ricordò che Beale era stato molto poco cordiale e non aveva pronunciato neanche una parola di rammarico.

– Sì, perché sono stata licenziata – mormorò.

– Licenziata? Impossibile!

– La prova che è possibile è che è avvenuto – ribatté lei gaiamente, annuendo col capo.

– Ma è mostruoso, povera figliuola! Che motivo hanno addotto?

– Nessuno.

E questo fu detto con una leggerezza di tono che non rivelava in alcun modo l'indignazione che riempiva il cuore della ragazza.

– Non hanno addotto alcun motivo?

– No. Mi hanno dato lo stipendio di un mese e mi hanno detto di andarmene; ed io me ne sono andata, da quella disciplinata impiegata che sono.

– Ma è un'indegnità – ripeté il dottore con ira. – Andrò io a parlare con quella gente. Conosco uno dei capi della ditta; è un mio cliente.

– Non faccia nulla – ribatté Oliva con fermezza. – La cosa non ha importanza.

– Ma che cosa farà adesso? Perbacco! – aggiunse improvvisamente – che magnifica idea! Ho appunto bisogno di una segretaria per la mia clinica.

La stranezza di quanto lui diceva la fece ridere cordialmente.

– Perché ride? – chiese il dottore.

– Mi dispiace, dottore; non mi creda una ingrata, ma comincio a considerare me stessa come un numero prezioso sul mercato delle impiegate.

– Ha già un altro posto? – chiese rapidamente.

– L'ho accettato or ora – fu la risposta; e il dottore non nascose il suo disappunto, che, se Oliva fosse stata più presuntuosa, avrebbe potuto essere interpretato addirittura come dispiacere.

– È molto svelta, lei – e la sua voce aveva perduto un po' del suo entusiasmo. – E che impiego ha accettato?

– In un ufficio.

– Sarà triste. Se ha deciso, non posso certamente farle mutare intenzione; ma le dico che sarò disposto a darle cinque o sei sterline alla settimana e che il suo lavoro sarebbe molto facile.

Oliva gli porse la mano con un lampo negli occhi.

– Londra è veramente piena di gente disposta a darmi cinque sterline alla settimana per un lavoro molto facile; le sono davvero gratissima, dottore.

Nel salire le scale si sentì molto più gioconda di quel che avrebbe creduto, se avesse potuto prevedere quanto le accadeva. Pensò che avrebbe fatto bene a mettere in iscritto una protesta contro il suo licenziamento così sommario e si avviò alla piccola scrivania nella quale teneva l'occorrente per scrivere una lettera. Era uno di quei mobilini nei quali il tavolo è formata da una piccola ribalta che, quando non si usa, serve a chiudere il mobile stesso.

Tirò fuori i due piccoli supporti, mise la chiave nella toppa, ma non poté girarla per la semplice ragione che la serratura era aperta. Ricordava perfettamente di aver chiuso, la mattina, dopo aver riposto una fattura che le era giunta con la posta.

Abbassò lentamente la ribalta e fissò sbalordita ciò che essa nascondeva. Tutte le piccole scansie erano state frugate e il loro contenuto era raccolto in un mucchietto disordinato. I cassettini nei quali teneva i francobolli erano stati tirati fuori e vuotati.

4. Tre raccomandate

Fece un rapido esame dei documenti. Non v'era nulla di importante: per la maggior parte erano lettere di ragazze con le quali aveva fatto amicizia durante la sua permanenza alla ditta Punsonby; vecchi programmi di teatri, ricette copiate da giornali e una quantità di istantanee fatte durante le sue gite dell'ultima estate.

Rimise tutto sommariamente in ordine e ispezionò la camera da letto. Anche qui era evidente che qualcuno aveva frugato. I cassetti del comò erano aperti e quantunque il contenuto fosse poco sparpagliato, pure era chiaro che erano stati manomessi. Fece un'altra scoperta. La finestra della camera era aperta in basso. Generalmente, la persiana era abbassata a metà e tenuta in questa posizione da un gancio. Questa precauzione era necessaria, perché la finestra si apriva su una stretta ringhiera di ferro che correva lungo l'edificio e comunicava con l'apparecchio di salvataggio per gli incendi. Guardò fuori. Evidentemente, l'intruso era entrato e uscito da quella parte. E poiché secondo ogni probabilità il ritorno anticipato di lei lo aveva disturbato nel suo lavoro, aveva lasciato tutto nello stato di confusione in cui lei lo aveva trovato.

Esaminò brevemente i cassetti del comò e le sembrò che non mancasse nulla. Tornò alla scrivania, rimise macchinalmente a posto le carte, i libriccini di note e le lettere che erano state tirate fuori dai casellari, poi sedette appoggiando il gomito sulla tavola e il mento nella mano, la bella fronte corrugata a richiamare gli eventi della mattinata.

Chi aveva frugato nella sua scrivania? Che cosa avevano sperato di scoprirvi? Oliva non si illudeva che fosse l'opera di un ladro comune. Dietro a tutto ciò vi era qualche cosa di sinistro e di terrificante.

Quale connessione vi era fra questa esplorazione in casa sua e il suo improvviso licenziamento? Che cosa aveva voluto dire il solenne signor White con le parole "istruzioni precise"? Istruzioni di che genere? Rinunciò a risolvere il problema, con una scrollata di spalle. In realtà era più seccata che sgomenta. La vita era difficile, e per lei era penoso abbandonare la tranquilla corrente da cui s'era lasciata fino ad ora trascinare. Deplorava l'intervento del signore Beale, il quale un momento era ubriaco e il minuto dopo era perfettamente lucido; che aveva un ufficio nel quale non si recava quasi mai e che si interessava così inconsuetamente dei suoi affari. Ma soprattutto ebbe un senso di risentimento contro di lui perché aveva scosso la sua fede – no: questa era un'espressione troppo forte – perché aveva in certo modo sciupato il romanzetto rappresentato dall'amicizia col dottor van Heerden.

Sentì bussare alla porta. Posò la spazzola che aveva in mano, andò in anticamera, aprì la porta e indietreggiò. Tre uomini erano sul pianerottolo. Due avevano quel curioso aspetto che gli agenti in borghese non riescono mai a nascondere completamente; il terzo era il signor White, più pomposo e più solenne che mai.

– Miss Cresswell? – chiese uno dei due.

– Sono io.

– Possiamo entrare? Devo parlarle.

Li introdusse nel salottino. Il signor White seguì per ultimo.

– Lei si chiama Oliva Cresswell. È stata recentemente impiegata come cassiera nella ditta Punsonby.

– Infatti – rispose la ragazza stupita.

– Sul suo conto sono pervenute informazioni in seguito alle quali lei è stata licenziata stamattina.

Lei sollevò le sopracciglia, indignata.

– Informazioni sul mio conto? – disse altera. – Che cosa vuole dire?

– Voglio dire che lei è accusata di convertire a suo profitto denaro appartenente alla ditta. Questa è l'accusa, non è vero, signor White? – e si volse verso l'interrogato.

Questi annuì lentamente.
– È una menzogna. Una vile menzogna – esclamò la fanciulla, volgendo gli occhi fiammeggianti al corpulento direttore della ditta Punsonby. – Lei sa che non è vero, signor White! Migliaia di sterline sono passate per le mie mani e mai... Oh, è terribile.
– Se volessi calmarsi un momento, signorina – riprese l'uomo, il quale era abituato a simili esplosioni – le spiegherò che nel momento del suo licenziamento non vi era nessuna prova contro di lei.
– Nessuna informazione precisa sulla sua colpevolezza – mormorò il signor White.
– E ora? – chiese la giovane.
– Ora siamo informati, signorina, che tre lettere raccomandate, contenenti una somma di 63 sterline...
– E 43 pence – mormorò il signor White.
– Circa 63 sterline – riprese il *detective* – sono state sottratte da lei ieri e nascoste in questo appartamentino.
– Nel secondo cassetto del suo canterano – completò il signor White. – Queste sono le informazioni precise... È un vero peccato.
La ragazza fissava gli uomini, uno dopo l'altro.
– Tre raccomandate – ripeté incredula. – Qui, in casa mia?
– Nel cassetto di sinistra, in basso – borbottò il signor White, il quale, con gli occhi chiusi e le mani contratte, sembrava la personificazione dell'uomo che compie un dovere infinitamente penoso.
– Ho un'autorizzazione – ricominciò l'agente...
– Non occorre nessuna autorizzazione – rispose la giovane tranquillamente. – Vi dò io stessa il permesso di frugare dovunque in questo appartamento o di far venire una donna per perquisirmi. Non ho nulla in queste stanze di cui mi possa vergognare.
L'agente si volse verso il suo compagno.
– Fred – disse – dà per prima cosa una occhiata alla scrivania. È chiusa, signorina?
Oliva aveva richiuso; porse perciò la chiave al *detective*. Quello che aveva parlato passò nella camera da letto e la fanciulla udì che apriva i cassetti. Non si mosse, rimanendo dinanzi al suo ex direttore, il quale conservava un atteggiamento di distrazione sonnolenta.
– Signor White – disse allora, con molta calma – ho il diritto di sapere chi è che mi ha accusata di rubare alla ditta.
Lui non rispose.
– Lei sa che anche un colpevole ha questo diritto – riprese la ragazza, recuperando la padronanza di sé. – Immagino che da parecchio tempo si verificassero degli ammanchi.
– Non so se questa sia l'abitudine di tutti i delinquenti – rispose il signor White con aria di rimprovero – ma come giustamente dice, sarò costretto a riferire quanto lei ha detto al giudice istruttore; è da un pezzo che si verificano gli ammanchi nel suo reparto. Quanto alla persona, o alle persone, che l'ha accusata, compiendo così un dovere... ehm... di buon cittadino, non posso rivelarle il suo o il loro nome.
Oliva lo fissava con curiosità, con un lampo di riso negli occhi chiari. In quella udì dei passi affrettati sul pianerottolo; si ricordò che la porta era rimasta aperta e guardò. Il nuovo venuto era il dottor van Heerden.
– Che cosa sento? – disse questi furibondo, volgendosi al signor White – si osa accusare di furto miss Cresswell?
– Caro dottore... – cominciò White.
– È un insulto – proseguì il dottore. – Una cosa ignominiosa. Garantisco di miss Cresswell con la mia vita.

La ragazza lo interruppe con una risata.
– Non sia così melodrammatico, dottore. Non è altro che uno stupidissimo errore. Ma ignoravo che lei conoscesse il signor White.
– È un errore infame e vergognoso. Sono veramente sorpreso, White.
Il signor White non poté chiudere gli occhi più strettamente di quanto non avesse già fatto. Con una scrollata di spalle, rovesciò la responsabilità della situazione su un'invisibile Provvidenza.
– È molto gentile, dottore, ad interessarsi di questo – riprese la giovane tendendo le mani verso di lui.
– Posso esserle utile? – chiese lui, serio. – Può fare assegnamento su di me fino all'ultimo scellino, se dovesse avere delle noie.
– Non avrò nessuna noia – rispose Oliva. – Il signor White suppone che io abbia rubato del denaro e che questo denaro sia nascosto qui in casa mia. Ma, a proposito: chi le ha detto che io ero accusata?
Per un attimo lui rimase interdetto; poi:
– Ho visto entrare gli agenti di polizia. Li ho riconosciuti, e siccome erano accompagnati dal signor White e lei, signorina, era stata licenziata stamattina, ho tratto da solo le mie conclusioni.
In questo momento il *detective* tornava dalla camera da letto.
– Lì non c'è nulla – disse.
Il signor White spalancò gli occhi.
– Nell'ultimo cassetto del comò? – chiese, incredulo.
– Né nell'ultimo né nel primo. Tu hai trovato qualche cosa, Fred?
– Niente – rispose l'altro agente.
– Guarda dietro a quei quadri.
Sollevarono i tappeti, frugarono nella piccola libreria, guardarono sotto ai tavoli, ciò che parve inutile e divertente alla fanciulla, finché il *detective*, con quella cordialità che tutti gli agenti dimostrarono verso le persone sospettate che loro, nel loro intimo, non sospettano, le spiegò che non di rado i delinquenti nascondono i biglietti di banca rubati nella parte inferiore dei tavolini.
– Ecco fatto, miss – disse finalmente l'agente, con un sorriso – spero di non averla disturbata eccessivamente. Che cosa intende fare, lei, adesso?
La domanda era rivolta al signor White.
– Avete guardato nell'ultimo cassetto del comò? – chiese ancora questi.
– Ho perquisito l'ultimo cassetto, il primo e quello di mezzo. Ho guardato dietro, nel sottofondo...
– E non vi era nulla? – Sembrava che il signor White non credesse alle sue orecchie.
– Nulla. Quello che desidero sapere è questo: lei sporge denuncia contro la signorina? Nel caso affermativo, lei si assume tutta la responsabilità di questo atto e, se l'accusa non sarà provata, si potrà procedere contro di lei, signore, per falsa denuncia.
– Lo so, lo so, lo so – ribatté il signor White con un'asprezza strana in un individuo così placido. – No, non la denuncio. Mi dispiace averla disturbata – e si volse verso la fanciulla col più solenne dei suoi gesti – e spero che non mi serberà rancore.
Porse la mano grassa e molle, ma Oliva finse di non vederla.
– Attento a non inciampare nello stuoino ora che esce – disse. – Il pianerottolo è piuttosto buio.
White uscì respirando faticosamente.
– Permetta un momento – disse il dottore a bassa voce – devo dire qualche cosa al signor White.
– La prego, non faccia *can-can* per questa storia – replicò Oliva. – Preferisco che non se ne parli più.

Il dottore uscì e raggiunse il direttore della ditta Punsonby.

– Posso pregarla di entrare un momento da me, signor White?

– Senza dubbio – rispose l'altro, volonteroso.

– Non ha più bisogno di noi? – chiese il *detective*.

– No... Ma siete sicuri di aver guardato nell'ultimo cassetto?

– Sicurissimi – replicò l'altro infastidito. – Lei non vorrà credere che dopo aver fatto questo mestiere per vent'anni, io trascuri di guardare proprio dove presumibilmente sono le lettere.

Al signor White fu evitata la fatica di trovare una risposta adatta, perché proprio in quell'istante la porta di Beale si spalancò e Beale apparve. Il cappello grigio era buttato indietro sulla nuca, e lui si reggeva in piedi appoggiandosi allo stipite; un sorriso ebete errava sulle sue labbra mentre osservava il piccolo gruppo d'uomini.

– Oh, guarda – disse giovialmente – quel caro dottore e, se gli occhi non mi ingannano, quel carissimo *Arcivescovo*!

White si rabbuiò. L'essere conosciuto col soprannome di *Arcivescovo* nel cerchio intimo delle sue conoscenze, gli dava una certa soddisfazione; ma che un estraneo e per di più un estraneo ubriaco si servisse di questo nomignolo che era il privilegio di pochi, lo indispettiva.

– Ma non è – proseguì l'uomo barcollante scrutando nella semi-oscurità – non è il sergente Peterson e il funzionario Fairbank? Benvenuti in questa dimora della virtù!

Il sergente dei *detective* sorrise ma non disse nulla. Il dottore si tormentava la barba, indeciso, ma il signor White cercò di passare oltre, con la testa alta, fingendo di non sentire il saluto; Beale, peraltro, si slanciò in avanti, afferrò i lembi dell'impeccabile *redingote* dell'altro e parve appoggiarsi ad essi per tenersi in piedi.

– Mio vecchio White... – cominciò.

– Non la conosco affatto, signore – esclamò White – mi faccia il favore di lasciarmi stare!

– Non mi conosce? Che tipo strano! – E mettendo un braccio sulle spalle dell'altro con gesto di affettuosa premura, proseguì: – Non conosce il vecchio Beale?

– Non l'ho mai vista in vita mia – protestò White dibattendosi per sfuggire.

– Perbacco! Pare impossibile! – e Beale indietreggiò, offeso e scandalizzato. – Ma chiamo a testimoni il sergente Peterson, il gentile funzionario Fairbank e il colto dottor van Heerden che costui mi ha rinnegato. Dove siamo arrivati! – soggiunse amaramente; e appoggiando la testa allo stipite, cominciò a gemere come un cane.

– Smetta di dire sciocchezze, Beale – fece il dottore irritato. – Qui è accaduto qualche cosa di molto serio e le sarò grato se non si immischierà in questa faccenda.

Beale finse di asciugarsi delle lacrime immaginarie, afferrò la mano di White che tentava di sottrarsi e la strinse vigorosamente; rientrò barcollando nel suo appartamento e chiuse la porta sbattendola.

– Conoscete quell'uomo? – chiese il dottore volgendosi verso il *detective*.

– Mi pare di ricordarmi il suo viso... – rispose il sergente. – Vieni, Fred. Buongiorno, signori.

Il dottore attese che i due funzionari avessero sceso le scale e fossero scomparsi; quindi si volse verso l'altro e in tono tutto diverso da quello impiegato fin'allora, gli intimò:

– Venite un momento nella mia camera, White.

White lo seguì senza fiatare.

Chiusero la porta ed entrarono nello studio dalle pareti ornate di scaffali contenenti grossi libri scientifici. In mezzo c'era un lungo tavolo coperto di provette e di tutto l'occorrente per ricerche mediche.

– Insomma – fece White piombando su una sedia – che cosa è successo?
– È ciò che desidero sapere – rispose il dottore.
Prese una sigaretta da una scatola che era sulla tavola e l'accese. I due uomini si guardarono senza parlare.
– Credete che abbia le lettere e le abbia nascoste?
– Impossibile – rispose brevemente il dottore. Poi si mise a percorrere lo studio a grandi passi. Si fermò, guardò fuori dalla finestra con le mani in tasca, il volto corrucciato.
– Vorrei sapere che cosa è successo – ripeté. – Beh, vedremo poi. Ora ditemi precisamente come stanno le cose per quanto riguarda voi e la ditta Punsonby.
– Ho qui tutte le cifre – fece White e mise la mano nella tasca interna della *redingote*. – Posso aggiungere 40.000 sterline per le obbligazioni e... perbacco, che diamine è questo?
Trasse di tasca un pacchetto bianco, tenuto da un elastico.
Sussultò, perché fra le sue mani erano tre lettere raccomandate, dirette alla ditta Punsonby: tutt'e tre erano aperte.

5. L'uomo dalla testa grossa

Il n. 342 di Lothbury è un isolato occupato da uffici di apparenza piuttosto modesta, ma che si rivelano poi con sorpresa vasti e importanti. Oliva Cresswell si fermò qualche istante nel grande atrio, osservando i nomi degli inquilini su targhe di smalto in due grandi cornici affisse alle pareti.
Dopo lunga ricerca, scoprì il nome dell'Agenzia Beale sotto l'indicazione "quarto piano" e si avviò verso l'ascensore.
L'ufficio del signor Beale era all'estremità di un corridoio che sembrava interminabile, e – come constatò – consisteva di una camera esterna e una interna. Quella esterna era semplicemente arredata con un grande tavolo, due sedie e una divisione di legno nella quale era praticata una piccola porta di sbarre, come un cancello.
Dinanzi a un tavolinetto sedeva un ragazzo occupato ad esercitarsi laboriosamente a dattilografare con un solo dito. Vedendola entrare balzò in piedi.
– Miss Cresswell? – chiese. – Il signor Beale l'aspetta.
Aprì il cancelletto e la guidò ad una porta su cui era scritto *Privato*.
Bussò e Beale stesso aprì la porta.
– Avanti, miss Cresswell – disse gaiamente. – Non l'aspettavo così presto.
– Voglio cominciar bene – rispose la giovane sorridendo.
Si era dibattuta fra dubbi e sospetti tutta la mattina, dopo una notte insonne, durante la quale aveva chiesto a se stessa se era savio impegnarsi a lavorare con un individuo il cui nome era proverbiale per la nota debolezza cui andava soggetto. Ma non si poteva mancare a una promessa e, dopo tutto, aveva pensato che questa non la obbligava ad altro che a un periodo di prova.
– Ecco la sua scrivania – disse Beale indicandole un ampio tavolo da ufficio collocato in mezzo alla stanza – e questa è la mia piccola libreria. Noterà che essa è formata specialmente di riviste e di rapporti agricoli... Conosce il francese?
Lei annuì.
– Benissimo. E lo spagnolo? Forse chiedo troppo?
– Parlo e leggo lo spagnolo benissimo. Da bambina ho vissuto a Parigi, Lione e Barcellona; e il mio primo impiego – il primo per cui ho percepito uno stipendio – è stato nell'ufficio dell'Anglo-Spanish Cable a Barcellona.
– È una vera fortuna – riprese Beale evidentemente contento – quantunque avrei anche potuto insegnarle le poche parole necessarie per comprendere i rapporti dell'Argentina. Ciò che desidero specialmente è che lei rintracci – e per questo potrà aiutarsi con le due o trecento guide che sono sullo scaffale in fondo

alla stanza – l'esatta località dei maggiori distretti produttori di frumento, il numero di ettari che sono coltivati a grano in tempi normali, il metodo col quale le aree sono divise le une dalle altre (siepi, sentieri, ecc.), la misura media dei campi non arati e – se è possibile – la larghezza delle strade o dei sentieri che li dividono.

– Dio mio! – esclamò la giovane, scoraggiata.

– Sembra una cosa enorme, ma credo che in realtà la troverà semplicissima. Per esempio, il ministero d'Agricoltura degli Stati Uniti impone delle regole speciali, per cui in certi distretti i coltivatori sono obbligati a conservare uno spazio libero fra un campo e l'altro: in caso di incendio di un campo, il fuoco può essere facilmente isolato. Il Canada, l'Argentina, l'Australia hanno altri metodi.

Oliva sedette al tavolo e cominciò a prender nota dei suoi doveri.

– Che altro? – chiese.

– Desidero il nome delle città che sono in mezzo alle aree di coltura granaria e una lista degli alberghi di questa città. Le guide sono recentissime e la informeranno esaurientemente in proposito. Desidero che siano notati specialmente gli alberghi dove si possa prendere a noleggio un'automobile; inoltre, l'indirizzo della banca locale e il nome del direttore; e quando è possibile avere l'informazione, il nome del capo delle guardie e dello sceriffo di ogni distretto.

Lei alzò gli occhi, posando la matita.

– Lei parla seriamente...? Farò tutto questo, ma ciò mi ricorda una storia che ho letto una volta...

– La conosco – rispose prontamente Beale. – È *Il caso dell'uomo coi capelli rossi*, una novella di Doyle che parla di un uomo al quale fu affidato, perché rimanesse lontano dal suo negozio, l'inutile compito di copiare l'Enciclopedia Britannica. No, miss Cresswell; io le chiedo un lavoro serio... un lavoro di cui non desidero parlare.

Sedette su un'estremità del tavolo guardando la giovane; e se i suoi occhi sorridevano, era perché la loro naturale espressione era quella. Ma il suo istinto disse a Oliva che lui era veramente serio, e che il compito che le veniva affidato celava qualche motivo che lei non poteva comprendere.

– Veda prima i distretti e prenda nota degli alberghi – proseguì Beale – troverà il lavoro più interessante che leggere un romanzo. Quei libri – e indicò lo scaffale accanto alla finestra – la porteranno nelle stazioni, nei ranch, nelle fattorie di tutto il mondo.

– Ma dove... – si guardò attorno – dove lavora lei?

– Io non lavoro – fu la pronta risposta – il lavoro lo farà lei e io ne avrò l'onore e la gloria. Quando verrò mi siederò sull'estremità della sua scrivania, il che se non è grazioso è però comodissimo. Desidero ora farle una domanda. Mi ha detto che era in un ufficio telegrafico: devo desumerne che alle sue cognizioni aggiunge anche quella dell'alfabeto Morse?

– Oliva annuì.

– Vedo che lei mi sarà molto utile. Se ha bisogno di me – e volse la testa verso il telefono che era su un tavolinetto – chiami 8761 Gerrard.

– Dov'è?

– Se non ritenessi che lei è una signorina molto savia e timorata, le direi che è il numero del mio bar preferito – replicò gravemente. – Ma non voglio darle questa delusione sul mio conto.

Lei vide di nuovo apparire e sparire nei suoi occhi un lampo di malizia.

– Lei è un tipo strano – osservò – e certo non mi renderò ridicola tentando di farle la morale.

Udì una lieve risata mentre la porta si chiudeva dietro di lui e, prendendo una pila di guide, cominciò a disporre il suo lavoro che le apparve molto più interessante di quanto avesse mai potuto immaginare.

Si chiese quale uso si poteva fare di tutte quelle informazioni. Era veramente un compratore, il signor Beale, o forse si occupava della vendita di macchine agricole? Perché aveva bisogno di sapere che Jonas Scobbs era il proprietario dell'Albergo Scobbs e dell'Emporio Generale della città di Red Horse Valley, nello Stato di Alberta, e che importanza aveva per lui il fatto che quell'uomo avesse un'automobile da noleggiare o che andasse in carrozza ogni mercoledì a Regina Hills?

Quando guardò l'orologio – costretta a questo gesto da un'indescrivibile sensazione di fame – fu sorpresa nel vedere che erano le tre. Balzò in piedi e andò nella stanza esterna in cerca del ragazzo che ricordava vagamente di aver visto qualche ora prima, quando era entrato a chiederle qualche cosa a cui lei doveva aver risposto annuendo, pur senza aver compreso. Evidentemente la domanda del fattorino era in relazione coi crampi che generalmente assalgono lo stomaco all'una pomeridiana; infatti non lo vide nella stanza. Stava per tornare al suo ufficio, indecisa se rimanere fino al ritorno del fattorino o se chiudere lei stessa, quando udì uno scalpiccio.

L'ufficio esterno era diviso in due da una paratia di legno, la cui estremità era nascosta da un paravento di legno e vetro opaco. Il rumore proveniva da dietro quel paravento, e Oliva ricordò che nell'entrare aveva notato una sedia; evidentemente era lì che i visitatori aspettavano per essere introdotti.

– Chi è là? – chiese.

Vi fu uno scricchiolio e il visitatore si alzò in piedi.

– Sgusare, signora – disse una voce asmatica – tesitero fetere il signor Peale; non c'è?

Ora era tutto visibile: un omino piccolo con una testa mostruosamente grande. La giovane allibì, e fu solo capace di fissare intensamente l'uomo, riconoscendo in lui l'individuo che aveva trovato in casa sua la sera prima del suo licenziamento: l'uomo che aveva portato la Ruggine Verde. Evidentemente lui non la riconobbe.

– Signor Peale afermi tetto di tilefonare; ma numero di tilefono essere scappato di mia testa!

La guardò coi suoi occhi miopi e posò una grossa mano vellosa sul cancelletto.

– Non... non entri – mormorò Oliva affannando. – Telefonerò io al signor Beale... Segga... segga di nuovo.

– *Ja* – borbottò l'uomo ubbidiente sedendo nuovamente – dire che c'è Herr Professor.

La giovane prese con mano tremante il ricevitore del telefono e chiese il numero. Fu la voce di Beale che rispose.

– C'è qui un uomo – disse Oliva in fretta – un... un... l'uomo che era penetrato in casa mia... Herr Professor.

Udì un'esclamazione di fastidio.

– Mi dispiace – e dalla voce sembrava che il dispiacere fosse genuino – sarò lì fra dieci minuti. È un vecchio assolutamente innocuo.

– Faccia presto, la prego.

Sentì il *clic* del ricevitore e riattaccò lentamente il suo. Non osò tornare nella prima stanza, ma rimase ad aspettare accanto alla porta chiusa. Ricordò la notte in cui la presenza dello sconosciuto nella sua casa buia l'aveva tanto spaventata; e poi come Beale, sorprendentemente lucido e padrone di sé, era rientrato, e come se n'era andato insieme all'intruso.

Che cosa avevano in comune quei due, Beale e l'Herr Professor? Udì chiudere con fracasso la porta esterna e la voce di Beale che parlava rapidamente. Probabilmente era tedesco; Oliva non aveva mai imparato quella lingua e stentava a riconoscerla, benché le giungesse distintamente un gutturale "*Zum Befehl, Herr Peale*".

Udì lo scalpiccio dell'uomo che se ne andava e la porta che si richiudeva; quindi Beale entrò, alquanto turbato in viso.

– Non posso dirle quanto mi dispiaccia che quel vecchio sia venuto: avevo dimenticato questa possibilità.
Lei si appoggiò al tavolo, con le mani dietro alla schiena.
– Signor Beale – cominciò – vorrebbe rispondere precisamente a qualche mia domanda molto semplice?
– Se posso...
– Herr Professor è un suo amico?
– No... lo conosco e ho di lui una certa pietà. È un tedesco che pretende di essere russo. È straordinariamente povero ed è tutt'altro che simpatico, ma è intelligente e veramente colto. È un chimico di prim'ordine che meriterebbe di avere un'alta posizione nel mondo della scienza. Mi ha detto che ha delle capacità e delle attitudini, e ne sono persuaso, ma che le sue infermità fisiche e la stravaganza lo hanno rovinato.
Gli occhi di Oliva si addolcirono: era il senso di pietà del forte verso il debole, della bellezza verso la bruttezza.
– Se è vero – cominciò...
Lui alzò la testa bruscamente.
– Scusi, so che è vero – proseguì la giovane. – È una cosa tragica, ma... lo conosceva, prima di trovarlo in casa mia?
Beale esitò.
– Lo conoscevo di vista e di reputazione. Sapevo il compito che si era prefisso e il motivo per cui voleva compierlo. Ma non gli avevo mai parlato.
– Grazie. Ora, un'altra domanda. Può fare a meno di rispondere, se preferisce.
– Non lo so ancora.
– Che cos'è tutto questo mistero? Che cos'è la Ruggine Verde? Perché lei finge di essere un ubriacone mentre non lo è? – fu necessaria una certa audacia per dire questo e Oliva arrossì nel formulare questa domanda. – Perché lei si trova sempre in modo così provvidenziale dove la sua presenza è necessaria, e – qui lei sorrise – perché ieri, quando io fui quasi arrestata come ladra, non c'era?
Lui era fermo all'estremità del tavolo, che sembrava essere il suo posto preferito, e contava sulle dita le domande di Oliva.
– Alla prima domanda non posso rispondere. Seconda domanda: perché fingo di essere un ubriacone? – le fece il verso con impertinenza. – Vi sono altre cose inebrianti, miss Cresswell, oltre all'amore e alla birra.
– Oh, oh! E quali?
– Il lavoro, la caccia, le ricerche scientifiche e i primi effluvi del biancospino in primavera – rispose lui solennemente. – Quanto alla terza domanda: perché non c'ero quando l'hanno quasi arrestata? Sì, c'ero. Ero nel suo appartamento, quando lei è rientrata, e sono fuggito servendomi della ringhiera di ferro.
– Signor Beale! – Oliva sussultò. – Era lei... lei è dunque un *detective*?
– Ho messo in disordine la scrivania e il cassettone. Sì, sono stato io – replicò Beale senza vergogna, e non rispondendo alle ultime parole di Oliva. – Cercavo una cosa.
– Che cosa? – ripeté la giovane. – Cosa cercava?
– Tre buste raccomandate che erano state introdotte ieri mattina nella sua casetta. E, ciò che è più importante, le ho trovate!
Sbalordita, lei si passò la mano sulla fronte.
– Allora lei...
– L'ho salvata da una gelida cella di prigione. Ma ha fatto colazione? Mi pare che stia morendo di fame!
– Io...
– Lei ha bisogno di pane e burro – affermò Beale, da uomo pratico – con un bel pezzo di pollo e un contorno di verdura.
E la spinse energicamente fuori dall'ufficio.

6. Un affarone

Il signor Lassimus White era l'amministratore delegato e il direttore generale della ditta Punsonby. Possedeva – o almeno così si diceva – un terzo delle azioni della Società, azioni che aveva ereditato dal vecchio John Punsonby, suo zio e fondatore della ditta. Il suo stipendio era principesco; e questo, unito al dividendo che gli davano le azioni, faceva sì che fosse ritenuto un uomo molto ricco.

Ma il signor White non era ricco. Il suo stipendio e i suoi dividendi erano assorbiti da una misteriosa agenzia che si chiamava Corporazione delle Ipoteche e dei Capitali Circolanti, la quale pagava i premi di una grossa assicurazione sulla vita del signor White e raccoglieva la totalità o la quasi totalità delle sue prebende. Il suo segreto, per quanto ben custodito, non deve rimanere tale per il lettore. Il signor White, il quale non aveva mai toccato in vita sua una carta da gioco e che arrossiva solo al pensiero di scommettere alle corse, era un giocatore inveterato. Le sue passioni erano: il Sindacato dei Tesori Sommersi, formato per ricuperare i lingotti d'oro affondati con le navi della *Invincibile Armada* spagnola; le Società che si propongono di utilizzare la forza dell'alta marea; le Compagnie ottimiste che scoprono delle miniere di radio nei monti Urali: insomma, qualunque impresa promettesse un utile del trecento per cento, aveva per il signor White un'attrattiva irresistibile. Nello stesso tempo, lui era fra le mani di Moss Ibramovich, uno di coloro che esercitano lo strozzinaggio nelle forme consentite dalla legge.

La sera del giorno in cui Oliva Cresswell aveva cominciato il suo nuovo lavoro, il signor White uscì maestosamente dalla sua tetra dimora, e la sua uscita fu accettata con molta gioia dalle due donne che lo servivano. Camminando tronfio e impettito, si diresse verso levante, facendo dondolare l'ombrello, con la testa alta, gli occhi semichiusi, il panciotto ben teso sul ventre rotondo. Il cappello a cilindro era posato indietro, in modo da scoprirgli la fronte, e il *pince-nez* che portava sempre ma di cui si serviva raramente, pendeva da un cordoncino e ballonzolava ad ogni passo.

La sua conoscenza col dottor van Heerden era avvenuta durante un'assemblea convocata allo scopo di liquidare la Società Sabbia Alluvionale Scintillante e Miniere d'Oro, una Società che si era costituita nelle circostanze più favorevoli per estrarre le favolose ricchezze scoperte in un'isola del Pacifico da un americano filantropo.

Nei modi del dottor van Heerden c'era qualche cosa che ispirava fiducia e rispetto. Lui non era un azionista, ma si interessava molto a quel genere di persone che sogliono sottoscrivere le azioni delle miniere dei Paesi dell'Illusione.

Il signor White si diresse verso la casa del dottore. Questi gli andò incontro nell'ingresso e lo accompagnò nel proprio appartamento. Sotto la porta di Oliva filtrava un filo di luce, perché la giovane aveva portato a casa del lavoro da finire; le stanze di Beale apparivano oscure.

Il dottore notò questo prima di chiudere la propria porta; quindi accese la luce.

– Ebbene, White, ha deciso? – chiese senza preliminari.

– ... Ecco... veramente... sì e no... – e sul volto di White si dipinse un sentimento misto di prudenza e di audacia. – Quarantamila sterline sono una grossa cifra... un patrimonio, direi... sì, un patrimonio.

– È riuscito a metterlo insieme?

White torse il naso a questa domanda così esplicita.

– Il mio agente ha realizzato i titoli ad ottime condizioni, ma... io ho... ehm... un certo debito con lui e ho dovuto assicurarmi il suo permesso... ehm... sì, ho il denaro alla banca.

Guardò benignamente l'altro, come uno che conferisce un favore per il solo fatto di concedere la propria confidenza.

– Prima di tutto, dottore... mi perdoni se sono prudente... prima di tutto, dicevo, bisogna che io sappia qualche cosa di più intorno al suo mirabile progetto; perché sono sicuro che è mirabile.

Il dottore versò un whisky e soda e porse il bicchiere al suo visitatore il quale lo respinse sorridendo.

– Non si offenda – disse – ma non bevo alcool... Le mie labbra non hanno mai toccato nulla di più forte del sidro.

– Eppure, mi pare di ricordarmi che lei aveva delle azioni della Società dei Bar Settentrionali – notò il dottore con un lieve sorriso.

– Quello – replicò in fretta White – era puramente un affare... ehm... commerciale. In affari, bisogna sfruttare anche... ehm... i peccati e le debolezze del nostro prossimo.

– Quanto al mio progetto – riprese il dottore cambiando argomento – temo che dovrò chiederle di fare un investimento a occhi chiusi. Posso assicurarle che riavrà il suo capitale centuplicato. So che questo le è stato detto molte e molte volte e che quanto le prometto ha tutta l'apparenza di una truffa. Può darsi che io non mi serva del suo denaro... anzi credo che non me ne servirò. Ma può darsi che mi occorra. E se questo dovesse accadere, bisogna che esso sia nelle mie mani al più presto... domani.

Mentre parlava, il dottore volgeva attorno gli occhi irrequieti e gettava le sue frasi ora in faccia a White, ora volto dall'altra parte.

– Le dirò – proseguì – che il mio progetto, secondo la stretta interpretazione della legge, è illegale... Non mi fraintenda: per coloro che impiegano del denaro ignorandone lo scopo non vi è alcun pericolo. Io mi assumo tutte le responsabilità. Lei può partecipare o rimanere al di fuori; ma se vorrà partecipare, dovrò pregarla di non comunicare ad anima viva il nome dell'impresa.

– Il Sindacato della Ruggine Verde? – mormorò White, con timore. – Che cosa... ehm... che cos'è la Ruggine Verde?

– Ho offerto lo schema al mio... a un Governo. Ma hanno avuto paura. Paura, perbacco! – Alzò le braccia al cielo e la sua voce tremò di passione. – La Germania ha avuto paura! E vi è stato un tempo in cui l'Europa tremava dinanzi alla spada prussiana! Bastava una parola pronunciata a Potsdam perché i ministri a Londra e a Pietrogrado tremassero. Lei mi ha detto l'altro giorno che durante la guerra è stato un pacifista, e che ha simpatizzato con la Prussia a causa della sua umiliazione. Io sono prussiano, perché negarlo? Mi vanto di avere la religione della potenza e credo che sarebbe meglio estinguere la vecchia civiltà sotto il fango dell'oblio piuttosto che far spazzar via la civiltà prussiana dai francesi licenziosi, dagli inglesi mercenari e dagli americani cacciatori di dollari... Ma sto dicendo delle sciocchezze.

Si calmò facendo uno sforzo.

– La guerra è finita, passata. Come lo ho detto, ho offerto il mio segreto al mio Governo. Hanno risposto che era una buona cosa ma che non potevano aiutarmi. Temevano che la Lega delle Nazioni venisse a sapere che lo finanziavano. Mi aiuteranno in altro modo... in modo innocente. Se lo schema riesce, metteranno a mia disposizione tutte le risorse dello Stato.

White si alzò, cercò brancolando il suo cappello e si schiarì la voce.

– Dottore... ehm... van Heerden, lei può esser certo che rispetterò la sua confidenza. Ma dimentichiamo che lei mi ha parlato del suo schema con tutti i particolari... specialmente per quanto concerne la sua legalità. Dimentichiamo – e White ficcò la mano nell'apertura del suo panciotto, in un gesto che soleva associare alla sottile retorica dell'uomo di stato – dimentichiamo tutto, meno questo: che lei mi invita a sottoscrivere 40.000 sterline per un sindacato che ha come scopo... ehm... diciamo, delle abitazioni modello per le classi operaie, e che io son pronto a sottoscrivere. E per prova della mia volontà, le manderò con la posta di stasera un assegno per l'ammontare suddetto. Buona notte, dottore.

Gli strinse la mano, rimise il cappello sulla testa, aprì la porta e cadde fra le braccia di un uomo la cui mano stava per premere il bottone del campanello elettrico.

Entrambi indietreggiarono.

– Scusi – borbottò White, e si affrettò verso la scala.

Il dottor van Heerden fissò il visitatore, pallido di rabbia.

– Entrate, imbecille! – sibilò e trasse l'uomo nella stanza. – Perché avete lasciato la Scozia?

– Odio la Scozia – rispose aspramente il visitatore. – Andare a ficcare un povero disgraziato in mezzo alle foreste di quelle montagne, eh? Non è un bel gioco, caro mio.

– Quando siete arrivato? – chiese in fretta van Heerden.

– Sette pomeridiane. Viaggiato in terza classe. Io! Che posizione assurda per un uomo come me... terza classe, con gente sudicia e volgare!

Il dottore gli osservò il viso grossolano e gonfio, la bocca molle e flaccida ed ebbe un mezzo sorriso vedendo il monocolo ciondolante. Poi, indicandogli la caraffa del whisky:

– Avete fatto male a venire – disse. – Ho deciso che partirete per il Canada la settimana prossima.

– Non andrò! – rispose l'uomo versandosi un bicchierino e asciugandosi le labbra con un fazzoletto non molto pulito. – Che il diavolo mi porti, van Heerden; perché dovrei nascondermi e fuggire come un... un...

– Come un evaso dalla Cajenna – suggerì il dottore – o come un uomo che è ricercato dalla polizia di tre paesi per delitti che vanno dall'incendio doloso all'assassinio.

L'uomo rabbrividì.

– Tutti compiuti con perfetta lealtà – replicò con tono più sommesso – e se io non fossi stato un vanitoso e un ubriacone, voi non ne avreste mai saputo nulla... no, che il diavolo vi porti! Ero pazzo! Vi avevo nelle mie mani così! – E serrò una mano e mise il pugno sotto al naso di van Heerden. – Vidi tutto, tutto; vi vidi maltrattare il povero diavolo, scrollarlo per sapere il suo segreto, vidi il vostro coltello...

– Ssst! – sibilò van Heerden. – Siete pazzo! Si può udire attraverso queste pareti.

– Ma non vi sono finestre attraverso le quali si possa vedere – continuò l'uomo sbirciando attorno – e io *vidi*. Lui rinvenne dal suo stato comatoso per denunciarvi! Lo udii gridare e vi vidi accorrere! Lo uccideste per chiudergli la bocca, mio bravo dottore!

Il viso di van Heerden era bianco come un cencio, ma la mano che alzò fino alle sue labbra non tremava.

– Siete stato ben fortunato a trovarmi quella notte, caro ragazzo – riprese l'uomo. – In verità, avevo l'idea di andare a raccontare...

– Non potete rimpiangere che io vi abbia trovato, Jackson – ribatté il dottore. – Immagino che vi chiamiate ancora così?

– Sì, Jackson – replicò l'altro prontamente . – Un bel nome, eh... abbastanza buono per me e per chiunque. Sì, sì, mi trovaste e mi faceste del bene. Come vorrei che non lo aveste fatto!

– Imbecille ingrato! Probabilmente vi salvai la vita... vi feci nascondere a Eastbourne, vi condussi a Londra, mentre la polizia vi cercava.

– Mi cercava! – ringhiò l'altro. – Un miserabile stratagemma, per tutti i diavoli!

– Non fate l'idiota... A chi avrebbero creduto, a voi o a me? Ora parliamo... martedì prossimo partirete per Quebec...

Continuò a dare istruzioni particolareggiate, e l'uomo chiamato Jackson, addolcito dai replicati contatti con la bottiglia, ascoltò ed approvò.

Dall'altro lato del pianerottolo, dietro alla sua porta chiusa, Oliva Cresswell lavorava intensamente, con il tavolo da pranzo coperto di carte e di libri.

Era desiderosa di mostrare a Beale un saggio del suo lavoro di quella mattina, e stava mettendo in bella copia quella che nel pomeriggio gli aveva già descritto come la sua "lista di alberghi".

– Dei nomi così buffi – aveva detto – ve n'è uno che si chiama Scobbs a Red Horse Valley; Scobbs!

Lui aveva riso.

– Sì, è buffo; e per di più devo dirle che conosco il signor Scobbs, il quale è addirittura un personaggio, in quella parte del mondo. È proprietario di una serie di alberghi nel Canada Occidentale. Non lo ometta, mi raccomando.

Anche se avesse voluto farlo o se una volta il nome le fosse sfuggito, non sarebbe stato possibile trascurarlo, perché Jonas Scobbs era proprietario dell'Albergo Scobbs, a Falling Star City, del Bellevue a Snakefence, del Palace a Portage.

Dopo un po' di tempo, tutto questo cominciò a non essere più una novità, e lei accettò come inevitabile la scoperta delle insospettate proprietà del signor Scobbs.

Riempì l'ultimo foglio di carta rigata e lo asciugò; quindi riunì i fogli con un fermaglio.

Sbadigliò nell'alzarsi e si ricordò che la notte precedente aveva dormito poco e male. Cominciando a svestirsi si chiese se avrebbe sognato Scobbs oppure... no, non voleva sognare uomini con la testa grossa e il viso bianco, e questo pensiero ridestò in lei un dubbio. Aveva chiuso bene la porta? Attraversò il breve passaggio coi piedi coperti dalle sole calze, tentò leggermente i battenti e nel far questo udì delle voci sul pianerottolo. Esse giungevano dal ventilatore che era praticato al di sopra della porta.

Udì il dottore dire qualche cosa e quindi una voce che non aveva mai sentito prima di allora.

– Siate tranquillo... ho buona memoria, perbacco!

Quanto sussurrava il dottore non giunse fino a lei, ma:

– Sì, sì, Hotel Scobbs, Red Horse Valley... conosco il luogo... buona notte, vecchio amico...

Lo sbattere di una porta, un passo incerto che si allontanava discendendo le scale; e lei rimase sola a rimettersi dalla sorpresa.

7. La saponetta

Oliva Cresswell si accorse di non aver sonno affatto. Mettersi a letto a quelle condizioni significava passare un'altra notte insonne; perciò infilò un kimono, prese un libro e si sdraiò nella comoda poltrona sotto alla lampada, sperando che mezz'ora di lettura le avrebbe conciliato il sonno.

A un tratto udì un colpo alla parete.

Il signor Beale era ormai in casa; probabilmente aveva spinto una sedia contro la parete, o batteva qualche chiodo a quell'ora avanzata.

– *Tun-tun-tun* – una pausa – *tun, tap, tun, tap*.

Il suono *tun* sembrava prodotto da un pugno, il *tap* dalla nocca di un dito.

Fu ripetuto.

A un tratto la giovane balzò in piedi con un piccolo riso. Era una segnalazione con l'alfabeto Morse: "O.C.", le sue iniziali.

Picchiò tre volte col dito, una volta col palmo della mano e poi ancora col dito. Aveva trasmesso il messaggio "capito".

Ora lui iniziava la comunicazione che Oliva trascrisse sul margine di un libro:

– Urgentissimo. Non adoperate sapone. Portatelo in ufficio.

Sorrise lievemente. Si aspettava qualche cosa di più divertente, perfino dal signor Beale. Batté la parola "d'accordo" e andò a letto.

Fu il bussare insistente del portalettere che la svegliò alle otto e mezzo dal suo sonno senza sogni; ancora sonnacchiosa infilò la vestaglia e andò ad aprire.

– Un pacchetto, miss – disse il postino invisibile; e pose nella mano che lei sporse dalla fessura della porta una lettera e un pacchettino. Lei li portò nel salottino e tirò le tende per illuminare la stanza. La lettera era scritta a macchina sulla carta di un noto profumiere; era diretta a *Miss Oliva Cresswell* e diceva:

Gentile signora,
Abbiamo il piacere di inviarle per suo uso un campione del nostro nuovo sapone "Foglie di Rosa" che speriamo incontrerà la sua approvazione.

"Come sono gentili", pensò; e si domandò il perché di tanta cortesia.

Aprì il pacchetto. In una scatoletta, accuratamente avvolta in carta velina, era un pezzo di sapone color lavanda che esalava un profumo delicatissimo.

– Ma come son gentili – disse ancora; e portò il dono nella stanza da bagno.

La giornata cominciava bene; un piccolo principio di felicità, poiché ogni donna sa che la felicità è fatta di piccole cose e che un mazzolino di violette dà più gioia di un filo di perle, se è dato in un certo momento psicologico.

Quando fu nel bagno prese il sapone, ma lo lasciò ricadere in fretta nel portasapone.

– "Non adoperate sapone. Portatelo in ufficio".

Ricordò il messaggio in un lampo. Beale sapeva che questo pacchetto sarebbe giunto e il suo avvertimento "urgentissimo" non era uno scherzo. Si vestì in fretta, fece una colazione sommaria e giunse in ufficio dieci minuti prima dell'ora fissata.

Trovò il suo principale che aspettava, seduto al solito posto sull'estremità della scrivania. Le fece un piccolo cenno di saluto e senza una parola tese la mano.

– Il sapone? – chiese Oliva.

Lui annuì.

La giovane aprì la borsetta.

– Bene – disse Beale – vedo che ha conservato l'involucro; questa, immagino, è la lettera che accompagnava il... come lo chiameremo? Il dono? Non lo tocchi con la mano nuda – aggiunse in fretta – si serva della carta.

Si tolse di tasca i guanti e se li infilò; quindi prese la saponetta e la osservò accanto alla finestra; la annusò e la rimise nella sua carta.

– Ora mi mostri la lettera.

Lei gliela porse e Beale la lesse.

– Brandan, profumieri. Sono sicuro che non c'entrano; ma è meglio assicurarsi.

Andò al telefono e chiese un numero; la giovane lo udì parlare a voce bassa con qualcuno che era all'altra estremità del filo. Quindi riattaccò il ricevitore e tornò verso di lei, con le mani in tasca.

– Non sanno nulla di questo atto di generosità – disse.

Intanto, Oliva si era tolta il cappello e il soprabito, li aveva appesi all'attaccapanni e aveva preso posto alla scrivania. Sedeva coi gomiti appoggiati alla cartella, il mento fra le mani e gli occhi fissi su lui.

– Non mi pare giusto tenermi ancora all'oscuro – disse infine. – In questi ultimi giorni si sono verificati molti avvenimenti misteriosi; e poiché tutti mi toccano direttamente, credo di avere diritto a qualche spiegazione.

– Lo credo anch'io – consentì Beale con un lampo nei suoi occhi grigi – ma non sono preparato a spiegarle tutto proprio adesso. Le dirò soltanto che se avesse adoperato stamattina quel sapone, stasera sarebbe stata coperta dalla testa ai piedi da un'eruzione cutanea irritante e abbastanza pericolosa.

Lei sussultò.

– Ma chi ha osato mandarmi questo?

Lui scrollò le spalle.

– Chi lo sa? Ma prima mi permetta una domanda, miss Cresswell. Supponiamo che stasera, nel guardarsi nello specchio, scoprisse il suo volto pieno di macchie rosse e poi vedesse le sue braccia e il resto del suo corpo sfigurato nello stesso modo, che cosa farebbe?

Lei rifletté un istante.

– Oh Dio, chiamerei il dottore.

– Quale dottore? – chiese lui negligentemente.

– Il dottor van Heerden Oh! – e lo guardò irritata. – Non pretenderà che sia stato il dottor van Heerden a mandarmi quell'orribile cosa?

– Non pretendo nulla – replicò freddamente Beale. – Dico soltanto che lei chiamerebbe un dottore e che questi sarebbe il dottor van Heerden. Dico ancora che sarebbe cortesissimo e le ordinerebbe di restare a letto quattro o cinque giorni, e credo anche – fissò il soffitto e parlò più lentamente, come se cercasse di dedurre le possibili conseguenze – che le darebbe qualche medicina molto gradevole al gusto.

– Che cosa vuole insinuare adesso? – chiese lei, tranquilla.

– Lui le ha procurato l'appartamento – proseguì con calma Beale – ed era anche pronto a darle un impiego quando lei è stata licenziata da Punsonby. Non la meraviglia, miss Cresswell, che ogni gesto del dottor van Heerden tenda ad avvicinarla sempre di più, a rendere più stretti i vostri rapporti? Non le sembra che il netto risultato di tutto ciò che le è accaduto in questi ultimi giorni tenda a renderla sempre più dipendente dal dottore? Per esempio, se lei avesse accettato l'impiego che lui le offriva, questo avrebbe ottimamente assecondato i suoi progetti.

– I suoi progetti!

Oliva sussultò. Il suo volto ora era serio e ogni traccia di riso era scomparsa.

– I suoi progetti – ripeté lui. – Lei è stata licenziata da Punsonby dietro istigazione del dottor van Heerden.

– Non lo credo!

– Questo non importa. È stata sul punto di essere arrestata... ancora per istigazione del dottor van Heerden. Lui la aspettava, al suo ritorno a casa, per offrirle quell'impiego. Quando seppe che era già impegnata, telefonò a White, dandogli le istruzioni necessarie per farla arrestare, in modo che lei, nella disgrazia, si rivolgesse a lui, il suo solo amico leale.

Oliva ascoltava senza pronunciar parola. Poteva soltanto fissarlo, senza neanche interromperlo. La sua femminile perspicacia le diceva che, per quanto la sua lealtà le facesse respingere i dubbi che sorgevano in lei, tuttavia, se ciò che lui diceva non era tutto vero, v'era almeno una gran parte di probabilità.

– Le dirò ancora – proseguì Beale – che il dottor van Heerden ha qualche motivo per assicurarsi su lei un ascendente, fisico e morale. In altre parole, lui vuol renderla schiava della sua volontà.

Lei lo guardò sorpresa, e scoppiò in una risata cristallina.

– È troppo assurdo, signor Beale!

– Davvero? – e sorrise. – Infatti, si direbbe quasi un melodramma.

– Ma perché crede che dovrebbe... – e arrossì.

– Non credo nulla – e si lasciò scivolare dall'estremità del tavolo. – Mi limito a constatare i fatti. Non credo che abbia su lei delle intenzioni, secondo il significato convenzionale di questa frase... ritengo che forse vorrebbe sposarla... Lei che ne pensa?

Oliva aveva ripreso alquanto il dominio di sé, e il suo senso dell'umorismo la aiutò ad uscire da una situazione che altrimenti avrebbe potuto essere imbarazzante.

– Credo che lei abbia sentito troppi drammi e letto troppi libri eccitanti, signor Beale – osservò. Confesso che non ho mai considerato il dottor van Heerden come un possibile corteggiatore; e sarei immensamente lusingata se potessi credere a questa possibilità. Ma posso dirle che vi sono ben altri modi di conquistare una donna che dandole un eczema!

Risero entrambi.

– Bene – fece lui togliendosi il cappello – buon lavoro e mi tiri fuori i vari domicili del signor Scobbs.

Allora lei si ricordò.

– Sa una cosa?

Beale era già sulla porta e si voltò.

– Il nome di Scobbs mi fa venire i brividi.

– Perché?

– Mi dica: perché io, che fino a ieri ignoravo la sua esistenza, ho dovuto udire il suo nome pronunciato da una persona assolutamente estranea?

Il sorriso scomparve dal volto di Beale.

– Chi lo ha nominato? No, non è una banale curiosità – proseguì vedendo che lei lo minacciava scherzosamente con un dito. – Parlo sul serio. Chi ha pronunciato il suo nome?

– Un visitatore del dottor van Heerden. Li ho uditi mentre passavano dinanzi alla mia porta.

– Un visitatore del dottor van Heerden ha nominato il signor Scobbs di Red Horse Valley? – mormorò lui quasi fra sé. – E mi dica: lo ha visto?

– No.

– Lo ha solo sentito parlare. E non ha udito altri nomi?

– Nessuno. È una cosa terribilmente importante?

– Piuttosto. Avremo molto da fare.

E con questa osservazione, che le sembrò poco chiara, la lasciò.

La giornata trascorse rapida come la precedente. La sera vi era un fascio di cartelle, a sinistra della scrivania, coperte della sua fine scrittura. Avrebbe potuto fare anche di più, ma trovò che le mancava un rapporto per fare una verifica. Non era sullo scaffale e Oliva stava per abbandonare la ricerca, rimandandola al ritorno di Beale, quando si accorse che accanto agli scaffali c'era un armadio a muro. Non era chiuso a chiave, e aprendolo lo trovò – come aveva immaginato – pieno di libri, in mezzo ai quali rinvenne ciò che le occorreva. Esaminò allora il contenuto dell'armadio e la sua attenzione fu colpita da un volumetto che sulla semplice copertina non aveva titolo né alcuna iscrizione. Lo aprì e lesse sul frontespizio: *L'assassinio di Millinborn*. Non vi era nome di autore, e il contenuto era formato da una minuta analisi delle varie testimonianze che si erano avute durante l'inchiesta, oltre ad alcuni piani e diagrammi con piccole croci rosse le quali mostravano le posizioni dei diversi attori della tragedia.

Lesse pigramente la prima pagina e la voltò. Era a metà della seconda pagina quando le sfuggì una breve esclamazione, scorgendo un nome che le era familiare: il nome del dottor van Heerden.

Affascinata, lesse la storia sino in fondo, aspettandosi da un momento all'altro di leggere anche il nome di Beale.

Vi erano parecchi nomi che le erano ignoti, e quello che si ripeteva con maggior frequenza era quello di James Kitson. Quello di Beale non apparve affatto. Lesse per un'ora, seduta a terra dinanzi all'armadio.

Alle sei diede licenza al fattorino, chiuse l'ufficio e scese nella strada affollata.

Con grande sorpresa udì pronunciare il suo nome, e voltandosi si trovò faccia a faccia col dottor van Heerden.

– È un'ora che la aspetto – disse lui con rimprovero scherzoso.

– E probabilmente nel frattempo i suoi ammalati muoiono come le mosche – rispose Oliva.

Avrebbe voluto trovare un pretesto per lasciarlo e andarsene a casa sola; ma la curiosità la spinse a cercar di scoprire la ragione di quella visita inattesa.

– Come ha saputo dove sono impiegata? – gli chiese.

– Semplicissimo. Mi recavo da un ammalato quando l'ho vista uscire per andare a colazione; e siccome mi sono trovato nuovamente in questi paraggi un'ora fa, ho pensato di aspettarla per riaccompagnarla a casa. E voglio anche dirle che sta facendo una grossa sciocchezza.

– Stando qui ferma a parlare con lei invece di andare a casa dove il mio tè mi aspetta?

– No... accettando un impiego da un individuo come Beale. Lei sa di che reputazione gode. Cara ragazza, sono rimasto molto male quando ho scoperto chi è il suo principale.

– Non credo necessario che lei si preoccupi per me, dottore – replicò la giovane con calma. – Del resto, il signor Beale non è affatto spiacevole... nei suoi momenti di lucidità – e sorrise fra sé.

Non era sleale verso il suo principale. Se lui voleva che lo si ritenesse un mezzo alcoolizzato, doveva subirne le conseguenze.

– Ohibò, un ubriacone! – Il delicato dottore rabbrividì. – Ho sempre cercato di essere un buon amico per lei, miss Cresswell, e spero che lei mi permetterà di continuare ad esserlo; quindi il mio consiglio in questo caso è...: si licenzi dal signor Beale.

– Che assurdità! – e rise. – Non vi è nessuna ragione perché io faccia una cosa simile. Il signor Beale mi tratta con la più grande considerazione.

– Ma che cos'è quest'uomo?

– È un agente di qualche cosa; ma certamente lei non vorrà che io le parli dei suoi affari. E ora devo andare, dottore: mi scusi.

– Un momento – pregò il dottore. – Ho una carrozza che mi aspetta. Non vuol venire a prendere il tè da qualche parte?

– Dove?

– Alla Grande Alleanza.

Oliva annuì lentamente.

8. Alla Grande Alleanza

L'albergo e caffè della Grande Alleanza era il locale più nuovo di Londra. Il grande *jardin d'hiver* ornato di palmizi era affollatissimo all'ora del tè; e se – secondo i timori di Beale – la vicinanza del dottor van Heerden poteva costituire un pericolo per lei, certamente nulla poteva accaderle nel più aperto dei luoghi pubblici.

Non aveva alcun timore; ma quel certo senso di prudenza armata che è in ogni giovane donna che lavora per vivere ed è conscia dei pericoli che la circondano da ogni lato, le fece passare rapidamente in rassegna tutte le possibilità e le consentì di accettare l'invito.

Era più tardi di quanto avesse creduto. Solo pochi tavolini erano occupati, ma evidentemente il dottore ne aveva fatto riservare uno, perché appena entrati un cameriere lo guidò ad una delle nicchie laterali e porse una sedia alla giovane. Lei si guardò attorno mentre si toglieva i guanti. Il luogo non le era estraneo. Vi si recava raramente, quando le sue finanze le permettevano questo passatempo, poiché i suoi nervi stanchi trovavano sollievo nel sedersi a bere una tazza di tè ascoltando il suono dei violini, osservando la folla di gente felice, e assorbendo così un po' della gioia che da questa emanava.

Un cerchio di colonne sorreggeva la cupola che copriva il vasto ambiente e attraverso i vetri colorati di essa la luce filtrava dolcemente riflettendosi sul pavimento lucido.

– Dottore – disse a un tratto come ricordandosi – oggi ho letto molte pagine che la riguardano.

– Che riguardano me?

Lei annuì, sorridendo maliziosamente.

– Non sapevo che lei fosse una persona tanto famosa. Ho letto la storia dell'assassinio di Millinborn.

– Ha letto la storia dell'assassinio di Millinborn? – ripeté il dottore serio, fissandola negli occhi. – Un caso molto spiacevole e che preferirei dimenticare.

– Mi è sembrato molto emozionante – riprese Oliva. – Come una storia poliziesca, ma non a lieto fine.

Lui rise.

– Un argomento assolutamente spaventoso, per una conversazione attorno a un tavolino da tè – aggiunse con indifferenza, e fece cenno al cameriere. – Ci fate aspettare, Jacques.

– Subito, signor dottore – si scusò il cameriere. Poi con voce bassa, ma non tanto da non essere udita dalla giovane, proseguì: – Siamo stati un po' sottosopra oggi, a causa del suo amico.

– Del mio amico? – Il dottore lo guardò severamente. – Di chi volete parlare?

– Del signor Jackson.

– Jackson? Credevo che fosse partito.

– Doveva partire stamane col treno delle dieci, ma ha avuto uno svenimento. Lo abbiamo fatto rinvenire dandogli del cognac, ma nel pomeriggio ha avuto un nuovo deliquio.

– Dov'è adesso? – chiese van Heerden dopo una pausa.

– In camera sua. Partirà stasera per l'Irlanda, così ha detto, per prendere il piroscafo a Queenstown.

– Non gli dite che io sono qui. – Quindi si volse alla giovane scrollando le spalle. – Un mio amico dissoluto che mando in colonia.

– Non vuole andare a vederlo? – chiese Oliva – Dev'essere molto ammalato, se ha dei deliqui.

– Non credo – rispose il dottore con calma. – Questi piccoli attacchi non sono una cosa seria; ne ha avuto uno anche l'altra sera in camera mia. Sono il risultato di una vita disordinata; ma sei mesi di Canada faranno di lui un uomo.

Lei non rispose. Frenò a stento un'esclamazione. Era dunque l'uomo che era stato a casa del dottore e che doveva andare a Red Horse Valley! Le sarebbe molto piaciuto aggiungere un supplemento alle sue informazioni sul signor Scobbs, proprietario di molti alberghi, ma si trattenne.

Riportò invece il discorso sul punto al quale lui aveva cercato di interromperlo.

– Conosce il signor Kitson?

– Kitson? Ah, sì, l'avvocato – rispose con riluttanza. – Lo conosco, ma credo che quanto so non sia molto lusinghiero per lui. Le dirò una cosa, miss Cresswell – e si curvò sul tavolo, e parlò con voce più bassa – una cosa che non ho mai detto ad anima viva. Lei mi ha parlato dell'assassinio Millinborn. Ebbene, la mia opinione è che Kitson, l'avvocato, ne sappia più di chiunque altro. E se vi è qualcuno che ne sa anche di più, è Beale.

– Beale? – ripeté lei, incredula.

– Beale. Lei sa la storia dell'assassinio: mi ha detto di averla letta. Millinborn era moribondo e io ero uscito dalla stanza con Kitson, quando qualcuno entrò dalla finestra e colpì John Millinborn al cuore. Ho ragione di credere che l'uomo che mando al Canada sia stato testimone del delitto. Lui nega di aver visto qualsiasi cosa; ma può darsi che più tardi cambi tono.

Un lampo la illuminò.

– Allora, Jackson è l'uomo che fu incontrato da Kitson nella piantagione?

– Precisamente.

– Ma non comprendo – ribatté Oliva perplessa. – Non era un ricercato dalla polizia, Jackson?

– Non credo che sia nell'interesse della giustizia arrestarlo – replicò il dottore gravemente. – Ripongo in lui la massima fiducia. Lo mando in una fattoria a Ontario, tenuta da un mio amico medico il quale ha la mania di curare i dipsomaniaci.

I suoi occhi incontrarono quelli di lei e non si abbassarono.

– Dottor van Heerden – disse la giovane lentamente – lei manda il signor Jackson a Red Horse Valley.

Lui fece un balzo indietro come se fosse stato colpito in pieno viso, e per un istante rimase senza parola.

– Che cosa... che cosa sa lei? – chiese con aria smarrita.

Era diventato color della cenere e i suoi occhi erano pieni di un terrore tragico. Oliva fu spaventata dell'effetto prodotto dalle sue parole e si affrettò a dissipare l'impressione che aveva creato.

– Ho semplicemente sentito, attraverso il ventilatore del mio appartamento, il signor Jackson mentre la salutava, l'altra sera. Udii che nominava Red Horse Valley...

Lui trasse un largo respiro e fu nuovamente padrone di sé; ma era ancora pallidissimo.

– Oh, questo è un gentile inganno. Jackson conosce l'esistenza di quella casa di salute per alcoolizzati a Ontario e ho dovuto fingere di mandarlo in altro luogo. Ma non andrà oltre...

– Dio mi fulmini se non è il dottore!

Al suono della voce rauca alzarono entrambi gli occhi. L'uomo chiamato Jackson li salutava dal centro della sala. Era ben vestito, ma nessun sarto, per quanto abile, avrebbe potuto rendere simpatico quel volto gonfio e flaccido, quegli occhi maligni che osservavano il mondo attraverso due strette fessure. Indossava un abito a scacchi, teneva in mano il suo cappello nuovo e la testa conica mostrava una calvizie luccicante.

– Lei è veramente di una squisita gentilezza, dottore!

Non guardò la giovane, ma fece una smorfia di compiacenza al suo compagno, il quale cercava di nascondere la sua irritazione.

– Sono qui – e spalancò le braccia con gesto stravagante – sul punto di lasciare il mio paese di adozione se non di nascita, senza anima viva che venga a salutarmi. Io, che sono stato... beh, voi lo sapete quello che sono stato. Il mondo mi ha trattato molto male. Per l'universo! Mi piacerebbe tornare qui miliardario e rovinarli tutti. Vorrei tagliar loro la gola, amputargli membro per membro; mi piacerebbe...

– Tacete! – gridò van Heerden irritato. – Non avete educazione? Non vedete che sono con una signora?

– *Pardon.* – L'uomo chiamato Jackson si alzò dalla sedia su cui era piombato e si inchinò buffamente verso la giovane. – Non vedo il suo volto a causa del cappello, cara signora – disse con galanteria – ma son sicuro che il mio amico van Heerden, il cui buon gusto...

– Volete tacere? – lo interruppe van Heerden. – Andate in camera vostra; vi raggiungerò.

– In camera mia! – proruppe l'altro. – Perbacco! Questa mi piace: che un mediconzolo qualunque mi dica di andarmene nella mia camera! Dopo quello che sono stato, dopo la posizione che ho avuto in società! Ho avuto carrozze di ambasciatori dinanzi alla mia porta, caro mio; ho ricevuto principi di sangue; e ora devo sentirmi dire da un ragazzaccio saputello di andare nella mia camera! Ah, è troppo!

– Allora comportatevi in modo decente – riprese van Heerden – e aspettate almeno che io sia solo per avvicinarvi.

Ma l'uomo non parve avesse l'intenzione di muoversi; anzi sembrò che questo rimprovero stimolasse le sue reminiscenze.

– Non vi badi, miss... non so il suo nome, ma son certo che appartiene alla nobiltà. Lei vede dinanzi a sé un uomo che ai suoi tempi è stato cavalier servente di molte belle dame, per Giove! Non me le ricordo. Devono essere state parecchie migliaia; ma solo una di loro valeva due soldi. Sì – e scrollò la testa melanconicamente – una sola. Per Giove! Le altre – e fece scoppiettare le dita – roba da nulla!

La giovane ascoltava senza volere.

– Jackson! – e la voce di van Heerden tremava di collera. – Volete andarvene o debbo costringervi con la forza?

Jackson si alzò con una grassa risata.

– Evidentemente sono di troppo – borbottò con goffo sarcasmo.

Tese una mano molle che van Heerden finse di non vedere.

– *Bonjour, mademoiselle.* – Le tese la mano così vicino che Oliva non potré non vederla. La prese: una cosa molle e viscida che fece correre un brivido di ribrezzo in tutto il suo corpo. Allora per la prima volta alzò il volto verso di lui.

Lui lasciò cadere la mano e la fissò con la bocca aperta e i lineamenti sconvolti dall'orrore.

– Lei! – ringhiò.

Oliva ricadde indietro sulla sedia, appoggiata alla parete, ma non aprì bocca. Sentiva nella voce di lui il terrore e l'angoscia.

– Lei! – smozzicò fra i denti – Mary!

– Andate all'inferno! Via! – gridò van Heerden, e lo respinse.

Ma benché indietreggiasse barcollando sotto la spinta del braccio dell'altro, i suoi occhi non lasciarono il volto della giovane, la quale, affascinata da quell'espressione di disperato appello, non riuscì a distogliere i suoi.

– Mary! – sussurrò. – Come si chiama di cognome?

La giovane si riprese con uno sforzo.

– Non mi chiamo Mary – disse con calma. – Mi chiamo Oliva Cresswell.

– Oliva Cresswell – ripeté l'uomo – Oliva Cresswell!

Fece un movimento verso di lei, ma van Heerden gli sbarrò il passo. Lei udì Jackson dire qualche cosa con voce soffocata, cui rispose un tagliente. – Cosa? – di van Heerden; poi vi fu uno scambio di parole concitate.

L'attenzione delle poche persone che si trovavano nel *jardin d'hiver* era stata attratta dall'insolito spettacolo dei due uomini impegnati in quello che poteva sembrare un alterco.

– Sedete, sedete, pazzo che siete! Sedete un po' distante. Verrò da voi fra qualche minuto. Potete giurare che quanto dite è la verità?

Jackson annuì. Tremava da capo a piedi.

– Il mio vero nome è Prédeaux – disse – e quella è mia figlia. Mi sono ammogliato sotto il nome di Cresswell. Mia figlia – ripeté. – È un vero miracolo.

– Che cosa volete fare? – chiese van Heerden.

Aveva un po' spinto, un po' seduto a forza l'uomo su una sedia accanto a una delle colonne.

– Voglio dirglielo. E voi – proseguì aspramente – quali intenzioni avete su di lei?

– È cosa che non vi riguarda – rispose seccamente van Heerden.

– Non mi riguarda, eh? Ve lo farò vedere io, se non mi riguarda. Le dirò tutto ciò che so sul conto vostro. Sono stato una canaglia. – Tutta la sua baldanza era scomparsa, e la voce roca vibrava stranamente. – Ho spezzato il cuore della donna migliore che ci fosse al mondo – proseguì amaramente – e non voglio che ora voi spezziate il cuore di mia figlia.

– Volete tacere? – sibilò van Heerden. – La condurrò via e poi tornerò qui da voi.

Jackson non replicò. Rimase seduto scompostamente sulla sedia, borbottando qualche cosa fra sé, mentre van Heerden tornava rapidamente accanto alla giovane.

– Temo che dovrò lasciarla andare a casa sola. Quell'uomo ha uno dei suoi attacchi. Credo che sia *delirium tremens*.

– Non le pare che sarebbe bene mandare... – ma s'interruppe. Stava per dire "mandare a chiamare un medico", ma si accorse dell'assurdità della proposta.

– Sarà meglio che lei vada – riprese lui in fretta, con un'occhiata all'uomo che stava cercando di rimettersi in piedi. – Non posso dirle quanto sono dolente di questa scena.

– Ferma! – Era la voce di Jackson.

Barcollava a metà strada fra la nicchia e la sedia che aveva lasciato e tendeva verso di loro un dito tremante.

– Ferma – ripeté con voce di comando. – Devo dirle una cosa. So che... so che le farà pagare per la Ruggine Verde...

Vacillò e piombò a terra come un fagotto di cenci. Il dottore fece un balzo, lo sollevò e lo trasportò sulla sedia accanto alla colonna. Raccolse il soprabito che l'uomo portava sul braccio e glielo stese addosso.

– È uno svenimento, non c'è da aver paura – disse agli accorsi. – Jacques – disse rivolto al cameriere – portate del cognac: bisogna dargli un po' di calore.

– Devo telefonare per far venire un'ambulanza?

– Non occorre. Si riavrà in pochi minuti. Lasciatelo stare così – e tornò alla nicchia.

– Chi è? – chiese la giovane; e la voce le tremava, suo malgrado.

– È un uomo che ho conosciuto quando era in posizione migliore. Ma ora è meglio che lei vada via. Desidero che lei se ne vada – replicò il dottore serio – le sarò molto grato se farà quanto le dico.

– Ecco il cameriere col cognac – interruppe lei. – Vuol darglielo?

Dinanzi agli astanti il dottore fece sciogliere nel cognac una compressa bianca e aprendo con la forza i denti dello svenuto, gli versò in gola fino all'ultima goccia il contenuto del bicchiere.

Jackson o Prédeaux – per chiamarlo col suo vero nome – ebbe un sussulto; dopo pochi secondi sussultò ancora e subitamente si accasciò.

Il dottore si curvò sopra di lui e gli sollevò le palpebre.

– Temo... che sia morto – disse con voce bassa.

– Morto – proruppe la giovane. – Oh, no. No.

Van Heerden scrollò la testa.

– Sincope cardiaca – sentenziò.

– Lo stesso genere di sincope che uccise John Millinborn – disse una voce dietro a lui. – Il costo della Ruggine Verde aumenta, dottore.

Oliva si voltò. Accanto a lei era Beale, i cui occhi fermi erano fissi su van Heerden.

9. Una minaccia contro l'umanità

– Che cosa vuol dire? – chiese van Heerden.

– Ripeto semplicemente le parole del morto – fu la risposta di Beale. – Sincope cardiaca.

Prese dal tavolino l'astuccio di cuoio che il dottore aveva tolto di tasca. Dentro vi erano quattro flaconcini, uno dei quali era stappato.

– Digitale – lesse. – Questo non avrebbe potuto ucciderlo.

Guardò van Heerden con aria pensosa, poi alzò nuovamente la boccetta. L'etichetta apparteneva a una nota ditta di grossisti di medicinali e il sigillo sembrava essere stato spezzato per la prima volta quando van Heerden aveva tolto il tappo.

– Ha mandato a chiamare la polizia? – chiese Beale al direttore del locale, che era agitatissimo.

– Sì, signore. Subito. Mi pare che stiano venendo.

Andò verso l'ingresso per ricevere tre uomini che proprio in quel momento oltrepassavano la soglia della porta girevole. Nell'atteggiamento di van Heerden c'era qualche cosa che a Beale sembrò strano. Sembrava avesse messo radici nel luogo dove si trovava quando gli agenti lo interrogarono; e non fece un passo neanche quando gli uomini dell'ambulanza sollevarono il corpo, né quando gli altri astanti furono interrogati sui particolari della morte. Accompagnando la giovane ad una stanza dove potesse rimettersi dall'impressione avuta e riposarsi un po', Beale si voltò mentre saliva l'ampia scala e lo vide ancora immobile, con la testa china e le dita che tormentavano la barba.

– Terribile, terribile – disse Oliva rabbrividendo. – Non ho mai visto morire nessuno. È una cosa spaventosa.

Beale fece appena un cenno con la testa. Il suo pensiero era fisso sul dottore. Perché era rimasto immobile? Non era uomo da impressionarsi dinanzi a un fenomeno così normale come la morte. Era medico, e simili spettacoli erano abituali per lui. Qual era dunque la ragione della strana paralisi che lo aveva incatenato in quel luogo dopo che il cadavere era stato rimosso?

La giovane parlava, ma lui non la udiva. L'istinto gli diceva che nello strano atteggiamento di van Heerden c'era la soluzione della morte di Prédeaux.

– Mi scusi un momento – disse.

Rapidamente uscì alla stanza, scese le scale, fu nel *jardin d'hiver.*

Van Heerden se n'era andato.

La spiegazione gli apparve in un lampo e lui si affrettò verso il luogo dov'era stato il dottore. Sul pavimento di mattonella a mosaico, una di queste appariva bagnata, per una grandezza non maggiore di un piattino, come se fosse stata appena lavata.

Fece un cenno al direttore.

– Chi ha pulito questa mattonella? – chiese.

Il direttore scrollò le spalle.

– È stato il dottore... un tipo così eccentrico. Ha chiesto un bicchier d'acqua, vi ha bagnato il fazzoletto, poi si è un po' scostato e con incredibile rapidità ha lavato il pavimento col suo fazzoletto, proprio dove aveva posato i piedi.

– Imbecille – ruggì Beale. – Maledetto imbecille!

– Signore – fece il direttore stupito.

– Scusi, scusi, signor Barri – sorrise Beale calmandolo – parlavo con me stesso... Oh, come sono stato imbecille.

Si inginocchiò ed esaminò il pavimento.

– Ho bisogno di questa mattonella: non la fate toccare da nessuno – disse.

Senza dubbio, van Heerden era rimasto immobile perché aveva schiacciato sotto ai piedi la compressa di digitale che aveva tolto dalla boccetta e che aveva sostituito con qualche cosa di mortalmente tossico. Se si fosse mosso, la compressa polverizzata si sarebbe vista. Era semplice... orribilmente semplice.

Tornò lentamente dove aveva lasciato Oliva.

Ciò che seguì sembrò alla giovane, anche più tardi, un brutto sogno. Era sbalordita dalla tragedia avvenuta sotto i suoi occhi e non poté fare nessuna deposizione che fosse utile alla polizia nell'inchiesta subito iniziata e di cui il resoconto apparve nelle colonne del *Megaphone.*

La tragedia avvenuta ieri nel jardin d'hiver *dell'Albergo della Grande Alleanza si deve aggiungere alla lunga lista dei non mai rivelati misteri di Londra. Il defunto, tale Jackson, aveva dimorato nell'albergo per una settimana ed era in procinto di partire per il Canada. All'ultimo momento, il dottore van Heerden, il quale assisteva il disgraziato, scoprì che questi non era altri che l'uomo ricercato per l'assassinio di Millinborn, che i nostri lettori ricorderanno.*

Il dottor van Heerden ci ha dichiarato che Jackson gli aveva detto di essere un amico del defunto Millinborn, e di essere ansioso di recarsi in Canada. Gli si era presentato con ottime referenze e il dottore, in un impulso di generosità, si era offerto di aiutarlo. Però, quella mattina era stato colpito dalla somiglianza dell'uomo con la descrizione di colui che era ricercato per il caso Millinborn, e stava per telegrafare alle autorità di Liverpool quando apprese che l'individuo aveva perduto il treno.

L'attuale tragedia sembra che sia un suicidio. Come i lettori ricorderanno, l'uomo ebbe un deliquio e il dottor van Heerden gli somministrò un medicinale perfettamente inoffensivo. L'autopsia ha invece rivelato nel corpo la presenza di una considerevole quantità di cianuro di potassio; quindi la polizia ritiene che il Jackson l'avesse ingerito prima dello svenimento. Nelle tasche dell'uomo venne trovato un certo numero di compresse di cianuro.

Il dottor van Heerden dice: "Evidentemente l'uomo aveva già considerato la possibilità di uccidersi; e quando nel jardin d'hiver *dell'albergo gli manifestai i miei sospetti, decise di compiere il gesto. La presenza del cianuro – uno dei veleni più rapidi e mortali – nelle sue tasche rivela l'intenzione. Io non vidi il gesto, altrimenti lo avrei senza dubbio impedito*".

Oliva Cresswell lesse questo resoconto nella sua camera due sere dopo la tragedia, e fu colpita da qualche strana inesattezza, se tutto ciò che il dottore le aveva detto era vero.

Beale lesse il giornale, e sorrise un po' torvo al barbuto sovrintendente del Reparto Investigazioni Criminali.

– Che cosa ne dice di tanta abilità? – chiese spingendo il giornale attraverso il tavolo.

– L'ho letto – rispose l'altro laconicamente. – Credo che abbiamo elementi sufficienti per arrestare van Heerden. La mattonella della Grande Alleanza presenta tracce di digitale.

Beale scrollò il capo.

– Faremmo fiasco – affermò. – Che prove abbiamo? Non abbiamo sequestrato il suo astuccio coi medicinali. Una compressa di digitale avrebbe potuto cadere per caso. La sola prova sarebbe la dimostrazione che van Heerden aveva con sé le compresse di cianuro che introdusse nelle tasche di Prédeaux. No, non possiamo provar nulla.

– E qual è la sua opinione intorno al delitto?

– Ho parecchie teorie – disse Beale alzandosi e mettendosi a passeggiare per la stanza – e una certezza. Sono sicuro che John Millinborn fu ucciso dal dottor van Heerden. Fu ucciso perché, durante l'assenza dell'avvocato Kitson, recatosi al villaggio, van Heerden strappò al moribondo un segreto che questi aveva fino ad allora custodito gelosamente. Quando Kitson tornò, trovò il suo amico *in extremis*, e anche van Heerden credette che non avrebbe mai più parlato. Con sua grande sorpresa, Millinborn ricominciò a parlare e van Heerden, temendo che rivelasse la sua canagliata, lo colpì al cuore fingendo di aiutarlo a ricoricarsi. All'albergo della Grande Alleanza è accaduto qualcosa di diverso. Un uomo sviene: è immediatamente sollevato dal dottore, il quale gli somministra un medicinale innocuo... cioè, innocuo se è dato in piccole quantità. Cinque secondi dopo l'uomo è morto. L'autopsia rivela che è morto avvelenato, e nelle sue tasche troviamo il cianuro. E chi è quest'uomo? Evidentemente la persona che fu testimone dell'assassinio di Millinborn e che fin da allora noi abbiamo invano cercato di rintracciare.

– Van Heerden non sfuggirà la terza volta. La sua presenza non potrà essere sempre una semplice coincidenza – disse il sovrintendente.

Beale rise.
– Non vi sarà una terza volta – ribatté brevemente. – Van Heerden non è uno sciocco.
– Lei suppone quale possa essere il segreto che strappò al vecchio Millinborn?
– Sì; e fra breve lo saprà anche lei.
Il *detective* guardò nuovamente il resoconto del giornale.
– Sono sicuro che il Giurì pronuncerà un verdetto di "suicidio compiuto in un momento di disordine mentale". Ad ogni modo, questo non gioverà a van Heerden.
– In questo ha torto – affermò Beale fermandosi. – Van Heerden ha manovrato coi giornalisti in modo che uscirà da questa storia con una reputazione migliorata. Probabilmente troveremo nei settimanali degli articoli scritti e firmati da lui, con le sue opinioni intorno alla vendita dei veleni. Si muoverà in un'atmosfera di romanzo e la sua sala di consultazione sarà affollata di nuovi ammiratori.
– È un caso molto strano – riprese il sovrintendente alzandosi – e se mi permette di dirlo, signor Beale, lei è una delle più strane figure che agiscano in questa faccenda. Non riesco a rendermi conto. Lei non appartiene alla polizia, eppure abbiamo ordine dal Ministero degli Esteri di secondarla in tutto e per tutto. A che gioco si gioca?
– Al più gran gioco del mondo – rispose prontamente Beale – a un gioco che, se riesce, significherà miseria e sofferenza per migliaia di persone e porterà un enorme movimento d'affari; e condannerà voi, i vostri figli e i figli dei vostri figli a lavorare per centinaia di anni al fine di pagare il nuovo debito nazionale.
– Dio benedetto – esclamò l'altro – dice davvero?
– Non sono mai stato più serio in vita mia – replicò Beale – perciò non desidero che la polizia indaghi troppo in questo assassinio di Jackson il cui vero nome, come le ho detto, è Prédeaux. Ma le dico questo, signor McNorton: che lei assiste allo sviluppo del più infernale furfante che la storia conosca. Sieda. Sa che cosa è avvenuto l'anno scorso?
– L'anno scorso? Sì, c'è stata la fine della guerra.
– La guerra finì, la Germania fu battuta e dovette accettare delle condizioni umilianti per una nazione orgogliosa. Il disastro peggiore furono le condizioni di impoverimento imposte dall'Intesa. Questa chiese, cioè, certe concessioni territoriali e somme di denaro che, unite agli enormi interessi che la Germania doveva pagare per le forniture di guerra, paralizzerebbero il commercio della Prussia almeno per cento anni.
– Ebbene? – fece il *detective*, poiché l'altro si era interrotto.
– Ebbene? – replicò Beale con un sorrisetto amaro. – La Germania sta per riavere questo denaro.
– Un'altra guerra?
Beale rise.
– No, niente di così stupido come un'altra guerra. La Germania ha avuto tutta la guerra che desiderava. No, no, niente di questo. Le dirò anzi che il Governo tedesco non ha ufficialmente notizie di questo intrigo, ed è pronto a ripudiare coloro che vi sono immischiati. E se le mie informazioni sono esatte, il Governo non ha contribuito neanche con un marco a rendere possibile l'esecuzione del progetto; ma quando tutto sarà pronto, il denaro necessario si troverà istantaneamente. Per il momento, l'inventore di questo graziosissimo progettino si trova ad avere un capitale insufficiente per continuare. Vi sono molte vie per uscire d'imbarazzo. Lui si è già fatto prestare 40.000 sterline da White, l'amministratore delegato di Punsonby.
Il sovrintendente McNorton emise un fischio.
– Vi sono anche altri mezzi – continuò Beale – e lui ha libertà di usarli tutti, meno uno. Il giorno in cui metterà le mani su quel patrimonio, quel giorno lo ucciderò.
– A questo punto? – fece lo sbalordito McNorton.

– A questo punto – ripeté Beale.
Bussarono alla porta e McNorton si alzò.
– Non se ne vada – disse Beale – desidero presentarla a questo signore.
Aprì la porta e fece entrare un uomo coi capelli grigi su un volto magro e ascetico. Beale richiuse la porta e introdusse il visitatore nella stanza da pranzo.
– Signor Kitson, desidero farle conoscere il sovrintendente McNorton.
I due uomini si strinsero la mano.
– Ebbene? – disse Kitson – Mi pare che il nostro amico dottore se la sia cavata. – Sedette accanto al tavolo, su cui cominciò a tamburellare nervosamente. – Il sovrintendente sa tutto?
– Quasi tutto.
– Quasi tutto – ripeté il *detective* con un sorriso – eccetto la faccenda della Ruggine Verde. Ammetto che questa mi interessa moltissimo.
– Neanch'io ne so nulla – ammise Kitson guardando Beale con curiosità. – Immagino che uno di questi giorni ci dirà tutto intorno a questa storia. È una scoperta che il signor Beale ha fatto casualmente mentre si occupava della protezione di miss... – guardò Beale e questi fece un cenno di assenso – di miss Cresswell.
– La signora che era presente all'assassinio di Jackson?
– Non vi è ragione di non metterla al corrente di tutto. Miss Oliva Cresswell è la nipote di John Millinborn. Sua madre sposò un furfante che si faceva chiamare Cresswell, ma il cui vero nome era Prédeaux. Lui le mangiò tutto fino all'ultimo soldo e poi l'abbandonò con la bambina piccola.
– Prédeaux! – esclamò il *detective* – Ma mi avete detto che questo era il vero nome di Jackson.
– Jackson ovvero Prédeaux era suo padre – riprese Kitson. – Si credeva che fosse morto; ma dopo il decesso di John Millinborn io feci delle indagini e venni a sapere che l'uomo era stato condannato alla deportazione nella Cajenna, ed era stato graziato quando il Presidente della Repubblica Francese, alla fine della guerra, proclamò un'amnistia generale. Evidentemente si recava a vedere John Millinborn il giorno in cui il mio disgraziato amico fu assassinato, e fu il riconoscere sua figlia nel *jardin d'hiver* della Grande Alleanza che provocò il deliquio, cosa a cui – del resto – andava soggetto.
– Ma come poté riconoscere sua figlia? L'aveva mai vista prima?
Per tutta risposta, Kitson trasse di tasca un portacarte di cuoio e lo aprì. Conteneva due fotografie: una di una bella donna, vestita alla moda di venticinque anni fa; l'altra era un'istantanea di una giovane in abito moderno, in cui McNorton riconobbe facilmente Oliva Cresswell.
– Sicuro – disse – potrebbe essere la stessa persona.
– La somiglianza è straordinaria – rilevò Kitson. – Quando Jackson vide la giovane, la chiamò Mary, era il nome di sua moglie. Millinborn ha lasciato tutta la sua sostanza a miss Cresswell, ma mi ha fatto prendere l'impegno che lei non sarebbe entrata in possesso dell'eredità né ne avrebbe saputo l'esistenza fino al giorno del suo matrimonio. Detestava i cacciatori di dote. Questo è il segreto che van Heerden strappò – temo con violenza – al povero John moribondo. Da allora in poi, ha creato una quantità di intrighi per riuscire a sposare la ragazza. Ad onor del vero, devo dire che ritengo che quel cane non abbia altra mira che quella di assicurarsi il patrimonio. La sua conoscenza con White, che è all'orlo del fallimento, lo ha messo in grado di conoscere la ragazza. La persuase a venire ad abitare qui, dove si trovò libero l'appartamentino che le occorreva. E questo – soggiunse seccamente l'avvocato – è avvenuto in parte perché questo isolato è proprietà di Oliva Cresswell, e la signora che ne figura padrona è una persona di mia fiducia.
– E questo spiega anche il signor Beale – sorrise l'ispettore.

– Questo spiega la presenza del signor Beale – riprese Kitson – che io ho condotto qui da New York, espressamente per sorvegliare van Heerden e proteggere la ragazza. Durante le sue investigazioni, il signor Beale ha fatto un'altra scoperta di cui non conosco i particolari.

Vi fu una piccola pausa.

– Perché non informare la ragazza? – chiese il *detective*.

Kitson scrollò la testa.

– Ci avevo pensato; ma questo sarebbe stato venir meno alla sacra promessa fatta a John Millinborn. No, mi sono limitato a vegliare su di lei. Il primo passo che dobbiamo fare – e si volse a Beale – è condurla via di qui. Lei non potrebbe trasportare i suoi uffici... diciamo, a New York?

Beale scrollò il capo.

– Posso e non posso – rispose. – Bisogna che mi perdoni se le dico che la faccenda della Ruggine Verde è infinitamente più importante della salvezza di miss Cresswell.

James Kitson rabbrividì.

– Non mi piace sentirla parlare così, Beale.

– Neanche a me piace – confessò l'altro – ma mi lasci fare. Credo che rimanendo qui potrò offrirle una protezione sicura e nello stesso tempo mettere qualche bastone fra le ruote al grandioso progetto di van Heerden.

Kitson si strinse il labbro inferiore fra il pollice e l'indice, riflettendo.

– Forse ha ragione – disse poi. – Ora desidero vedere la signorina; sono venuto per questo. Immagino che non vi saranno difficoltà,

– No, credo – rispose Beale. – Le dirò che lei si interessa al suo lavoro. Potrei presentarlo come signor Scobbs – e sorrise. – È il proprietario di un certo numero di alberghi nel Canada Occidentale; e suppongo che sia il più inoffensivo degli industriali alberghieri; ma miss Cresswell si interessa a lui. – E rise. – Lei ha trovato il suo nome nelle guide del Canada ed è stata sorpresa della sua stranezza.

– Scobbs – ripeté lentamente l'avvocato. – Mi pare di conoscere questo nome.

– Lo conoscerà anche meglio se io la presenterò come Scobbs in persona – rise Beale.

– Devo andar via? – chiese il sovrintendente.

– No, la prego. Desidero che anche lei veda la signorina. Può darsi che un giorno o l'altro ci occorra ufficialmente il suo aiuto per toglierla da qualche difficoltà.

Beale uscì dal suo appartamento e andò a suonare il campanello della porta accanto alla sua. Non vi fu risposta. Suonò ancora, dopo un breve intervallo, e guardò se si vedeva luce. Tutto era buio, e lui tirò fuori l'orologio. Erano le nove. Non aveva visto la ragazza in tutto il giorno, a causa dell'inchiesta; ma due ore prima aveva udito chiudere la sua porta. Nessuna risposta venne alla sua seconda suonata e Beale tornò nel suo appartamento.

– È uscita – disse. – Mi stupisce. Ieri l'ho pregata di non uscire quando è buio, per un paio di giorni.

Andò in camera da letto e aprì la finestra. Un po' di luce si attardava ancora nel cielo azzurro, ma lui prese una lampadina elettrica per illuminarlo sulla stretta ringhiera di ferro che univa tutti gli appartamenti alla scala antincendio. Trovò la finestra di Oliva chiusa; ma, con l'abilità di un ladro di professione, fece saltare il nottolino e penetrò nella stanza.

Questa era immersa nell'oscurità. Girò l'interruttore e si guardò attorno. Era la camera da letto di Oliva; sul letto erano il soprabito e il cappello che portava per recarsi al lavoro. Aprì il lungo armadio a muro nel quale lei teneva il suo modesto guardaroba. Conosceva – perché questo faceva parte del suo bagaglio di osservatore – tutti gli abiti che la giovane possedeva. Vi erano tutti, e anche i suoi tre cappelli, su una scansia. Tutti i cassetti del comò erano chiusi e non vi era alcun segno di disordine, come avrebbe potuto esservi se si fosse cambiata d'abito per uscire. Aprì la porta del salottino, facendosi lume con la sua lampadina per trovare l'interruttore.

Nel momento in cui la stanza fu illuminata, si rese conto di qualche cosa di irregolare. Non vi era disordine, ma la stanza dava una indescrivibile impressione di violenza. Un oggetto sul pavimento attrasse la sua attenzione: si curvò e lo sollevò. Era una scarpetta, con la fibbia spezzata. La guardò, se la ficcò in tasca e passò rapidamente nella cucinetta e nella minuscola stanza da bagno; accese la luce nell'anticamera e ispezionò attentamente le pareti e il pavimento. Lo stuoino dinanzi alla porta era spostato e sulla parete di sinistra erano due lunghe graffiature. Vi era nell'aria un leggero odore caratteristico.

– Etere – disse fra sé.

Tornò nel salottino. La piccola scrivania era aperta e sulla tavoletta era una lettera non finita, diretta a lui:

Caro signor Beale,

Circostanze indipendenti dalla mia volontà mi costringono a partire stasera per Liverpool.

Era tutto. Evidentemente non le era stato possibile terminare. La piegò accuratamente e la mise in tasca. Poi tornò in anticamera, aprì la porta e tornò in casa sua.

Spiegò brevemente quanto era avvenuto; poi attraversò il pianerottolo e suonò alla porta del dottore.

10. Vane ricerche

Una luce si accese nell'anticamera: la porta si aprì e il dottore, in pantofole e giacca di velluto, apparve sulla soglia. Non si risentì, o – per lo meno – non fece mostra di essere adirato.

– Vorrei dirle una parola – cominciò Beale.

– Anche venti – rispose il dottore brillantemente. – Vuole entrare?

Beale seguì il dottore nel suo studio.

– È solo? – chiese.

– Completamente. Ricevo pochissime visite. Il mio ultimo visitatore è stato quel povero Jackson.

– Quando ha visto per l'ultima volta miss Cresswell?

Il dottore inarcò le sopracciglia.

– Con che diritto...? – esclamò.

– Lasci correre – lo interruppe Beale duramente. – Quando ha visto miss Cresswell per l'ultima volta?

– Oggi non l'ho vista affatto. Non sono uscito di casa dopo esser tornato dall'inchiesta.

– Vorrei esaminare il suo appartamento.

– Agente di polizia, eh? – sorrise il dottore. – Può fare tutte le perquisizioni che vuole, se ha un'autorizzazione.

– Non ho nessuna autorizzazione, ma farò ugualmente la perquisizione.

Il volto del dottore divenne di un rosso cupo.

– Lei si rende conto che questo sarebbe un abuso di autorità?

– Me ne rendo conto benissimo; ma se lei non ha nulla da nascondere, non vedo perché dovrebbe opporsi.

– Non mi oppongo affatto – e si strinse nelle spalle. – Da dove vuol cominciare? Da qui?

Indicò tre lunghe casse che erano in fondo alla stanza, presso alla porta.

– Non vi troverà nulla di piacevole a vedersi. Sono dei modelli anatomici che ho ricevuto da Berlino. Come vede, commercio col nemico – e sorrise. – I coperchi sono avvitati, ma ho qui un cacciavite.

Beale esitò.

– Vi è solo un'altra stanza – proseguì il dottore – la mia camera da letto; ma non ce la troverà.

– Non *la* troverò? – chiese – Chi ha parlato di una *lei*?

– Capisco che sta cercando miss Cresswell – replicò freddamente il dottore. – Mi ha chiesto quando l'ho vista per l'ultima volta e ora fa delle ricerche... La deduzione è facile.

– Infatti.

– Le faccio strada. – Si avviò e girò l'interruttore in camera da letto.

Era un ambiente piuttosto vasto, ammobiliato semplicemente con un lettino di ferro, un armadio e un attaccapanni. Dietro era la stanza da bagno.

Beale stava dando un'occhiata a questa, quando udì dietro di sé il rumore della porta che si chiudeva. Si volse in un lampo, girò la maniglia, ma la porta non si aprì.

Nel far questo udì un sussurrio di voci.

– Aprite! – intimò battendo il pugno sul battente.

Nessuna risposta. Quindi:

– Signor Beale!

Si sentì gelare il sangue, perché la voce che proveniva dalla stanza che lui aveva lasciato qualche istante prima era quella di Oliva Cresswell e il tono era quello di un appello disperato.

Si appoggiò con tutte le sue forze alla porta, ma questa era di robusta quercia e non cedette. Aveva la rivoltella in mano e la teneva puntata verso la toppa, quando la maniglia girò e la porta si aprì.

– Si era chiuso dentro? – chiese il dottore guardando con aria innocente il pallido volto dell'altro.

– Dov'è la ragazza: miss Cresswell? Ho udito la sua voce.

– Lei è pazzo, mio caro.

– Dov'è miss Cresswell?

La sua mano afferrò così violentemente la spalla del dottore che questi traballò e si svincolò con una bestemmia.

– Vada all'inferno, pazzo che non è altro! Che cosa ne so io?

– Ho udito la sua voce.

– Immaginazione. Avrei aperto questa porta prima, ma ero andato nel pianerottolo per suonare alla porta di miss Cresswell. Ho trovato la sua porta aperta. Immagino che l'abbia lasciata aperta lei. Ho chiuso e sono tornato qui.

Senza una parola, Beale lo spinse di lato. Fece un passo verso la porta e si fermò. All'estremità della stanza, pochi minuti prima, erano le tre lunghe casse anatomiche: ora ve ne erano due sole. Una era scomparsa. Non si fermò a interrogare il dottore: con un balzo attraversò la stanza e si precipitò giù per le scale. Non vi era alcun veicolo in vista; solo pochi pedoni erano in strada. All'angolo della strada trovò una guardia la quale gli affermò di non aver notato nulla di insolito e di non aver visto nessun carro che trasportasse una cassa.

Tornò lentamente sui suoi passi. Il dottore era alla finestra e fumava un sigaro.

– Trovata? – chiese con aria beffarda.

Beale non rispose. Salì le scale, rientrò nella casa del dottore, la cui porta era rimasta aperta, e affrontò l'uomo che era tranquillamente appoggiato al tavolo, col sigaro all'angolo delle labbra su cui errava un lieve sorriso canzonatorio.

– Ebbene? – chiese van Heerden. – L'ha trovata?

– No; ma son sicuro che lei la troverà.

Van Heerden non batté ciglio.

– Comincio a credere, signor Beale, che l'eccesso di bevande alcooliche le abbia un po' toccato il cervello – disse beffardo. – Lei viene in casa mia a chiedere, con atteggiamento eroico, dove ho nascosto una bella signorina, alla cui sicurezza io mi interesso non meno di lei, dato che la signorina è mia fidanzata e fra breve sarà mia moglie.

Vi fu una pausa.

– Sarà sua moglie? Davvero? – fece Beale dolcemente. – Mi congratulo con lei, dottore, se anche non posso congratularmi con la signorina. E quando è stato deciso questo interessante fidanzamento?

– Poco fa. Ora la signorina è in viaggio per Liverpool dove starà in casa di una mia zia. Non si disturbi a chiedermi l'indirizzo, perché non glielo darò.

– Capisco.

– Lei entra qui, ripeto, chiedendo con voce e gesti da melodramma il nascondiglio della mia fidanzata – pronunciò questa parola con grande soddisfazione – chiede di perquisire le mie stanze e io gliene do il permesso. Si chiude in una camera per distrazione e quando io le apro, la trovo con la rivoltella in mano, più melodrammatico che mai. Ora so che cosa sta per dire...

– Molto intelligente – interruppe Beale – perché io non lo so davvero.

– Sta per dire, o per lo meno crede, che io ho, nascondendo questa ragazza, chi sa quali sinistri propositi. Per finire il mio racconto, appena io la libero si mette a fissare come un pazzo le mie casse anatomiche, poi si precipita fuori e infine torna pieno di minacce nel tono e nell'atteggiamento. Perché tutto questo?

– Dottor van Heerden, quando io sono entrato qui vi erano, all'estremità della stanza, tre casse anatomiche. Quando sono tornato ve n'erano due. Dov'è andata la terza, mentre io ero chiuso in quella camera?

Il dottore scosse il capo con aria di compatimento.

– Ho proprio paura che lei non abbia la testa a posto – e accennò verso le casse.

Beale seguì con lo sguardo e sussultò. Le casse erano tre.

– Ammetto di averla ingannata quando ho detto che contenevano dei modelli. In realtà sono vuote. Le esamini pure, se vuole. Forse troverà... qualche traccia!

Beale non aspettò che l'invito fosse ripetuto. Si avvicinò alle casse e le osservò. I coperchi erano avvitati, ma le viti erano finte. Nel lato di ognuna era una minuscolo toppa nella quale ficcò il punteruolo di cui il suo temperino era fornito; si udì uno scatto e il coperchio si aprì. La cassa era vuota. Così la seconda e la terza. Esaminò il fondo con la sua lampadina ma non vi era alcuna traccia.

– È soddisfatto? – chiese il dottore.

– Tutt'altro – rispose Beale; e senz'aggiunger parola uscì e cominciò a scendere. Ma a metà scala vide in terra qualche cosa e la raccolse. Era una scarpina, la compagna di quella che aveva in tasca; ed era sicuro che quando era salito non c'era.

Oliva Cresswell aveva letto nel *Megaphone* la storia del delitto; aveva ripiegato il giornale con un piccolo brivido di raccapriccio ed era rimasta dinanzi alla sua piccola scrivania, quando udì bussare alla porta. Era il dottor van Heerden.

– Posso entrare un momento?

Lei esitò.

– Non ho l'intenzione di divorarla – aggiunse lui sorridendo – ma sono desolato di quanto è accaduto e sento di doverle una spiegazione.

– Non occorre che si disturbi per questo – replicò la giovane sorridendo – ma se desidera entrare, si accomodi.

Chiuse la porta dietro a lui e lasciò la luce accesa in anticamera. Non gli disse di sedersi.

– Ha letto il resoconto nel *Megaphonr*? – chiese van Heerden.

Oliva accennò di sì.

– E immagino che sarà rimasta colpita dalla discordanza fra quanto ho detto a lei e quanto ho detto ai giornalisti; ma lei deve sapere che avevo delle ragioni specialissime per proteggere quell'uomo.
– Non ne dubito affatto – fu la risposta glaciale.
– Bisogna, miss Cresswell, che lei sia buona e paziente per me – riprese lui molto serio. – Io ho perduto moltissimo tempo e ho corso gravi pericoli per salvarla.
– Per salvare me? – E la voce di Oliva manifestava la più grande sorpresa.
– Miss Cresswell, ha mai conosciuto suo padre?
Lei scrollò la testa, talmente impressionata dalla gravità del tono di lui che non tagliò corto alla conversazione come ne aveva avuto l'intenzione.
– No – disse – ero ancora una bimba quando morì. Non so nulla di lui. Nessuno me ne parlò mai.
– È sicura che sia morto?
– Sicura? Non ne ho mai dubitato. Perché mi chiede questo? È vivo?
Lui annuì.
– Ciò che sto per dirle è piuttosto triste – riprese. – Suo padre era un noto delinquente.
Fece una pausa, ma lei non protestò. Molte volte aveva udito qualche allusione che non era lusinghiera per suo padre; ed aveva espressamente evitato di indagare.
– Tempo fa suo padre evase dalla Cajenna. Sarà sorpresa nell'apprendere che è suddito francese, e la polizia lo ricerca da un anno. Fra gli agenti addetti a queste indagini c'è il signor Beale.
– Non è vero – insorse Oliva. – Come osa dire...?
– Le dico semplicemente i fatti, miss Cresswell; lei poi giudicherà da sé. Suo padre svaligiò una banca in Francia e nascose il denaro in Inghilterra. Sapendo che un giorno o l'altro lui avrebbe cercato la sua figliuola, la polizia ha fatto sorvegliare lei giorno e notte. Suo padre è a Liverpool. Ho avuto una sua lettera stamattina. È moribondo e la prega di recarsi presso di lui.
Oliva sedeva dinanzi al tavolo, attonita. Tutta questa storia sembrava orrendamente possibile. Il suo primo pensiero fu di consultare Beale; ma si rese immediatamente conto che se quel che il dottore le diceva era vero, ciò sarebbe stato fatale.
– Come posso sapere se quanto dice è la verità? – chiese.
– Lo saprà quando avrà visto suo padre. La cosa è semplicissima.
Trasse di tasca una busta e la posò dinanzi a lei.
– Ecco l'indirizzo: 64, Hope Street. Le consiglio di ricordarlo a memoria e stracciare la busta. Che interesse avrei a mandarla a Liverpool o in qualunque altro luogo?
– A che ora c'è un treno?
– Fra un'ora ne parte uno dalla stazione di Euston.
Oliva rifletté un momento.
– Andrò – disse con decisione.
Stava per entrare nella sua camera per mettersi il soprabito quando lui la richiamò.
– Non vi è alcuna ragione per non scrivere a Beale dove va. Può lasciare a me un biglietto e io glielo consegnerò.
Oliva esitò ancora; poi sedette alla scrivania e scrisse le poche righe che Beale doveva trovare. Poi si voltò perplessa sulla sedia.
– Non capisco bene – disse. – Se il signor Beale è sulle tracce di mio padre, comprenderà certo da questa lettera che io mi reco da lui.
– Mi faccia vedere che cosa ha scritto – fece van Heerden; e si curvò sulla sua spalla. – Sì, mi pare che basti.
– Basta?
– Sì. È sufficiente per sviare le sue ricerche.

– Non comprendo – ripeté la giovane. – C'è qualcuno nel corridoio – riprese a un tratto; e si avviava alla porta che conduceva in anticamera quando lui le sbarrò il passo e concitatamente le dichiarò:

– Miss Cresswell, credo che lei mi comprenderà quando le dirò che suo padre è morto, che quanto le ho detto a proposito di Beale che ne fa ricerca, è completamente falso; e che per uno scopo che non le posso rivelare è necessario che lei diventi mia moglie.

Lei balzò indietro, pallida come una morta. Istintivamente comprese di essere in un terribile pericolo e si sentì gelare il sangue.

– Sua moglie? – ripeté. – Lei è pazzo, dottore.

– Al contrario, sono perfettamente sano di mente. L'avrei chiesta prima, ma sapevo che mi avrebbe respinto. Se il nostro amico Beale non si fosse immischiato, tra noi le cose sarebbero procedute con più calma e forse il mio amore l'avrebbe convinta. Le parlerò con franchezza, miss Cresswell. È necessario che io la sposi; e se lei acconsente, la condurrò via da qui, in luogo sicuro. Ci sposeremo regolarmente e io mi allontanerò da lei appena compiuta la cerimonia. Le assegnerò mille sterline all'anno, e le prometto che non mi occuperò mai di lei né cercherò mai la sua compagnia.

Oliva aveva ripreso coraggio mentre lui le esponeva questi progetti di avvenire.

– Secondo lei – proruppe sdegnosa – io dovrei buttarle le braccia al collo e ringraziarla del gentil pensiero, delle mille sterline all'anno e della separazione appena sposati! No, dottore: se lei ha la testa a posto, o è un grande imbecille o un gran mascalzone. Non mi sognerei mai di sposarmi in simili circostanze. E ora credo che sia meglio che lei se ne vada.

Questa volta non le impedì di andare verso la porta, anzi l'aprì lui. La giovane indietreggiò con un'esclamazione di terrore, perché nella sua anticamera erano due uomini.

– Che cosa...

Ma un braccio del dottore l'aveva già circondata e la mano di lui premeva sulla sua bocca. Uno degli uomini aveva in mano un oggetto che sembrava una bottiglia con una canna di gomma e una maschera conica. Si dibatté, ma il dottore la teneva in una morsa d'acciaio. Fu gettata a terra: la maschera le fu appoggiata sul volto prima che dalla sua bocca fosse uscito un grido; sentì un soffio d'aria fredda carica di un odore stomachevole e subito sentì mancarsi le forze e la vita sfuggirle...

– Credo che sia al punto – mormorò il dottore sollevandole le palpebre. – Guarda se la via è libera, Gregory, e apri la mia porta.

L'uomo uscì. Il dottore sollevò fra le braccia la giovane priva di conoscenza. Benché in quello stato, Oliva fece un piccolo movimento, come per impedire che la portassero via.

– Presto, la porta – sibilò van Heerden.

La portò nel suo appartamento attraversando il pianerottolo e la porta si chiuse dietro di lui senza rumore.

11. Per amore o per forza

Oliva Cresswell non si ricordava nulla. Non ricordava di essere stata collocata inerte in una lunga cassa, di avere udito la voce di Beale, né lo scatto della porta che l'aveva chiusa nella camera da letto del dottor van Heerden. Se anche aveva gridato, non se ne rammentava affatto.

– Portatela con la cassa nel suo appartamento. La porta è aperta – sussurrò van Heerden ai due uomini che erano scomparsi nelle casse anatomiche quando Beale aveva suonato.

– E che cosa dobbiamo fare?

– Aspettatemi là. Presto!

Attraversarono il pianerottolo, entrarono nell'appartamento di Oliva: il dottore richiuse la porta e tornò in tempo per liberare il frenetico Beale.

Lo vide mentre scendeva di corsa le scale; andò alla porta di Oliva e la aprì. In pochi secondi la giovane era stata tolta dalla sua stretta prigione, stesa sul letto e la cassa vuota era tornata al suo posto; quindi gli uomini avevano raggiunto van Heerden nel salottino di Oliva, tenuto al buio.

Van Heerden aveva acceso la luce nella camera da letto e si era accorto per la prima volta che la giovane aveva una sola scarpa. Le sfilò l'altra rapidamente.

– Aspettate qui – disse agli uomini – finché avrete sentito tornare Beale. Allora squagliatevi. Nell'andar via, lasciate cadere questa scarpa sulle scale. Servirà a sviare più che mai quel caro amico.

Mezz'ora dopo la scoperta della scarpina sulle scale, Beale uscì accompagnato dai suoi visitatori.

Il dottore li vide sparire nell'oscurità, dalla finestra del suo salotto; quindi si recò nell'appartamento di Oliva. La giovane era dove l'aveva lasciata, stordita e con un senso di nausea. I suoi occhi si chiusero con una lieve smorfia di fastidio, quando lui accese la luce.

– Come si sente ora la mia piccola amica? – chiese van Heerden freddamente.

Nessuna risposta.

– Non deve tenere il broncio – continuò lui con rimprovero; – bisogna che si abitui a esser gentile, visto che dovrà subire per parecchio tempo la mia compagnia. Farà bene ad alzarsi e mettere il soprabito.

Oliva notò che lui aveva in mano un bicchiere pieno a metà di un liquido lattiginoso.

– Beva questo.

Lo respinse.

– Beva, via. Non crederà che voglia avvelenarla? Non voglio neanche addormentarla; altrimenti le avrei dato un po' più di etere. Beva. Le farà passare la confusione che ha nella testa.

Prese il bicchiere con mano incerta e inghiottì il contenuto. Era caldo e amaro e le bruciò la gola, ma l'effetto fu magico. Dopo tre minuti si sentì la mente chiara e quando si alzò a sedere poté farlo senza che le girasse la testa.

– Ora metta il cappello e il mantello; ponga in una valigia le poche cose che possono servirle per un breve viaggio e venga con me.

– Non farò nulla di tutto questo; e le consiglio di andarsene, dottor van Heerden, prima che io informi la polizia della sua ignobile condotta.

– Metta il cappello e il soprabito – ripeté lui con calma – e non dica sciocchezze. Non crederà che io abbia rischiato tutto ciò che ho rischiato per abbandonare adesso la partita.

– Dottore, se vi è in lei una briciola di umanità o di decoro, se ne andrà senza indugio.

Lui rise.

– Eccola che parla come un'eroina di melodramma. Qualunque cosa dica, miss Cresswell, sarà fiato e tempo sprecato. Non esiterò a usare le peggiori violenze, se lei non farà ciò che le dico.

La sua voce era calma, ma si vedeva in lui una decisione incrollabile.

– Dove vuole condurmi? – chiese Oliva.

– La condurrò in luogo sicuro. Con questo – soggiunse – intendo dire sicuro per me. Lei non ha nulla da temere, a meno che non si comporti scioccamente; nel qual caso avrà da temere ogni rappresaglia. Non creda, miss Cresswell, che io sia innamorato di lei e che il fascino della sua persona mi impedirebbe di tagliarle la gola se ciò fosse necessario per la mia salvezza. Non sono un bruto. La tratterò come si tratta qualunque signora, se lei non mi contraria; ma l'avverto che se in strada lei chiamerà aiuto o tenterà di fuggire, le capiterà Dio sa che cosa.

Oliva era ai piedi del letto, con una mano afferrata alla spalliera mordendosi il labbro inferiore.

– Le dico anche che non è il momento adatto per riflettere al modo di mettermi nel sacco. Metta il cappello e il mantello e andiamo.

Il suo tono era perentorio e lei obbedì. In pochi minuti fu pronta per uscire. Lui la tenne leggermente per il braccio e così percorsero pochi passi; quindi voltò bruscamente a sinistra, sempre facendola camminare accanto a sé. Agli occhi di qualunque passante – e ben pochi potevano osservarli, alla scarsa luce dei lampioni – potevano apparire come una coppia che fosse nelle migliori relazioni; ma il braccio che stringeva il suo era il braccio di un carceriere, e quando si fermarono un istante per lasciar passare l'omnibus di Oxford Circus e Oliva, vedendo fermo a pochi passi di distanza un agente, cercò cautamente di far scivolare il suo braccio fuori dalla stretta, si sentì il polso serrato in una morsa d'acciaio.

In fondo a Portland Place un'automobile attendeva; il dottore aprì lo sportello e spinse dentro la giovane, seguendola immediatamente.

– Ho dovuto far fermare la macchina e una certa distanza da Casa Krooman – disse col tono di una comune conversazione – altrimenti Beale avrebbe subito mangiato la foglia.

– Dove mi porta? – chiese ancora Oliva.

– In una deliziosa residenza nella vallata del Tamigi; ho sempre immaginato, quando pensavo all'eventualità di farle la corte e di sposarla, che sarebbe stato un luogo indicatissimo per la luna di miele.

La sentì ritrarsi con orrore.

– Non abbia paura; sono anch'io contento che le cose si siano svolte in quest'altro modo. Non amo molto le donne, e mi sarebbe seccato infinitamente dover fingere di essere innamorato di lei.

– Che cosa crede di poter fare? Non riuscirà a sfuggire a Beale; lui mi troverà.

Van Heerden sogghignò.

– Certo, Beale ha alcune buone qualità, come cane da fiuto; ma non sono tali da impedirmi di dormire la notte. Ho sempre sospettato che fosse un *detective*; e senza dubbio fu lui a ficcare le buste delle raccomandate in tasca di quel povero White. Fu una cosa abile – ammise cavallerescamente – ma Beale, mi scusi, signorina, se offendo i suoi sentimenti sapendo che è mezzo innamorata di lui...

– Come si permette! – esclamò Oliva.

– Non si arrabbi. Non mi permetto nulla. In queste circostanze la maggiore offesa include la minore. Dal momento che rinuncio a lei, mi sento autorizzato a tormentarla un pochino. Dunque: credo che lei non debba fare troppo assegnamento su Beale, il quale non mi sembra un membro della polizia regolare ma piuttosto uno di quei dilettanti che spesso figurano nei processi di divorzio.

Oliva non rispose.

Avevano lasciato la città e stavano attraversando la campagna quando parlò nuovamente.

– Vuole essere tanto buono da dirmi ciò che intende fare?

Lui era immerso nei suoi pensieri, evidentemente molto piacevoli, perché tornò malvolentieri alla realtà della vita.

– Eh! Ciò che intendo fare? Ma intendo sposarla.

– E se io rifiutassi?

– Non rifiuterà. Le ho offerto il mezzo più facile per terminare questa faccenda. Quando mi avrà sposato, sarà fuori da qualunque pericolo. In caso contrario, la sua vita può considerarsi alquanto precaria.

– Ma perché insiste su questo? – interrogò, attonita. – Se non mi ama, che interesse ha a sposarmi? Vi sono tante e tante donne che sarebbero felici di averla per marito. Perché voler sposare una ragazza senza posizione, senza influenze... una povera impiegata senza un soldo?

– È un mio capriccio; ed è un capriccio che voglio portare a compimento – rispose il dottore con leggerezza.

– E supponiamo che all'ultimo momento io rifiuti?

– Se ne pentirà – replicò con aria significativa. – Le ripeto che non le avverrà nulla di male se sarà ragionevole; ma se non lo sarà, immagini pure ciò che può esservi di peggio e sarà sempre meno di ciò che le accadrà.

Nella sua voce c'era una malvagità fredda che la fece rabbrividire. Per un momento, solo per un momento, l'orrore della sua situazione le diede un senso di tremendo sconforto; ma il suo coraggio indomabile, la sua fiducia in se stessa vinsero ancora una volta il terrore. Se lui si aspettava un'esplosione di collera e di rimproveri incoerenti, o se si aspettava delle suppliche isteriche, fu deluso. La giovane aveva un perfetto dominio di sé e la sua voce era fermissima quando riprese a parlare.

– Immagino che lei sia uno di quegli astuti delinquenti di cui si legge; pronti ad ogni evenienza, pieni di fiducia in se stessi, convinti che nessuno è più abile di loro.

– Continui. Mi piace sentirla parlare. La sua analisi è quasi perfetta e senza dubbio vi è molta verità in quanto dice.

Oliva padroneggiò la collera che la invadeva e rimase calma. Prima o poi, avrebbe certamente trovato *le défaut de la cuirasse.*

– Immagino che abbia tutto pronto?

– Faccio sempre bene le cose – mormorò lui; – quindi è tutto pronto: permesso di matrimonio, parroco, tutto, perfino il luogo dove lei trascorrerà la sua solitaria luna di miele, dopo aver firmato alcuni documenti.

Lei si volse lentamente verso di lui. La sua testa si disegnava vagamente sul finestrino dell'ampia *limousine* e la giovane immaginò il sorriso che doveva in quel momento essere sul suo volto.

– Ah, è così?! – riprese. – Devo firmare la dichiarazione che l'ho sposata per mia volontà?

– No, signorina; le circostanze nelle quali lei mi sposa non richiedono alcuna giustificazione e non mi importano minimamente.

– E allora, che documenti dovrò firmare?

– Lo saprà a suo tempo. Ecco la casa, se la mia vista non mi inganna.

L'automobile svoltò in una strada laterale, sembrò penetrare attraverso un'alta siepe, benché si trattasse – come la giovane intravide al rapido lampo dei fari – piuttosto dell'ingresso di un viale, e si fermò dinanzi a una grande casa rustica. Van Heerden balzò a terra e l'aiutò a scendere. La casa era buia, ma la porta era aperta.

– Avanti – fece van Heerden; e la spinse.

Si trovò in un grande ingresso all'antica, con le pareti rivestite di quercia, e il pavimento di lastroni di pietra. Riconobbe nell'uomo che li introdusse uno di quelli che aveva visto nella sua anticamera quella stessa sera. Costui aveva un volto cadaverico, con gli zigomi sporgenti, capelli neri corti e crespi e piccoli baffi neri.

– Inutile fare presentazioni – disse il dottore – ma può chiamare quest'uomo Gregory. Non è il suo nome, ma non importa.

L'uomo sorrideva furtivamente e la guardava di soppiatto; quindi prese la candela e li guidò in una stanza che si apriva all'estremità dell'ingresso.

– Questa è la sala da pranzo – riprese van Heerden. – È principalmente interessante per lei, perché è qui che sarà compiuta la cerimonia. La sua camera è immediatamente sopra a questa. Mi dispiace non averle fatto trovare una cameriera, ma non posso badar troppo alle convenienze né preoccuparmi della sua reputazione.

Non conosco nessuna donna di cui potermi fidare in questo caso; quindi, bisognerà che lei ne faccia a meno.

La guidò al piano di sopra, aprì una porta ed entrò. Vi era una sola finestra munita di tende pesanti. Lui notò il suo sguardo e sorrise.

– Troverà le finestre sbarrate – disse. – Questa era evidentemente la stanza dei bambini e sembra proprio fatta apposta per lo scopo a cui la destino. Le dirò inoltre che la casa è molto vecchia e che è impossibile aprire una porta senza farla scricchiolare; e siccome passo la maggior parte del mio tempo nella sala da pranzo, sarà difficilissimo per lei fare il più piccolo preparativo di fuga senza che io me ne accorga.

La camera era arredata comodamente. Un po' di fuoco era acceso nel caminetto, e su un tavolo apparecchiato erano disposti dei sandwiches, un termos e un cestino d'argento con dei dolci.

Accanto al gran letto a baldacchino c'era una porta.

– Ha la fortuna di avere la sola camera della casa con annessa una stanza da bagno – riprese. – Voialtri inglesi tenete molto a questo.

– E voialtri tedeschi non ci tenete affatto.

– Tedeschi? – e rise. – Come ha fatto a indovinarlo?

– Indovinare? – lei rise a sua volta con scherno. – Non è evidente? Solo un unno...

L'uomo divenne pallidissimo; le sue labbra tremarono e lo sforzo che fece per rafforzare la voce era evidente.

– Fra tutti i popoli siamo noi quelli attraverso il cui spirito Dio ha stabilito che si debba salvare il mondo.

Questa esagerazione la fece scoppiare in una risata incontenibile. Era proprio come nelle caricature del carattere tedesco che aveva visto o di cui aveva sentito la descrizione. Lui la guardò, sconvolto dal furore e prima che la giovane se ne rendesse conto, alzò la mano e la colpì sulla bocca.

Oliva indietreggiò, ammutolita. Le era accaduta la cosa più incredibile del mondo; più incredibile del suo rapimento, più incredibile di tutte le infamie, note o sospettate, di quell'uomo.

Ora lui la fissava, non pentito del suo gesto; anzi sembrava quasi tentato di ripeterlo. Aveva battuto una donna e non era accasciato dalla vergogna. Tutte le idee che Oliva aveva sugli uomini e sulle cose, tutte le sue concezioni sulle regole che governano il genere umano nei suoi rapporti fra le persone, si inabissarono. Se van Heerden fosse caduto in ginocchio per chiederle perdono, se avesse mostrato contrizione o timore o vergogna, lei sarebbe tornata ai suoi antichi concetti.

– Disgraziata! – esclamò lui in tedesco. – *Herr Gott*, vedrai come ti punirò se riderai di me!

La giovane lo fissava ora con intensa curiosità. Le sue labbra sanguinavano un poco e sul suo volto pallido era ancora il segno delle dita di lui, ma Oliva sembrava aver dimenticato il dolore del colpo e la pena provata, per interessarsi soltanto della nuova rivelazione.

Lui fece un passo verso di lei, ma Oliva non si mosse; allora il dottore volse le spalle e uscì rapidamente dalla stanza, chiudendo la porta.

12. Homo

Quando Beale uscì da Casa Krooman con i due compagni, non aveva la più lontana idea di dove cominciare le sue ricerche. Forse l'interesse personale che aveva per la giovane – interesse rivelato dall'inquietudine in cui la scomparsa della ragazza l'aveva gettato, lui ch'era di solito pacato e tranquillo – aveva annebbiato la sua mente.

Sentiva un vago sconforto e si fermò irresoluto all'angolo della strada. Poteva essere probabile che Oliva fosse ancora nascosta nella casa; ma era anche più probabile che, se lui avesse seguito uno dei tre piani che si andavano formando rapidamente nella sua mente, avrebbero potuto salvarla da qualunque pericolo.

– È proprio certo di aver sentito la sua voce?

– Certissimo – rispose Beale – come sono sicuro di aver sentito odore di etere.

– Potrebbe averlo adoperato per qualche cosa. Che so io, per pulire i guanti o...

– Potrebbe darsi – interruppe Beale – ma non mi sono ingannato udendo la sua voce. Non vado soggetto ad allucinazioni uditive.

Fischiò. Un uomo nascosto nell'ombra della casa di fronte si avvicinò.

– Fenson – disse Beale – tenete d'occhio quella casa. Se vedete un veicolo fermarsi lì dinanzi, avvicinatevi senz'altro. Non lasciate che nessuno porti un fardello nel veicolo, senza assicurarvi che non si tratti di miss Cresswell. Se occorre, potete sparare... so che questo non è lecito, ma – e sorrise al sovrintendente McNorton – sono sicuro che mi permetterete quest'infrazione alla legge.

– Fate pure – rispose McNorton.

– Siamo intesi, Fenson. Conoscete miss Cresswell?

– Sissignore. – E l'uomo tornò a nascondersi nell'ombra.

– Dove andiamo adesso? – chiese Kitson.

– Voglio andare ad interrogare un individuo che probabilmente mi darà molte informazioni sulle altre residenze di van Heerden.

– Ne ha molte? – interrogò Kitson sorpreso.

Beale annuì.

– Sono tre mesi che prende in affitto case e casette – replicò con calma – e lo ha fatto con tanta abilità che vi sfido a rintracciarne qualcuna. Tutto è stato fatto attraverso diversi legali, e i contratti figurano tutti sotto nomi fittizi.

– Lei ne conosce qualcuno?

– Neanche uno. – Beale ebbe un lieve riso di scherno. – Non vi ho detto che è molto furbo? Ho avuto sentore soltanto di due contratti, ma sono i soli che poi non ha concluso.

– A che gli servono tante case?

– Lo sapremo un giorno o l'altro. Vi dico solo una cosa, signori miei: si tratta più d'un sospetto che d'una certezza; non vi è scienziato in malora in questo paese che non lavori per lui; e così in Francia e in America. Ed ora, vogliate scusarmi.

– Non ha bisogno di aiuto? – chiese il sovrintendente.

– No – rispose Beale con un sorriso – credo che tratterò meglio da solo con Herr Professor.

Dalla parte inferiore del Tamigi, e precisamente fra le strade di Waterloo e Blackfriars, si stende un'area dove la popolazione è fitta, e quasi congestionata. Vi sono delle vecchie case, poco pittoresche nonostante la loro vecchiaia; accanto ad esse s'elevano grandi casamenti, formati di abitazioni modello, che suppliscono con le comodità alla mancanza di estetica. Queste abitazioni presentano un doppio vantaggio: le pigioni sono miti e ci si trova vicini al centro di Londra. Poche sono le case occupate interamente da una sola famiglia; solo eccezionalmente una famiglia prende in affitto più di un piano.

In una stanza al pianerottolo di uno di quegli edifici sedevano due uomini, estremamente diversi l'uno dall'altro. La stanza era straordinariamente linda con l'arredamento strettamente indispensabile. Accanto alla finestra c'era un lettuccio da campo, collocato in modo che chi lo occupava poteva vedere i passanti.

Una tenda di *cretonne* sbiadito nascondeva una stanza interna, probabilmente più piccola, nella quale dormiva il più anziano dei due uomini. Entrambi sedevano ai lati di un tavolo; una lampada a petrolio collocata nel centro spandeva la luce necessaria a ciascuno per il loro lavoro.

Il più vecchio era curvo su un microscopio, e ne girava la vite con le sue grosse mani. Ogni tanto interrompeva le sue osservazioni e prendeva degli appunti in un grossolano carattere tedesco. La sua testa enorme, il corpo tozzo, le lunghe braccia sgraziate, il viso pallido coperto da una barbetta rada, avrebbero fatto riconoscere in lui ad Oliva Cresswell il professor Heyler, "Herr Professor", come lo chiamava Beale.

L'uomo che gli sedeva di fronte era del tutto diverso. Alto, magro, quasi bello. Il volto raso, il naso e il mento ben modellati, davano l'idea di una certa raffinatezza che il suo abito sdrucito e la camicia senza colletto accentuavano bizzarramente. Ogni tanto sollevava gli occhi dal libro nella cui lettura era immerso, gettava uno sguardo inquisitore sul professore assorto nel suo esame e tornava a leggere.

Da quasi un'ora sedevano in silenzio, quando un colpettino alla porta fece alzare gli occhi a quello che leggeva.

– Aspetta visite, professore? – chiese in tedesco.

– *Nien, nein* – borbottò il vecchio. – Chi vuole che venga da me? Ah sì – si batté la fronte con la mano – doveva venire la *Fraulein*.

Si alzò, si diresse alla porta con passo incerto, tirò il catenaccio e aprì. Nel vedere Beale sembrò poco contento. L'uomo che era rimasto accanto al tavolo si alzò.

– Spero di non disturbare – disse il *detective*. – Credevo che lei vivesse solo.

Anche lui parlava nella lingua che il professore comprendeva meglio.

– È un mio amico – disse il vecchio Heyler, un po' a disagio – viviamo insieme. Non credevo che lei sapesse il mio indirizzo.

– Mi presenti – disse freddamente l'uomo che era accanto al tavolo.

Il vecchio professore lasciò errare lo sguardo dubbioso da uno all'altro.

– Herr Homo, mio amico.

– Herr Homo – e Beale gli porse la mano – io mi chiamo Beale.

Homo lo fissò con uno sguardo acuto.

– Uno della polizia, se il mio istinto di delinquente non m'inganna – disse piuttosto scherzosamente.

– No – rispose Beale sorridendo – o per lo meno non nel senso che lei crede. Ad ogni modo, non sono venuto per affari... del genere.

– Lo immagino – replicò l'altro sedendosi – altrimenti avrebbe condotto con sé qualche agente. Perché non vi siano malintesi, devo dirle, signor Beale, che io sono un rappresentante della classe criminale, ciò che il nostro dotto amico – e fece un cenno verso il professore che appariva avvilito – non deplorerà mai abbastanza. – E sorrise lievemente.

Il professore, dopo avere atteso che il visitatore spiegasse il motivo della sua visita, era ricaduto con un tono di sconforto sulla sua sedia, dinanzi al microscopio.

– Sono Homo, detto il "Reverendo", e questo è il mio *pied à terre*. Noi delinquenti di professione dobbiamo bene avere un luogo dove andare quando non siamo in carcere, le pare? – La voce, il modo di parlare, gli atteggiamenti erano quelli di un uomo che doveva avere ricevuto una certa educazione. – Perciò – proseguì – rivelarle che sono appena uscito di prigione non può impressionarla.

– Non sono facile a impressionarmi – rispose Beale. E lanciò un'occhiata al professore.

– Comprendo che sono di troppo – disse il "Reverendo" alzandosi.

Fece un cenno con la mano e passò dietro alla tenda di *cretonne*, mentre il vecchio alzava gli occhi dal suo strumento.

– Stare facendo ricerche di elemento Donovan Leichmann – disse solennemente col suo orribile accento germanico. – Esservi stato un caso di malattia del sonno ai *docks*, e Herr Professor della Scuola Tropicale avere avuto bontà di fornirmi un po' di sangue per mio studio.

– Professore – disse Beale sedendo al posto lasciato libero da Homo, e curvandosi sul tavolo – lei lavora ancora per van Heerden?

Il vecchio mosse la grossa testa con cenno negativo.
– Desidero non parlare di dotto dottore. Essere stato molto buono con me. Consideri, Herr Peale, che io quasi morire di fame in questo paese che odia tedeschi e tutti mi riguardavano come vecchio imbecille e brutto vecchio demonio, quando dotto dottore avermi scoperto. Io essere tedesco, sì. Quantunque non avere nazionalità, perché appartenere alla grande fraternità della scienza. Per me è indifferente se a Potsdam c'è il Kaiser o i socialisti; ma io, Herr Peale, essere leale con tutti quelli che mi aiutano. Anche con lei – soggiunse in fretta – perché lei è stato molto buono e una volta, quando io aver commesso la sciocchezza di andare in una camera dove non dovevo andare, lei mi ha salvato dalla polizia. – Scosse nuovamente le ampie spalle. – Sono riconoscente; ma non dovere essere riconoscente anche a dotto dottore?
– Mi dica una cosa, professore – interruppe Beale – dove posso trovare il dottore stasera?
– Al suo solito laboratorio; altrimenti dove?
– Altrimenti, dove? – ripeté l'altro.
Il vecchio rimase silenzioso. Poi cominciò:
– A me essere proibito di parlare. *Verboten*. Dottore essere occupato in grande esperienza che gli farà fortuna. Se io tradire suoi segreti, lui rovinato. Quale ingratitudine, Herr Peale!
Vi fu un silenzio. Il vecchio professore, evidentemente avvilito e impacciato, guardava ansiosamente Beale.
Questi ripeté:
– E se io le dicessi che Herr Doctor è impegnato in una pericolosa cospirazione, e che anche lei, aiutandolo, corre un rischio non indifferente?
Le grosse mani si allargarono in un gesto disperato.
– Herr Doctor ha molti nemici – brontolò Helyer – io non potere dirle nulla, Herr Peale.
– Mi dica solo questo: sa se vi sia un luogo dove il dottore possa aver condotto una signora... la signorina in camera della quale lei entrò quella tal sera?
– Una signorina? – Il vecchio era evidentemente sorpreso. – No, no, Herr Peale, non esservi nessun posto dove potere andare una signorina. *Ach, nein*!
– Bene – fece Beale dopo una pausa – capisco che con lei, professore, non vi è nulla da fare. – Poi, guardando verso la tenda di *cretonne*: – Non la disturberò più a lungo, "Reverendo".
La tenda fu scostata e l'uomo apparve: un lieve sorriso errava sulle sue labbra sottili.
– Mi pare che questa visita sia stata per lei una delusione – disse col solito tono faceto – e vedo che lei ha sulla punta della lingua il desiderio di chiedere il mio aiuto. Le risparmierò il disturbo di parlare: non posso.
Beale rise.
– Lei non è un buon lettore del pensiero – disse – non avevo nessuna intenzione di chiederle qualcosa del genere.
Fece un cenno di saluto al vecchio, un altro a Homo e si voltò per andarsene quando si sentì battere alla porta. Vide i due uomini scambiare uno sguardo e sul volto del professore dipingersi lo sgomento.
– Permettete – fece Beale, e si avviò alla porta.
– Aspetti, aspetti – si affrettò a dire il professore – se Herr Peale permette...
Ma Beale aveva già spalancato la porta. Sulla soglia era un giovane donna, nella quale lui non esitò a riconoscere Hilda Glaum, l'ex compagna d'ufficio di Oliva Cresswell. Lui era contro luce, sicché Hilda non lo riconobbe.
– Perché non ha aperto subito? – disse questa in tedesco; e gettò a terra la pesante borsa che aveva in mano – avevo una paura matta che qualcuno mi impedisse... Ecco la borsa. Verranno a ritirarla domattina...

In questo momento si accorse di Beale e impallidì.

– Chi... Chi è lei? – Poi, subito: – Ah, la conosco. È Beale, l'ubriacone...

Il suo sguardo corse da lui alla borsa che era ai suoi piedi; quindi, prima che lui potesse indovinare la sua intenzione, si curvò, riprese la borsa per la maniglia. Immediatamente tutta l'attenzione di lui si concentrò sulla borsa e sul suo contenuto. Afferrò il braccio della giovane, ma questa riuscì a liberarsi. Però nel gesto scomposto la borsa urtò pesantemente contro la parete. S'udì un fracasso come se centinaia di bicchieri si fossero rotti contemporaneamente. Prima che Beale avesse potuto riafferrare la donna, questa aveva fatto un balzo fuori dalla porta, sbattendola dietro di sé. La mano del *detective* era già sulla maniglia...

– Mani in alto Beale, mani in alto! – esclamò una voce dietro di lui. – Sopra la testa, in modo che possiamo vederle!

Si voltò adagio, alzando le braccia macchinalmente, e si trovò di fronte al "Reverendo", il quale era ancora seduto ma aveva deposto il libro e teneva in mano un oggetto che sembrava una rivoltella con la quale minacciava Beale.

– Che puzzo di marcio, no? – disse Homo scherzoso.

Anche Beale aveva fiutato lo strano odore e compreso che proveniva dalla borsa che la ragazza gli aveva impedito di afferrare. Era il fetido odore della Ruggine Verde!

13. La Casa del Diacono

Coi gomiti appoggiati sul largo davanzale e le gote contro le sbarre di ferro che proteggevano la finestra, Oliva Cresswell contemplava il lento dissolversi della nebbia al dolce tepore del sole mattutino. Aveva passato la notte sonnecchiando in una poltrona e allo spuntar del giorno aveva fatto il bagno e si era rivestita rapidamente per trovarsi pronta ad ogni evenienza. Non aveva udito alcun rumore durante la notte e ne aveva arguito che van Heerden doveva essere tornato a Londra.

La camera nella quale si trovava imprigionata era al primo piano, sul lato posteriore della casa e la vista era limitata da due grandi cespugli di lillà che crescevano quasi a livello della stanza.

La casa era stata costruita su una lieve elevazione del terreno, sicché dalle finestre del primo piano si sarebbe potuto accedere direttamente nel prato erboso che si stendeva dietro di essa, se non vi fossero stati due ostacoli; il primo rappresentato dalle sbarre che proteggevano la finestra, il secondo da un vano profondo, tra le finestre dei sotterranei e il terreno retrostante. Questo spazio serviva ad arieggiare i sotterranei ed era troppo largo per poterlo attraversare con un salto.

Oliva vedeva, però, che il terreno era molto esteso. Il muro che, apparentemente, separava il giardino dalla strada, era a un centinaio di metri di distanza. Si capiva che di là doveva esservi la strada, perché fra i cespugli si intravedeva una porta di legno scuro. Si staccò pigramente dalla finestra e sedette sulla sponda del letto. Non era una sensazione di sgomento, la sua, ma piuttosto di dispetto e irritazione, a cui si aggiungeva la rabbia di essere raggirata.

Perché quell'uomo, quel van Heerden, il quale confessava di non amarla e infatti l'amava tanto poco che era capace di batterla senza provarne poi alcun rimorso, perché quell'uomo voleva sposarla? E se desiderava sposarla, perché l'aveva rapita?

Vi era anche un'altra cosa su cui aveva riflettuto buona parte della notte. Perché quell'allusione al *detective* americano, a Beale, l'aveva tanto turbata?

La sua mente si perdeva fra queste riflessioni, quando si udì un colpetto alla porta e una voce rozza gridò:

– Colazione!

Girò la chiave e aprì la porta. Sul pianerottolo c'era l'uomo chiamato Gregory. Indicando col pollice la porta di fronte:

– Può fare uso di tutt'e due queste camere – le disse – ma non può venire giù. Ho messo la colazione di là.

Oliva attraversò, seguendo l'indicazione, il pianerottolo e si trovò in un salottino arredato semplicemente. La tavola era apparecchiata. Il suo forte appetito le fece consumare buona parte dell'abbondante colazione, prima che le venisse in mente di guardarsi attorno.

L'uomo tornò dopo mezz'ora per sparecchiare.

– Vuole essere così gentile da dirmi dove sono? – gli chiese Oliva.

– Non le dirò nulla – fu la dura risposta.

– Credo che lei non ignori che trattenendomi qui si compie un vero e proprio crimine.

– Lo dica al dottore – replicò l'uomo con uno strano sorriso.

Lei lo seguì sul pianerottolo. Desiderava sincerarsi della sorveglianza che immaginava esercitata su di lei ed esaminare le possibilità di fuga. Le sembrava in certo modo più facile compiere questa ricognizione sotto gli occhi del suo carceriere che durante la notte, quando si direbbe che tutte le ombre nascondano delle minacce.

Però non lo seguì per molto. Giunto all'inizio della scala, lui posò a terra il vassoio, e allargando le braccia tirò una doppia porta scorrevole che era nascosta nella parete e gliela chiuse in faccia. Lei udì lo scatto della serratura e comprese che ogni speranza di fuga da quella parte era vana. La porta era scivolata senza rumore sulle carrucole oliate e aveva formato del pianerottolo un piccolo spazio chiuso. Comprese che quella porta era stata chiusa durante la notte, dopo la partenza di van Heerden. Avendo esaminato tutte le possibilità nella camera da letto, si diede ora ad osservare il salottino.

Come nell'altra, le finestre erano munite di sbarre. Vi era uno scaffale pieno di vecchi volumi, in maggioranza opere ecclesiastiche o teologiche. Li guardò sovrappensiero.

– Se io fossi intelligente come Beale – disse forte – potrei dedurre da questa stanza una quantità di cose.

Una campana lontana cominciò a suonare, e con un sussulto Oliva si ricordò che era domenica. Guardò l'orologio e vide con stupore che erano quasi le undici. Doveva aver dormito più di quanto credeva.

La finestra non le offriva una vista migliore di quella della camera da letto. Soltanto da qui si vedeva meglio la porta praticata nel muro di cinta e ciò che sembrava l'estremità di una bassa costruzione col tetto di tegole, attigua al muro. Allungò il collo, guardò a destra e a sinistra, ma i cespugli erano troppo fitti e vicini per lasciarle veder altro.

La campana tacque, e lei ricominciò a esaminare la stanza. Nel cassetto di un tavolino zoppo trovò qualche foglio di carta, una penna e una boccetta piena a metà di un inchiostro denso e ammuffito. Vi erano anche due moduli di telegrammi; e ciò le diede un'idea. Tornò in mezzo alla stanza, e cominciò a inventariare il contenuto dell'appartamento messo a sua disposizione.

"Sto cercando di fare alla Beale", ammise fra sé.

Avrebbe anche potuto ammettere che stava cercando di distrarre i propri pensieri dalla situazione probabilmente pericolosa nella quale si trovava e che, quantunque non fosse paurosa, pure temeva di aver paura.

"Uno scaffale pieno di libroni noiosi. Significa che la persona che abitava qui era molto seria".

Esaminò i titoli, trasse fuori qualche volume e guardò gli *ex-libris*. Tutti portavano lo stesso nome: T.B. Stringer. Le sfuggì un'esclamazione. Non vi era, fra quei libri, un annuario del clero? Era sicura che quello era il nome di un ecclesiastico: nessun altro avrebbe potuto avere una libreria di quel genere.

Continuò ad esplorare gli scaffali, ed ecco che finalmente le capitò fra le mani ciò che cercava: l'*Annuario del Clero* del 1879. Lo aprì e trovò *Stringer Thomas Benjamin, Vicario di Staines Superiore, Casa del Diacono, Ponti di Sopra, presso Staines.*

I suoi occhi brillarono. Istintivamente comprese di avere localizzato la sua prigione. Van Heerden aveva certamente preso in affitto dal vicario o dalla sua vedova la casa con tutti i mobili. Cominciò a frugare la stanza con una fretta febbrile. Accanto alla finestra c'era un armadio a muro. Lo aprì e vide che c'era un piccolo ascensore di servizio, apparentemente in comunicazione con la cucina. In un angolo della stanza c'era una poltrona a rotelle.

Sedette dinanzi al tavolo e tentò di ricostruire la figura dell'inquilino precedente. Si figurò un ecclesiastico invalido, che aveva vissuto sempre in quella parte della casa. Probabilmente si spostava con la poltrona a rotelle dalla camera da letto al salotto, e in questa malinconica stanza aveva trascorso gli ultimi anni della sua vita.

Prese uno dei moduli telegrafici e dopo qualche istante di riflessione scrisse: *A Beale, Casa Krooman.*

Cancellò, ricordandosi che lui aveva un indirizzo telegrafico, e sostituì: – *Belocity, Londra.* Pensò ancora un momento, poi scrisse: *Sono imprigionata Casa del Diacono, Ponti di Sopra, presso Staines. Oliva.* Le sembrò troppo audace e aggiunse *Cresswell.*

Tolse dalla borsetta un fiorino e lo avvolse nel modulo. Non aveva idea di come avrebbe potuto mandare quel messaggio all'ufficio telegrafico; per di più, era domenica, e tutti gli uffici erano chiusi. Né vi era alcuna probabilità per lei di trovare un messaggero. Pensò che senza dubbio dei fornitori sarebbero venuti e che la porta della cucina doveva essere sotto alla sua finestra; ma i fornitori non vengono la domenica. Teneva il pacchetto in mano, indecisa. Bisognava aspettare: l'indomani, lunedì, certo sarebbe venuto qualcuno.

Sicura di questo, nascose il messaggio nella sua camicetta. Non aveva più voglia di continuare l'ispezione della stanza e fu soltanto perché guardò nuovamente fuori dalla finestra che s'accorse di avere spostato dal suo gancio uno strano strumento sospeso accanto all'ascensore. Prese in mano l'oggetto polveroso. Era una specie di manico di ebanite dal quale partivano due supporti piatti di acciaio, terminanti con due dischi anch'essi di ebanite. L'oggetto era attaccato ad un cordone verde che terminava con una specie di spina attaccata alla parete.

Riconobbe subito che si trattava di un elettrofono: uno di quegli strumenti per mezzo dei quali, rimanendo in casa, si può ascoltare un'opera teatrale, un concerto o... una predica. Senza dubbio, era in comunicazione con la chiesa. Molto frequentemente gli invalidi sono soliti fare stabilire la comunicazione col loro pulpito preferito e senza dubbio il reverendo Stringer aveva tratto molto conforto da questa invenzione.

Spolverò il ricevitore, e se lo avvicinò all'orecchio. Non udì nulla. Accanto alla spina c'era un interruttore; lo girò e subito il suo orecchio fu colpito da un suono cupo.

Comprese che stava ascoltando il canto di una congregazione. Il canto cessò dopo pochi minuti e Oliva udì un colpo di tosse, così stranamente forte e vicino che sobbalzò. Senza dubbio, l'apparecchio trasmettitore era sul pulpito. Poi udì una voce, chiara e distinta benché avesse la pronuncia strascicata che hanno di solito i ministri della chiesa anglicana. Sorrise nell'udire le prime parole.

– Annuncio il prossimo matrimonio fra Henry Colebrook e Joan Mary Smith, entrambi di questa parrocchia. Questa è la seconda pubblicazione. – Una pausa; quindi: – E fra Henry Victor Vanden e Oliva Cresswell Prédeaux, entrambi di questa parrocchia. Questa è la terza pubblicazione. Se qualcuno conosce cause di impedimento per cui queste persone non debbano essere unite insieme dal sacro vincolo matrimoniale, è invitato a dirle.

Lasciò ricadere lo strumento rumorosamente e rimase a fissarlo. Aveva udito la pubblicazione del proprio matrimonio.

"Vanden" era van Heerden. "Oliva Cresswell Prédeaux" era lei. La stranezza dei nomi non significava nulla. Comprese che il falso nome non sarebbe stato un ostacolo insuperabile alla cerimonia. E per la prima volta ebbe l'orribile sensazione di essere in una trappola; per qualche secondo perse la testa e picchiò sulle sbarre d'acciaio, percosse violentemente le pareti, martellò coi pugni la porta scorrevole. Non capiva più niente. Udì il passo pesante di Gregory sulle scale e riacquistò la calma, mentre lui girava la chiave e faceva scorrere la porta.

– Che cosa vuole? – chiese l'uomo.

– Che mi facciate uscire.

– Ah, nient'altro? – rise sarcastico, e per la seconda volta nella giornata le chiuse la porta in faccia.

Attese che fosse abbastanza lontano per non poterla udire; quindi tornò silenziosamente nel salotto. Spinse la porta dell'ascensore di servizio e provò la solidità delle corde. Ve n'erano due collocate in modo che funzionassero a saliscendi.

Afferrandosi alle due corde, s'insinuò nello stretto vano e si lasciò scivolare in basso reggendosi alle pareti. Discese per circa quattro metri, prima di trovare la porta dell'ascensore corrispondente alla cucina. Riuscì a passare attraverso alla stretta apertura e si trovò in una cucina col pavimento di pietra. Era vuota. Un po' di fuoco ardeva nel camino. Il vassoio della sua colazione, coi piatti non lavati, era sulla credenza; e all'estremità del tavolo c'erano i resti di un pasto. In punta di piedi si avvicinò alla porta. Era chiusa a chiave; ma fortunatamente la chiave era nella serratura e in due minuti si trovò in un piccolo cortile, sotto il livello del suolo.

Ad un lato del cortiletto c'era una finestra, e Oliva non si arrischiò da quella parte. A destra c'era una gradinata di pietra; probabilmente questa era la via più sicura. Si trovò in un piccolo parco che, per sua fortuna, era folto di cespugli di rododendri, sicché poté strisciare da un cespuglio all'altro, cercanto di tenersi fuori dalla vista della casa. Aveva in mano il telegramma e il denaro e il suo scopo principale era di trovare chi lo potesse spedire. Ci vollero venti minuti per giungere al muro di cinta. Ma era troppo alto per scavalcarlo e non v'era traccia di scala a pioli. La sola via per uscire era la porticina che aveva visto dalla finestra; tornò indietro con ogni cautela, scivolando da un cespuglio all'altro, finché arrivò al punto da cui vedeva chiaramente la porta e l'edificio che era alla sua sinistra.

La baracca coperta di tegole era molto più lunga di quanto le era sembrata ed era evidentemente di recente costruzione. La facciata scura era punteggiata a intervalli da finestre quadrate; una porta rozzamente dipinta a sinistra della porta del giardino, era la sola entrata visibile. Guardò se v'era la chiave, ma senza speranza di trovarla. Pensò di tentare la fortuna e una rapida corsa la portò dal riparo dei cespugli alla porticina scura che era fra lei e la libertà.

Con mano tremante tirò i chiavistelli; il cuore le batté quando sentì che cedevano un poco. Evidentemente non erano stati usati da anni e quello inferiore era tenuto fermo soltanto dal terriccio che vi si era accumulato sotto. Lo scostò in fretta col piede e la sua mano era già sulla maniglia, quando udì dietro di sé una voce soffocata. Si voltò e indietreggiò inorridita. Sulla soglia della baracca c'era un essere, né uomo né animale, con indosso un camiciotto che una volta era stato bianco ma ora era tutto chiazzato di verde. Il volto e la testa erano coperti di guttaperca; due occhi verdi la fissavano e un gran naso a proboscide era sollevato in aria come a fiutare. Per un istante Oliva rimase paralizzata. La figura era bestialmente spaventosa.

Resasi però conto che si trattava semplicemente di un uomo il cui volto era coperto da un'orrenda maschera, balzò nuovamente verso la porta; ma una mano l'afferrò per il braccio e la trasse indietro. Udì zufolare gaiamente nella strada e ricordando il pacchetto che aveva in mano, lo lanciò al disopra del muro. Lo sentì cadere in terra con un piccolo tonfo sordo e il fischio tacque.

E mentre l'orribile figura la circondava con un braccio e le premeva sulla bocca una mano che odorava spiacevolmente, Oliva svenne.

14. Un secondo aspirante

– Farsi aiutare da un bandito? – chiese James Kitson, incredulo. – Che cosa vuol dire?

– Le pare impossibile vero? – rise Beale. – Specialmente dopo che l'altro giorno McNorton ci ha detto che in Inghilterra non esistono banditi.

– Infatti... Ma a proposito, ha fatto colazione?

– Da un pezzo; ma lei mangi pure tranquillamente.

James Kitson avvicinò la sedia al tavolo e spiegò il tovagliolo. Era circa alla stess'ora in cui Oliva Cresswell aveva compiuto lo stesso gesto.

– Parli – disse.

Beale guardava col volto rannuvolato il deserto Piccadilly, su cui dava l'appartamento di Kitson al Ritz-Carlton.

– Come? – fece, distratto. – Ah, sì, il bandito... sicuro, proprio un bandito.

In poche parole lo mise al corrente della sua escursione della sera precedente.

– Questo Homo – chiese Kitson – è uno della banda?

Beale scrollò la testa.

– Non credo. Potrebbe essere uno degli ambasciatori di van Heerden.

– Ambasciatori?

– Uno di questi giorni spiegherò il gioco di van Heerden, e lei comprenderà ciò che voglio dire. No, non credo che il "Reverendo" sia più che un gentil cavaliere il quale si è creduto in dovere di proteggere una signora in pericolo, sia per amore di lei, sia per rispetto per il professore, sia per un naturale senso di antagonismo verso qualunque *detective*. Ad ogni modo, mi ha tenuto sotto la canna della sua rivoltella finché la donna è stata fuori di vista. E allora, non ho avuto più fretta di andar via. Mi sono seduto e ho parlato; e sarebbe difficile trovare un uomo più colto e gentile.

Kitson guardò il suo compagno con gli occhi socchiusi.

– Questo non le somiglia, Beale – disse. – Lei si è troppo interessato a questa faccenda, per perdere tempo inutilmente.

– Infatti – replicò l'altro ficcando le mani in tasca – è proprio così. Si volse a un tratto verso il vecchio. – Signor Kitson, bisogna che io sappia qualche cosa di più di quello che so sul testamento del vecchio Millinborn.

L'avvocato si aggiustò gli occhiali sul naso e guardò il giovane con un'ombra di turbamento nello sguardo.

– Mi dispiace di sembrarle forse indiscreto – proseguì Beale – ma sono un po' disorientato. Come americano, non conosco molto bene le leggi inglesi, benché sappia che qui non si può contrarre matrimonio così facilmente come nel nostro paese. Ma qui come altrove dev'essere difficile costringere una ragazza a un matrimonio e, in caso di viziato consenso, il matrimonio non dovrebbe essere valido.

Sedette sul bracciolo di un divano, facendo dondolare il cappello con una mano, mentre passava nervosamente sui capelli le dita dell'altra.

– In questo ha ragione – rispose Kitson – ma le fornirò qualche chiarimento. Un mtrimonio si può celebrare soltanto se le pubblicazioni sono fatte debitamente dalle due parti, le quali devono risiedere nel distretto in cui il matrimonio avrà luogo; il periodo occorrente per queste pubblicazioni è di tre settimane.

– Non vi è modo di fare altrimenti?

– Sì. Pagando una tassa speciale e giustificando in modo plausibile la necessità di non perder tempo, l'Arcivescovo di Canterbury, o per dir meglio i suoi dipendenti, possono autorizzare il matrimonio senza pubblicazioni. Questo si chiama "ottenere speciale licenza" e il matrimonio può essere celebrato ovunque e in un'ora.

– Ed è dificile ottenere questo?

– Secondo... Ma io ritengo che van Heerden si sposerà nel modo ordinario, cioè facendo le sue brave pubblicazioni. Per ottenere la licenza speciale, dovrebbe dire il suo vero nome e presentare i documenti di identità; mentre può sposarsi nel modo ordinario anche con un nome falso; e sono sicuro che lo farà.

– E il matrimonio sotto falso nome sarebbe legale?

– Assolutamente. Secondo la legge inglese, il matrimonio sotto falso nome costituisce una contravvenzione alla legge, ma non perde validità per questo.

Beale sedette studiando i disegni del tappeto.

– È possibile che vengano emesse due licenze speciali per sposare la stessa ragazza?

– No... perché?

Beale non rispose subito. Poi:

– Per qualche cosa che mi ha detto Homo ieri sera, quando gli dissi francamente che ero in cerca di miss Cresswell. "Ah – ha esclamato – è la ragazza che sposerà il dottore". E non ha voluto dirmi altro. Ma mi ha dato l'idea di assicurarmi che nessuna licenza speciale sia stata fornita a van Heerden. Ne chiederò una per me.

Il legale lo fissò stupito.

– Per sposare la ragazza?

Stanford Beale rise un po' amaro.

– Oh, non vada a immaginare, signor Kitson... che io pensi soltanto a miss Cresswell. Una licenza speciale concessa a me intralcerebbe una delle vie trovate da van Heerden per far denaro. Mi dica – questo è ciò che sono venuto a chiederle – secondo il testamento di Millinborn, il marito beneficia direttamente dal matrimonio o dipende da ciò che la moglie vorrà dargli?

– Beneficia direttamente – rispose Kitson dopo una pausa. – All'atto del matrimonio entra in possesso precisamente di metà della sostanza. Questa era un'idea di Millinborn. "Rendete indipendente il marito – diceva – non lo mettete nella umiliante condizione di dover dipendere dalla generosità di sua moglie, e vi saranno molte più probabilità per la felicità di entrambi".

– Capisco... Senza dubbio, van Heerden è al corrente di questo. Lui non ha che da produrre il certificato di matrimonio per riscuotere mezzo milione di dollari in buona moneta inglese. Questo è il segreto di tutto. Ha bisogno urgente di denaro, e secondo le disposizioni testamentarie...

– Lo avrà. Se venisse da me domani col certificato di matrimonio, anche se sapessi che ha costretto la ragazza, non potrei far altro che dargli la sua parte... Van Heerden fu abile, quando esaminò il suo amico moribondo. – Il suo volto si indurì. – Perdio, Beale, darei volentieri fino all'ultimo soldo che posseggo per mandare in galera quel farabutto! – La sua voce tremò; alzandosi bruscamente, andò verso la finestra. Poi si voltò: – Credo che la sua idea non sia cattiva. Veda di ottenere la licenza.

– L'otterrò... e la sposerò – affermò rapidamente Beale.

– Sposarla... Non comprendo bene...?

Per la prima volta vi era nella sua voce un'ombra di diffidenza.

– Signor Kitson, metterò le carte in tavola – fece Beale. – Vuol sedere un momento? Vi sono alcuni fatti che noi non possiamo ignorare. Primo, che Oliva Cresswell è nelle mani di un uomo senza scrupoli, ma che non ha altro scopo che il matrimonio. La sua bellezza, il suo fascino, tutte le qualità che seducono la maggior parte degli uomini e tutti i bruti, non hanno nessuna attrazione per costui, il quale vede in lei soltanto un mezzo per far denaro. Se lui non può sposarla, non si interesserà più in nessun modo di lei.

– Capisco – accordò il legale – ma...

– Permetta. Se noi sapessimo dove l'ha portata, potremmo impedire il matrimonio e denunciare van Heerden, ma credo che non riusciremo a trovare il luogo prima che sia troppo tardi o quasi. Non posso andare a caccia con una squadra di agenti. Devo mettermi in condizione di impedire il matrimonio con quest'altro mezzo, e di potere, quando riesco a trovarla, sposarla immediatamente.

– Sposarla per render vano il tentativo di van Heerden e poi annullare il matrimonio? – chiese il legale scrollando la testa. – È una soluzione che non mi piace, Beale; glielo dico francamente. Lei è una brava persona e io ho piena fiducia in lei; ma se io acconsentissi, anche essendo sicuro dell'onestà del suo agire, sentirei di aver tradito la fiducia di John Millinborn. Non è per lei, figliolo mio – soggiunse con bontà – ma anche se lei fosse l'Arcangelo Gabriele in persona, dovrei rifiutare di aderire al suo progetto. Una volta sposati, non è facile sciogliersi, specialmente qui da noi.

Beale non aveva interrotto il vecchio.

– Bene; ora che ha finito, lasci che io le esponga il mio piano. Mi sembra che solo in esso ci sia un barlume di possibilità per salvare la ragazza da quel matrimonio. Ho fatto del mio meglio; McNorton e io abbiamo fatto stamattina un esposto a un magistrato. Abbiamo cercato di avere un'autorizzazione per arrestare van Heerden. Ma non vi è modo di provare nulla contro di lui. Non possiamo dimostrare che sia immischiato nella scomparsa di miss Cresswell; e benché io abbia sostenuto che certamente van Heerden sa dov'è la ragazza, il giudice mi ha obiettato che nessuna legge può costringere un uomo a dare l'indirizzo della sua fidanzata a un presunto rivale. La ragazza è in età di fare ciò che vuole e, se ho ben compreso, lei non è il suo tutore.

– No; io sono soltanto il custode del suo denaro. Ufficialmente, io devo ignorare che Oliva Cresswell è l'ereditiera Oliva Prédeaux.

– Perciò abbiamo le mani legate – replicò Beale tranquillo. – E il mio piano è l'unico possibile... Ma non le ho ancora detto qual è. Vi è un uomo, un delinquente, quel tale Homo, detto il "Reverendo", che può aiutarci. Sono convinto che non sappia dov'è la ragazza; ma ci aiuterà per una considerazione. È uscito dal carcere da pochi giorni.

Kitson rabbrividì.

– Il bandito... E come potrebbe aiutarci...?

– Ecco. Quest'uomo, come le ho detto, è conosciuto dalla polizia come "il reverendo Homo". Pare che sia, in realtà, un prete spretato. Ha conservato l'aspetto di una persona per bene; parla lentamente e con decisione; vestito come si conviene, sembrerà un parroco. Propongo che sia lui a celebrare il mio matrimonio con miss Cresswell. Il matrimonio sarà un inganno; ma né la ragazza né van Heerden lo sapranno. Se le mie deduzioni sono giuste, quando van Heerden saprà che è sposata, non farà più nessun passo, eccetto, forse – e sorrise – il tentativo di renderla vedova. Presto o tardi dovremo metterlo sotto chiave e allora diremo la verità a miss Cresswell.

– In altre parole lei intende commettere un atto criminoso contro la legge – commentò Kitson scrollando il capo. – Non posso rendermene complice. Del resto – soggiunse – lei potrebbe non essere in grado di...

– So che van Heerden è molto furbo ed è capace di sposarla prima che io li abbia rintracciati.

– Lei ha detto che Homo non sa della ragazza; ma che altro sa?

– Sa qualche cosa di van Heerden. Probabilmente ha udito dire da quella Hilda Glaumy che lui sta per prender moglie; e forse sa anche che si occupa di qualche cosa affine al genere di attività del "Reverendo".

– E sarà disposto ad aiutarla?

– Ne sono sicuro – e Beale sembrò pieno di tranquilla fiducia. – L'uomo è abbattuto e disperato. La polizia lo attende al varco e presto o tardi lo avrà in mano. Me lo ha detto McNorton. Io gli ho offerto un biglietto d'imbarco per l'Australia e cinquecento sterline; e lui è pronto a fare qualunque cosa.

– Gli ha spiegato la sua idea?

– Per forza – confessò Beale. – Non c'era tempo da perdere. Con mia grande sorpresa, non mi ha approvato. Pare che perfino un furfante di tre cotte possa avere degli scrupoli; e nemmeno quando gli ho spiegato il mio progetto completamente lo ha approvato. Ma ha detto che, eventualmente, avrebbe agito secondo i miei piani. È andato a Whitechapel per avere il necessario equipaggiamento. Ho portato tutto in casa mia. Può darsi che non occorra; ma ad ogni modo, è meglio averlo.

Kitson spalancò le braccia con disperazione.

– Mi toccherà acconsentire – disse. – Tutta questa storia è stata un errore fin dal principio. Voglio credere, Stanford – proseguì fissandolo negli occhi – che lei non nutra per quella giovane altro sentimento oltre all'interesse professionale.

Beale abbassò gli occhi.

– Se lo affermassi, forse mentirei, signor Kitson. Mi interesso profondamente a miss Cresswell; ma questo non importa, perché lei non lo saprà mai.

Poco dopo se ne andò e tornò a casa sua, dove attese la visita del "Reverendo". Questi giunse verso le quattro: col volto ben raso, un abito nero e la cravatta bianca, sembrò al *detective* molto più presentabile della sera prima.

– Che cosa devo fare? – chiese il "Reverendo".

– Restare qui. Vi ho preparato un letto nel mio studio – rispose Beale.

– Vorrei sapere qualche cosa di più, prima di andare avanti – riprese il "Reverendo". – Mi occorrono delle informazioni per parecchi motivi.

– Vi ho già detto la storia – replicò Beale pazientemente – e ora vi dico chiaro e tondo che non intendo aggiungere una sillaba. Voi farete ciò che vi ho detto ed io vi pagherò quanto vi ho promesso. Nessuno sarà danneggiato; ve l'ho già detto.

– Non è tanto questo che mi importa, quanto...

Un colpo frettoloso alla porta l'interruppe. Beale aprì; era McNorton, e il "Reverendo", per la forza dell'abitudine, si ritrasse nell'ombra.

– Bravo, "Reverendo" – disse il sovrintendente – sapevo che vi avrei trovato qui. Che cosa ne dite di questo qui? – S'era voltato verso Beale e posò sul tavolo un pezzo di carta gualcita che cercò di stirare. Era la metà superiore di un modulo di telegramma; l'altro pezzo era stato lacerato.

– *Belocity, Londra* – lesse Beale ad alta voce.

– È per voi – affermò McNorton; e l'altro annuì.

– *Belocity, Londra* – lesse lentamente. – *Sono imprigionata alla Casa del...*

In questo punto il resto del messaggio era stato strappato.

Beale, preso il documento, lo esaminò, quindi diede uno sguardo interrogativo a McNorton.

15. Il forestiero

– Dov'è il resto? – chiese Beale.

– Non c'è altro – rispose McNorton torvo. – E da questa parte non avremo altre informazioni prima di 24 ore.

– Non capisco. Senza alcun dubbio, è la scrittura di miss Cresswell.

– L'ho immaginato. Questa carta è stata trovata nella tasca di un vagabondo ubriaco...

– Dove?

– A Kingstone, sul Tamigi. L'uomo è stato raccolto in strada, ubriaco fradicio, e portato alla stazione di polizia, dove è stato colto da un attacco di *delirium tremens*. L'ispettore locale gli ha trovato in tasca questo pezzo di carta nel perquisirlo e l'ha messo in relazione con la scomparsa di miss Cresswell, che gli era stata segnalata appunto stamattina dalla circolare relativa. Mi ha telefonato e nel pomeriggio mi ha mandato una guardia col pezzo di carta.

– Hmm... – fece Beale; e si morse le labbra riflettendo – evidentemente ha dato il telegramma all'uomo, con l'incarico di spedirlo. Gli avrà dato anche del denaro e questo spiega la solenne sbornia.

– Non credo – contraddisse McNorton. – L'uomo ha avuto un lucido intervallo alla stazione, quando gli hanno chiesto dove aveva preso il denaro per ubriacarsi, ed ha affermato che lo aveva trovato avvolto in un pezzo di carta. La cosa mi sembra vera. Lo ha gettato probabilmente dal finestrino di un'automobile o da una casa.

– Sta molto male quell'uomo?

– Malissimo; sarà impossibile cavargli una parola prima di domattina. I dottori hanno dovuto fargli un'iniezione per farlo stare quieto e ci vorrà del tempo prima che si svegli.

Guardò l'uomo che era in fondo alla stanza.

– Ebbene, "Reverendo", ho sentito che aiuterete il signor Beale?

– Sì – rispose l'altro con semplicità.

– Tornate così alla vostra vecchia professione.

Il "Reverendo" si raddrizzò.

– Senta – disse impertinentemente – se lei ha qualche cosa contro di me, può farmi arrestare. Ma quanto alla professione che esercitavo prima di cominciare la carriera del delitto che mi ha messo in duro contatto con i cosiddetti rappresentanti della legge, quello è affar mio.

– Non vi arrabbiate, "Reverendo" – replicò l'altro scherzando. Quindi si volse a Beale. – Che cosa intende fare?

– *Sono imprigionata alla Casa del...*. Certo è il nome della casa. Ho notato che in Inghilterra avete l'abitudine di dare un nome alle case, invece di numerarle, specialmente nei sobborghi. – Guardò verso Homo: – Potete dirmi nulla?

L'uomo scosse il capo.

– Se fossi un ladro volgare, potrei aiutarvi; ma il mio genere di lavoro non mi conduce ad operare nei sobborghi.

– Diremo all'ispettore di Kingston... – cominciò McNorton; ma Beale alzò la mano per imporgli il silenzio. Aveva udito un passo conosciuto nel pianerottolo.

– È van Heerden – mormorò – è stato fuori tutta la mattina.

– È stato pedinato? – chiese McNorton.

– Il mio agente lo ha perduto di vista.

Andò in punta di piedi ad ascoltare. Udì la porta del dottore che si richiudeva e tornò indietro.

– L'ho fatto seguire dai migliori segugi d'America, ed è sempre sfuggito.

– Ad ogni modo – riprese McNorton – questo telegramma fa supporre che non sia affatto andata a Liverpoool. Ed esclude anche che sia partita di sua libera volontà. Se nel telegramma ci fosse il nome di lui – aggiunse pensieroso – m'arrischierei ad arrestarlo.

– Le darò un motivo molto più grave per arrestarlo – affermò Beale – dopo che avrò messo in salvo miss Cresswell.

– La Ruggine Verde? – E il capo della polizia sorrise.

– La Ruggine Verde – rispose Beale; ma non sorrise. – Questo è il gran gioco di van Heerden. Il rapimento di miss Cresswell è soltanto un mezzo per raggiungere un fine. Lui ha bisogno dei suoi quattrini; e più urgente è il bisogno, più presto sarà celebrato il matrimonio.

– Ma non vi è ecclesiastico in Inghilterra che possa sposarli – interruppe Homo.

– Caro amico, queste storie avvengono solo nei romanzi. Se una donna rifiuta il suo consenso, il matrimonio non può aver luogo. E da quel che mi par di capire, la signorina non è facile ad intimidire.

– Questo è appunto ciò che temo; è coraggiosa, ma...

Si fermò, udendo la porta del dottore che si chiudeva. In tre balzi aveva attraversato il pianerottolo e raggiunto il suo caro vicino. Van Heerden, vestito con cura, si stava infilando i guanti; si fermò e fissò sorridendo il viso cupo del suo rivale.

– Ebbene – disse in tono scherzoso – ha avuto notizie di miss Cresswell?

– Se avessi avuto sue notizie, lei non sarebbe qui.

– Oh, com'è interessante! E dove sarei?

– Sotto chiave, caro amico.

Il dottore gettò indietro la testa e rise soavamente.

– Che innamorato! E come gli dispiace essere respinto! Credo, signor Beale, che sarà un sollievo per lei apprendere che miss Cresswell, che spero di chiamare fra breve la signora van Heerden, è perfettamente felice ed è molto annoiata dalle sue insistenze. Ho avuto stamattina un suo telegramma, col quale mi prega di raggiungerla a Liverpool al più presto.

– Menzogna – rispose Beale senza scomporsi – ma credo che una di più o una di meno non conti.

– Un modo di vedere assolutamente immorale – fece il dottore con severità. – Ma vedo che a discutere con lei non si guadagna nulla; quindi mi limiterò a rivolgerle una preghiera.

Beale non disse nulla; ma attese.

– È questa – e il dottore scelse con gran cura le sue parole. – Mi tolga dai piedi quel signore che è stato tutto il giorno sulle mie orme. Da principio mi ha divertito, ma poi mi ha dato fastidio. Alcuni dei miei clienti si sono lagnati che quest'uomo sorvegliasse le loro case.

– Lei non è stato da nessun ammalato oggi, van Heerden; ad ogni modo, credo che dovrebbe aver fatto l'abitudine ad essere pedinato. Non è la prima volta.

Il dottore lo guardò di sottecchi e sorrise nuovamente.

– Potrei risparmiare molto disturbo al suo agente – riprese – e molto fastidio a me dandogli addirittura una lista dei luoghi dove intendo andare.

– Li troverà da sé – ribatté Beale.

– Gli auguro un miglior successo di quello avuto finora – concluse l'altro; e passò oltre scendendo lentamente le scale.

Beale tornò nel suo appartamento, passò in camera da letto e guardò in strada. Fece un cenno a un uomo che era all'angolo e ne ebbe una risposta quasi impercettibile. Quindi tornò presso i due che lo attendevano.

– Temo che quell'uomo sia troppo abile per noi, e Londra, coi suoi treni metropolitani, le stazioni sotterranee e i suoi taxi è un terreno un po' difficile.

– Immagino che l'agente lo abbia perduto di vista appunto nel treno metropolitano – suppose McNorton.

– Vi sono due mezzi per uscirne: l'ascensore e le scale; è difficile seguire un uomo se non si sa quale delle due vie prenderà.

– Ma lei si è interrotto in un momento interessantissimo: che cosa ci stava dicendo intorno alla Ruggine Verde?

– Posso dire solo questo: che la Ruggine Verde è la più grande minaccia che mai sia stata macchinata contro il mondo civile.

Fissò acutamente Homo.

– Non mi guardi così – mormorò il "Reverendo"; – io non ne so nulla; a meno che... – Si interruppe e rabbrividì. – La Ruggine Verde – ripeté – è forse il segreto del vecchio Heyler?

– Certamente, Heyler c'entra – affermò Beale.

– È una truffa, un imbroglio? – chiese curiosamente il "Reverendo". – Non ho mai creduto che Heyler fosse uomo da questo genere di cose.

– Non vi è imbroglio, per quanto concerne Heyler – replicò Beale. – È qualche cosa di molto più grande che una misera truffa.

Il telefono squillò. Beale prese il ricevitore e ascoltò, commentando solo con qualche interiezione. Quindi riappese il ricevitore.

– Me lo immaginavo! – esclamò. – Il dottore è nuovamente riuscito a sfuggire. C'era un'automobile che lo aspettava in Oxford Street; vedendo che non vi erano taxi lì vicino, vi è balzato sopra ed è scomparso verso levante.

– L'agente ha preso il numero della macchina? – chiese McNorton.

Beale sorrise.

– Non è molto utile; probabilmente lui ha due o tre targhe con numeri diversi.

Guardò l'orologio.

– Ora vado a Kingston – riprese.

– Non posso venire con lei – disse il sovrintendente – perché alle cinque ho appuntamento col commissario.

– Prima di andar via – lo trattenne Beale – mi faccia la cortesia di firmare questa dichiarazione.

Posò sul tavolo un foglio di carta bollata azzurrina.

– Cosa? – fece McNorton stupito. – Una domanda di licenza speciale... Prende moglie?

– Spero – fu la breve risposta.

– Non mi pare che la cosa la renda molto allegro. E desidera che io faccia testimonianza dell'urgenza del caso? Probabilmente, faccio un giuramento falso. – Firmò col suo nome e un ghirigoro. – Quando avrà la licenza e perché questa gran fretta?

– Avrò la licenza domani.

– E come si chiama la signorina?

– Credevo che lo avesse letto – rispose mentre asciugava il foglio e lo piegava con cura.

– Non è miss Cresswell?

– Proprio miss Cresswell.

– Ma credevo...

– Vi sono circostanze di cui lei, McNorton, avrà comunicazione ufficiale – replicò il *detective* – ma per il momento devo conservare il segreto sui miei progetti.

– Tutto ciò ha rapporto con la Ruggine Verde? – La domanda era fatta in tono scherzoso.

– Precisamente.

– Beh, io vado – riprese McNorton. – Telefonerò alla polizia di Kingston di darle tutto l'aiuto possibile, ma temo che non si potrà sapere nulla dal vagabondo fino a domattina; e forse neanche allora.

Salutò e se ne andò.

– Ora a noi, Homo – disse Beale. – Bisogna che restiate chiuso qui fino a domani. Fate come se foste in casa vostra fino al mio ritorno.

– Un momento – fece Homo mentre Beale prendeva i guanti e il cappello. – Prima che lei vada via, desidero farle comprendere chiaramente che accetto questo lavoro perché mi offre una possibilità che non ho mai avuto dopo la mia disgrazia. Perdoni se mi servo di una frase troppo sfruttata.

– Capisco benissimo.

– Potrei farle un brutto scherzo.

– Correrò questo rischio.

Sul volto duro di Homo si disegnò un fuggevole sorriso.

L'automobile di Beale lo aspettava; ma la sua partenza subì un ritardo inatteso. Passando nell'atrio, lui vide un forestiero fermo a leggere la placca di smalto coi nomi degli inquilini attaccata alla parete. Qualche cosa nel suo aspetto fece fermare il *detective*. L'uomo era ben vestito, nel senso che il suo abito era nuovo e ben tagliato; ma la foggia dell'abito, non meno che il giallo stridente delle scarpe, la forma e il colore della cravatta indicavano chiaramente che non era né americano né inglese.

– Le occorre qualche cosa? – chiese Beale. – Cerca qualcuno?
Il visitatore volse verso di lui un viso colorito.
– Lei è molto gentile – rispose con lieve accento straniero. – Vorrei sapere se il dottor van Heerden abita qui.
– Sì, abita qui; ma credo che non sia in casa.
Pensò che fosse un cliente o l'inviato di un cliente.
– Non è in casa? – il viso dell'uomo si rabbuiò. – Che seccatura! E può dirmi dove potrei trovarlo? Devo parlargli urgentemente e vengo da molto lontano.
Dalla Germania, indovinò Beale. Il diretto doveva essere arrivato a Charing Cross mezz'ora prima.
– Sono amico del dottore e forse posso esserle di aiuto. Si tratta di cosa molto importante? Forse riguarda... – esitò – la Ruggine Verde?
Pronunciò l'ultima frase in tedesco, l'uomo sussultò e lo fissò con un misto di sospetto e di incertezza.
– È cosa di somma importanza – ripeté – di importanza vitale.
Ora parlava in tedesco.
– Si tratta della Ruggine Verde?
– Non so nulla di questa Ruggine – replicò l'altro in fretta. – Sono semplicemente latore di una comunicazione di somma importanza. – Ripeteva le parole "di somma importanza".
– Se vuol darmi la lettera – riprese Beale – farò in modo da fargliela avere – e tese la mano, con la sicurezza di uno che era in possesso dei più intimi segreti del dottore. La mano del forestiero cercò la tasca interna della giacca ma riapparve vuota.
– No, devo consegnarla... Bisogna che io veda proprio il dottore. Lui non sapeva che sarei venuto: lo aspetterò.
Beale rifletté rapidamente.
– Allora venga ad aspettare in casa mia – disse infine. – Lo precedette e l'uomo, pur mostrando un certo disagio, fu introdotto nella stanza, dove la presenza di Homo, il quale – vestito a nuovo – presentava un aspetto dei più rispettabili, lo rassicurò alquanto.
Voleva una tazza di tè? No, non voleva tè. Del caffè? No, grazie. Forse un bicchiere di vino? No, non beveva né vino né birra. Non desiderava prender nulla.
"Amico mio" pensò Beale disperato "bisognerà che ti cloroformizzi o che ti dia un colpo sulla testa con le molle del camino: ma mi occorre assolutamente vedere quella lettera".
Come se avesse indovinato i suoi pensieri, ma collocandoli su un piano diverso, l'uomo disse:
– Approfitterei della sua bontà per consegnare la mia lettera al dottor van Heerden, ma non sarebbe di alcuna utilità, visto che si tratta soltanto di una lettera di presentazione.
– Null'altro? – fece Beale deluso, perché sentì che l'uomo diceva la verità.
– Null'altro. Vi è poi il mio messaggio, ma è verbale. Mi chiamo Stardt; forse il dottore le avrà parlato di me qualche volta. Siamo stati in corrispondenza.
– Sì, sì, mi ricordo – mentì Beale.
– Il messaggio è per lui solo, come si può ben comprendere; e se anche lo trasmettessi a lei – Herr Stardt sorrise – non lo capirebbe, perché consiste in una parola sola.
– Una parola sola? – borbottò Beale. – Un cifrario... alla malora!

16. La polizza

Oliva Cresswell riprese piena conoscenza mentre la trasportavano su per le scale della casa. Doveva aver cominciato a svegliarsi un po' prima, poiché le rimaneva una confusa impressione di esser stata posata sull'erba e di avere udito qualcuno borbottare che era più pesante di quanto si potesse credere.

Ricordava anche vagamente la presenza del dottor van Heerden curvo sopra di lei e rammentava che lui indossava una specie di lungo spolverino grigio.

Quando l'uomo che la trasportava aprì con un calcio la porta della sua stanza lei gli sfuggì con un balzo e andò ad appoggiarsi alla spalliera del letto per reggersi.

– Sto bene – disse con affanno – sono stata una stupida a svenire, ma... lei mi ha fatto paura.

L'uomo sogghignò e sembrò sul punto di dire qualche cosa, ma una voce dura lo chiamò dal di fuori e lui uscì sbattendo la porta. Oliva andò nella stanza da bagno, immerse il viso nell'acqua fresca e si sentì meglio, benché fosse ancora un po' stordita.

Allora si mise a sedere per esaminare la situazione; da tale esame due figure emersero in prima linea: van Heerden e Beale.

Oliva era una ragazza eminentemente sana di mente. Senza dubbio, non poteva comprendere molti atteggiamenti dell'uomo verso la donna; ma trovava assolutamente incomprensibile che un uomo il quale ammetteva di non amare una donna né avesse, evidentemente, altro desiderio che quello di liberarsi dell'incubo della sua presenza subito dopo il matrimonio, volesse sposarla. L'audacia di aver già fatto le pubblicazioni la lasciava sbalordita. Era strano che il suo pensiero non si soffermasse sugli avvenimenti di quella mattina: il suo ardito tentativo di fuga, la lotta con l'uomo mascherato e tutto quanto era avvenuto prima e dopo, per tornare insistentemente alla sera precedente.

Si rendeva conto che van Heerden doveva averle detto la verità e che il suo operato nascondeva qualcosa che lei non riusciva ad afferrare. Ricordò quanto le aveva detto a proposito di Beale e arrossì.

"Sei una sciocca", disse a se stessa "si tratta di un giovanotto che hai visto cinque o sei volte, che probabilmente è un agente di polizia con moglie e figli, ed ecco che ti turbi se ti dicono che forse sei innamorata di lui". Scrollò il capo con aria di rimprovero.

Eppure, tutti i suoi pensieri erano concentrati su Beale. E per quanto li distogliesse, vi tornavano sempre. Provava ad analizzare quella sua gaiezza, quella confidenza subito diventata tale da respingere qualunque pensiero che avesse potuto sgomentarla. E infine pensava alla fiducia che aveva in un uomo apparsole poche settimane prima come un incorreggibile ubriacone.

Il tempo di riflettere non le mancava e, quantunque non si rendesse conto di ciò, aveva disperatamente bisogno di abbandonarsi a queste riflessioni. Che cosa avrebbe fatto adesso van Heerden? Il suo tentativo di fuga gli avrebbe fatto mutare i suoi progetti? Come avrebbe superato la difficoltà di sposare una ragazza che senza dubbio lo avrebbe denunciato dinanzi a un testimone indipendente come un ecclesiastico? Disse a se stessa che sarebbe morta piuttosto che sposarlo.

Non riusciva a star ferma e passeggiava per la camera, guardando le stampe in cornice, i libri, e qualche volta fermandosi dinanzi allo specchio dell'armadio, dove si osservava per vedere se il colpo di van Heerden le avesse lasciato il segno. C'era, e ciò da principio le diede una certa soddisfazione, ma quando vide che andava svanendo, fu delusa. Stupita, analizzò questa sua strana disposizione mentale, quindi tornò a pensare a Beale. Avrebbe desiderato che lui vedesse quel luogo. Avrebbe desiderato la simpatia di Beale... le arrabbiature di Beale... Sì, era sicura che Beale si sarebbe arrabbiato.

Rise di se stessa, e per distrarsi andò ad aprire i cassetti della *toilette* per esaminare il contenuto. Erano aperti e vuoti, meno uno che non s'apriva. Si ricordò di avere nella valigetta un mazzetto di chiavi.

– Sarò indiscreta. Perdonate la libertà – disse, sentendo che la serratura girava al primo tentativo.

Tirò il cassetto. Conteneva qualche oggetto per la toletta femminile e un grosso portacarte di cuoio nero. Lo prese, lo posò sulla tavola e lo aprì. Era pieno di fogli di formato protocollo; sulla copertina era scritto *Argentina* e la scrittura, evidentemente femminile, non le apparve nuova.

– Dove diamine l'ho vista? – si chiese grattandosi la fronte.

Voltò il primo foglio e lesse: *Hotel Alsigar, Fournos. Proprietario: Miguel Portorini.*

Aprì la bocca, attonita, e percorse rapidamente con gli occhi la lista. Prese un altro quinterno. Era intestato *Canada*; voltò i fogli rapidamente e riconobbe il lavoro. Era quello che Beale le aveva dato da fare: una lista degli alberghi, coi loro proprietari e i mezzi di comunicazione; ma non vi era nulla riguardo alla polizia. A un tratto ebbe un lampo. Una descrizione un po' più lunga metteva in evidenza certe caratteristiche della scrittura, che Oliva riconobbe.

– Hilda Glaum! – mormorò. – Vorrei sapere che cosa significa...

Tornò ad esaminare il contenuto del cassetto e ciò che vi trovò la confuse. Nessuna traccia di fazzoletti, collettini o simili. Se Hilda Glaum avesse avuto l'abitudine di recarsi alla Casa del Diacono, e si serviva di quella camera, sarebbe stato naturale che vi fossero oggetti di quel genere. Se quello era il suo cassetto, c'era da aspettarsi di rinvenirvi una scatoletta di pennini e un libretto di conti. Invece, all'estremità del cassetto, Oliva scoprì una scatoletta d'acciaio. Il coperchio, chiuso a molla, era perfettamente aderente, sicché si sarebbe potuto credere che la scatoletta fosse particolarmente destinata a preservare il contenuto dal contatto dell'aria o dai pericoli del fuoco.

Era foderata di qualcosa che a prima vista sembrava grossa carta assorbente, ma che un'osservazione più attenta le rivelò essere amianto. La sua eccitazione si calmò quando vide che la scatoletta conteneva soltanto una piccola busta turchina.

Provò a toglierla, ma era così aderente al fondo, che dovette servirsi di una forcina; e le venne allora in mente che forse la scatola era stata fatta espressamente per riporvi quella busta. Non era sigillata, e con suo sbalordimento, Oliva ne trasse... una polizza di pegno!

Le venne voglia di ridere ma si trattenne. Esaminò curiosamente la polizza, da cui rilevò che i Sigg. Fratelli Rosenbaum di Londra avevano dato una sovvenzione di dieci scellini su un "Orologio d'argento Marca Gent", e il pegno era stato fatto a nome di van Heerden.

Fissò la carta sbalordita. Il dottore non era uomo da aver bisogno di dieci scellini o di dieci dollari o di dieci sterline. Perché aveva impegnato un orologio, e perché, avendolo impegnato, conservava con tanta cura la polizza?

Esitò un momento; quindi rimise la busta vuota in fondo alla scatola e richiuse il coperchio. Trovò un nascondiglio per la polizza prima di rimettere a posto la scatola e richiudere il cassetto.

Udì picchiare alla porta e ripose in fretta le chiavi nella borsetta.

– Avanti – disse.

Riconobbe nell'uomo che apparve sulla soglia quello che l'aveva riportata in camera. Vi era nel suo contegno qualche cosa che le diede noia: una specie di ilarità contenuta che faceva pensare all'ubriachezza.

– Non faccia rumore – mormorò l'uomo – se Gregory sente, fa un putiferio.

Oliva vide che la chiave era nella serratura, dalla parte esterna della porta; ma l'uomo non accennò a ritirarla e chiuse piano l'uscio dietro di sé.

– Mi chiamo Bridgers – continuò in un sussurro. – Van Heerden deve averle parlato di me... Horace Bridgers... Vuole...? – trasse dal taschino del panciotto sfilacciato una scatoletta di tartaruga e la aprì con l'unghia del medio. Era piena a metà di una polverina bianca che scintillò lievemente a un raggio di sole. – Ne fiuti una presa – proseguì l'uomo con ardore – e tutti i suoi pensieri svaniranno... pfff!

– Grazie, no – e lo guardò con un sorriso perplesso – non so che cosa sia.

– È il terrore bianco – e ridacchiò – migliore del verde... Non ha un odore di muffa come quella robaccia verde, eh?

– Non mi interessa né l'uno né l'altro – replicò Oliva con un mezzo sorriso. Si chiedeva perché l'uomo fosse venuto, e per un attimo sperò che ignorasse le intenzioni di van Heerden.

– Va bene – riprese l'uomo rimettendo lo scatolino in tasca – tanto peggio per lei. Non conoscerà mai il paradiso sulla terra!

Sembrava che fosse sempre sul *chi vive* per qualche rumore che potesse venire dal piano inferiore. Si fermava mentre parlava e tendeva l'orecchio verso la porta. Ma Oliva fu molto contenta nel vedere che non faceva nessun tentativo di venire avanti. Evidentemente era sotto l'influenza di qualche stupefacente. I suoi occhi luccicavano in modo non naturale; le mani, sudice e diafane, erano irrequiete e si muovevano continuamente.

– Sono Bridgers – disse nuovamente – il migliore fra gli aiutanti di van Heerden... una posizione piuttosto umiliante, per il più gran chimico che sia mai uscito dalle Università! Stare qui a lavorare per un mangiapatate! – Si riavvicinò all'uscio, lo aprì e rimase un attimo in ascolto; quindi tornò verso di lei camminando in punta di piedi.

– Lei è la ragazza di van Heerden – mormorò... – lo sa a che gioco si gioca?

– A che cosa?... – balbettò Oliva.

– Che cos'è tutta questa storia? Ho cercato di far cantare Gregory e Milsom, ma sono misteriosissimi. Accidenti ai misteri! Ma di che cosa si tratta? Perché mandiamo gente in America, Canada, Australia e India? Andiamo, via, mettiamoci d'accordo noi due. Racconta! Io ho visto l'ufficio e so tutto. Ci sono migliaia di buste sigillate con dentro biglietti per i piroscafi e denaro. Migliaia di moduli telegrafici con gli indirizzi già fatti. Non mi farete passare per un imbecille! – Queste ultime parole furono quasi sibilate sul volto della giovane. – Perché impiega la peggior genia fra gli scienziati, quelli che sono soltanto delle abbiette canaglie? Perrilli, Maxon, Boyd Heyler... e me? Se si tratta di cosa onesta, perché non assume dei giovani appena laureati alle Università?

Oliva scrollò la testa, meno interessata da queste rivelazioni che da quanto poteva riguardare la propria sicurezza personale, perché l'atteggiamento di Bridgers stava diventando minaccioso... Allora una grande idea le balenò. Evidentemente, lui ignorava le circostanze nelle quali era stata portata in quella casa. Lui la riteneva forse un'assistente volontaria del dottore, che – per qualche ragione a lui ignota – avesse mostrato tanta caparbietà da indurre van Heerden a metterla sotto chiave.

– Le dirò tutto se lei mi riporterà a casa mia – affermò. Qui non posso darle nessuna prova.

Vide il sospetto far capolino nei suoi occhi. Quindi lui rise.

– Chiacchiere inutili – sogghignò. – Sapete tutti quanti che non mi posso muovere. E poi, l'altra volta mi ha detto che non c'era nulla. Ti ho vista, sai, lavorare la sera.

La ragazza lo fissava stupita.

– Sì, sì, sono stato a guardarti per delle ore, mentre scrivevi, scrivevi, scrivevi.

Adesso capì. Lei e Hilda Glaum avevano press'a poco la stessa figura, e quindi lei veniva scambiata per l'altra da quell'uomo in stato di semi-ebbrezza, e che probabilmente non aveva mai visto Hilda in faccia.

– Perché sei scappata via? – le chiese a un tratto; ma con ferma risoluzione Oliva lo ricondusse al punto di partenza.

– Perché dovrei dirglielo? Lei lo sa quanto me.

– So solo un pocolino – replicò l'altro agitato – ma non riesco a capire il gioco di van Heerden. So il motivo per cui vuole sposare quell'altra, come lo sanno tutti. Quando è il matrimonio?

– Quale altra?

– Cresswell o Prédeaux, come diavolo si chiama. Era un'impiegata di magazzino, non è vero?

– Ma lei – cercava di parlare con calma – perché crede che voglia sposarla?

L'uomo rise piano.

– Non fare la stupida; sai che a me non me la fai. Tutti sanno che ha un milione di dote.

– Un milione? – Fu quasi un grido.

– Un milione. – Si leccò le labbra e trasse nuovamente lo scatolino. – Fiuta una presa; ti sentirai come se fossi tu l'erede del vecchio Millinborn.

Vi fu un rumore nelle stanze inferiori che lo fece voltare con un balzo esagerato. A Oliva parve quasi un gesto teatrale, poiché non sapeva che, sotto l'effetto dello stupefacente, i nervi esasperati dell'uomo aumentavano l'intensità dei suoni in modo quasi doloroso.

Aprì l'uscio e scivolò fuori, dimenticando di richiuderlo.

Lei lo seguì pian piano e dal pianerottolo vide la sua testa scomparire giù per la scala. Un terror panico l'aveva invasa; mille paure la sconvolgevano e indebolivano il suo spirito coraggioso. Avrebbe urlato se non si fosse accorta, in quell'istante, che la porta scorrevole era semiaperta (l'uomo non si era fermato a chiuderla); la oltrepassò e scese le scale velocemente. L'uomo era scomparso, e l'ingresso in basso era vuoto. C'era una grande sala col pavimento di pietra e con una porta a vetri oltre la quale si vedeva il portone aperto.

Attraversò l'androne volando, aprì la porta e andò a cadere fra le braccia di van Heerden.

17. L'ebreo di Cracovia

Se a Londra fosse commesso il più atroce delitto – uno di quei delitti di cui tutta l'Europa parla e che commuove vecchi, giovani, ricchi e poveri – si potrebbe andare in un certo dipartimento di Scotland Yard con la certezza di non trovare, fra quelle pareti, nessun funzionario che si interessi della cosa e che ne abbia sentito mai parlare, se non per caso. Questo dipartimento si occupa soltanto dei casi che avvengono al di là delle acque territoriali della Gran Bretagna e Irlanda; e se il suo corpo è sulle rive del Tamigi, la sua anima è al *Central Office* di New York o alla *Sûreté* di Parigi, o magari allo *Yamen* del Ministro di Polizia a Pechino.

Esso ignora tutti i grandi delinquenti che svolgono la loro attività entro le mura di Londra; ma potrebbe dirvi, senza neanche consultare un registro, non solo i nomi dei banditi noti di New York, ma la composizione di quasi tutte le società segrete che esistono in Cina.

Nelle strade di Cracovia era avvenuta una lite fra un polacco e un ebreo per il solo motivo che possa suscitare alterchi in quella parte della Polonia. La somma per cui si disputava era relativamente piccola: 260 corone; ma l'ebreo, portato moribondo all'ospedale, fece delle dichiarazioni così strane che il Capo di Polizia di Cracovia le trasmise a Vienna, Vienna le mandò a Berna e Berna, dopo essersi grattata pensierosamente il mento, le trasmise a Parigi, che le diramò a Rio de Janeiro, New York e Londra.

Il Capo della Sezione Estera uscì dalla sua stanza ed entrò, senza uno scopo preciso, in quella di McNorton.

– Ci è stata trasmessa da Cracovia una storia curiosa – disse – che potrebbe interessare il suo amico Beale.

– Che cos'è? – chiese McNorton il quale trovava di solito le storie della Sezione Estera divertenti ma inutili.

– È stato ucciso un uomo – e il capo della S.E. (Sezione Estera) disse questo con noncuranza, come se fosse l'elemento meno importante della storia – ma prima di dare l'ultimo respiro ha voluto fare una specie di testamento a favore di suo figlio, nel quale però stabiliva che nessuno dei suoi depositi – negoziava in grano – doveva esser venduto a meno di mille corone lo staio, circa trenta sterline.

– Trenta sterline lo staio? Delirava?

– Nient'affatto. Era un noto individuo di Cracovia, un certo Zibowski, il quale durante la guerra fu uno dei principali acquirenti per conto del Governo tedesco. Il funzionario di Cracovia probabilmente gli chiese se non soffriva di allucinazioni; al che l'ebreo fece una dichiarazione, e cioè che il Governo tedesco aveva un'opzione su tutti i grani di Galizia, Ungheria e Ucraina a un prezzo di poco più basso. Zibowski aveva ottenuto migliori condizioni. Si crede che lui lavorasse con un membro del Governo tedesco, che ha fatto fortuna con le forniture di guerra. Infatti, poco prima di morire, parlò in delirio di una meravigliosa invenzione a cui si sta lavorando per conto del Governo tedesco, un'invenzione che si chiama la Ruggine Verde.

McNorton emise un'esclamazione.

– È tutto qui? – disse.

– Tutto qui – rispose il Capo della S.E. – Mi pare di ricordarmi che Beale ha fatto qualche misteriosa allusione a questa ruggine. Dove si trova adesso quel giovanotto?

– È partito ieri sera.

– Può mettersi in comunicazione con lui?

L'altro scosse la testa.

– Ad ogni modo, sarà bene mandare una copia di questa comunicazione al Ministero. Dev'essere una cosa seria. Qualunque sia il progetto, si sta senza dubbio lavorando attorno ad esso qui a Londra e il principale operatore è van Heerden.

Prese il cappello e andò a cercare Kitson che trovò nell'atrio dell'albergo, e che lo accolse calorosamente chiedendogli: – Ha notizie di Beale?

– So che stamattina è stato a Kingston; ho parlato con l'ispettore, il quale sapeva ben poco e non ha potuto dirmi se Beale avesse scoperto qualche cosa. So anche che ha intervistato il vagabondo, ma pare che non abbia avuto da questi informazioni molto utili. Sono venuto appunto per chiedere a lei se sa nulla del nostro amico.

Kitson accennò di no.

– Desideravo vederlo per parlargli della sua terrificante Ruggine Verde... Beale ha voluto agire da solo in quella faccenda; ma mi sembra che abbia voluto giocare al solitario un po' troppo a lungo.

– È una cosa seria?

– Potrebbe essere una faccenda internazionale – replicò gravemente McNorton. – Tutto ciò che sappiamo fino ad ora è questo. Si sta organizzando un vasto complotto che ha per scopo di adulterare gli alimenti del mondo intero: il capo di questo intrigo è van Heerden. Su questa storia Beale è molto più informato di noi, ma non ci ha mai messo al corrente. Io ho cercato di trovare qualche cosa contro van Heerden nei nostri archivi, ma non vi è nulla di grave sul suo conto. Sembra che sia un cittadino esemplare, benché le sue compagnie non siano fra le migliori. È stato visto sovente in compagnia di tre persone che hanno un passato losco: Milsom, un medico condannato per omicidio; Bridgers, un farmacista americano con due condanne per commercio illecito di stupefacenti; Gregory, che pare sia il suo *factotum* e il suo assistente generale, condannato a Manchester per contrabbando di saccarina; oltre a una ragazza, certa Glaum, una straniera che durante la guerra fu arrestata per mancanza di documenti di identità.

– Ma contro van Heerden?
– Nulla. Ha viaggiato molto in America e in Europa. Qualche anno fa è stato parecchio tempo in Spagna e si sospettava che avesse relazioni con l'Ambasciata Germanica. Quanto all'assassinio Millinborn, lei sa che nulla è emerso contro di lui.
– Infatti – replicò amaramente Kitson.
– Beale ci deve dire tutto ciò che sa – proseguì McNorton – e probabilmente noi potremo dirgli qualche cosa che lui ignora; specialmente che van Heerden ha un'attiva e costosa corrispondenza cablografica con tutte le parti del mondo. Ora a Cracovia si è verificato un avvenimento che avvalora tutti i sospetti di Beale.
Brevemente, raccontò a Kitson la storia che aveva appreso poco prima.
– È incredibile – mormorò l'avvocato. – È umanamente impossibile comprare a un prezzo simile. Non vi sarebbe alcuna ragione per farlo. Sono appunto legale di una corporazione granaria e so che i raccolti di tutto il mondo sono stati ottimi; anche il più modesto è superiore alla media. Direi che l'ebreo di Cracovia ha parlato in stato di delirio.
McNorton sorrise con indulgenza.
– Mi auguro che lei abbia ragione – replicò – e spero che tutto ciò non sia che un orribile incubo; per una volta nella mia vita, voglio proprio sperare che la polizia si inganni. Ma, ad ogni modo, van Heerden fa troppi cablogrammi... e ho bisogno di Beale!
Ma Beale era introvabile. Una visita al suo appartamento non diede alcun risultato. Il "forestiero" che il giorno prima era andato a cercare di van Heerden era stato visto anche quella mattina, ma era scomparso e nessuno degli agenti di McNorton era riuscito a ripescarlo.
Il sovrintendente mutò la direzione delle sue ricerche e si recò nel grande edificio ove erano i Magazzini Punsonby. Passò davanti alla scrivania circondata da una griglia dove una volta sedeva Oliva e vide, con la coda dell'occhio, un'estranea al suo posto; accanto a lei la cupa e taciturna Hilda Glaum.
Il pomposo signor White lo salutò in modo strano. Quando il capo della polizia entrò nel suo ufficio privato, l'amministratore delegato si alzò a metà, divenne mortalmente pallido e a un tratto la parola gli venne meno. McNorton riconobbe tali sintomi, per la lunga pratica che aveva delle caratteristiche dei delinquenti e si domandò fino a che punto White fosse implicato nel progetto, qualunque esso fosse.
– Ah, ah, il signor McNorton – balbettò White, tremando come una foglia. – Vuole accomodarsi? A che cosa... a che cosa – inghiottì due volte prima di poter articolare le parole – devo il piacere?
– Sono venuto semplicemente per farle una visita – rispose gaiamente McNorton. – Ha più perduto... delle raccomandate?
White ripiombò sulla sedia.
– Sì, sì... voglio dire, no, no... Ah... grazie. Molto gentile da parte sua, ispettore...
– Sovrintendente – corresse l'altro, con buon umore.
– Mille scuse, signor sovrintendente – ripeté White in fretta. – No, per fortuna, non abbiamo più avuto di quelle disgrazie.
Lanciò al funzionario uno sguardo per metà impaurito, per metà irritato.
– E come sta il suo amico, il dottor van Heerden?
White si agitò sulla sedia, a disagio, e apparve nuovamente nervoso e un po' sgomento.
– Il dottor... ehm... van Heerden non è mio amico – ricominciò – ho avuto con lui soltanto... ehm... una relazione d'affari – e sospirò – sì, una relazione d'affari.
Il White che McNorton aveva conosciuto non era più il White di oggi. Sembrava invecchiato e i suoi occhi erano diventati cupi e tristi.
– Dev'essere un uomo abile e furbo – riprese McNorton con aria distratta. – Lei è interessato in qualcuna delle sue imprese, vero?

– In una sola, una sola – rispose in fretta White – e vorrei che il Signore...

Si interruppe.

– Vorrebbe non esservi impegolato, eh?

L'amministratore delegato dei magazzini Punsonby si agitò nuovamente nella sua poltrona.

– Il dottor van Heerden è molto intelligente – disse – e ha molti progetti commerciali, uno dei quali... ehm... ho finanziato in parte. Ecco tutto... Ho messo del denaro nel suo... ehm... sindacato, senza però sapere che specie di lavoro dev'essere compiuto. Vorrei che lei fosse convinto di questo, signor McNorton.

– Lei è un capitalista pieno di fiducia – replicò McNorton ridendo.

– Sono un bambino in materia di finanza – ammise White; ma aggiunse subito – eccetto in quanto concerne l'amministrazione della ditta Punsonby, la quale è una delle più solide di Londra. Paghiamo regolarmente i nostri dividendi, e i nostri bilanci sono un vero modello per il mondo industriale.

– L'ho sentito dire – disse seccamente McNorton. – Anche io mi interesso di sindacati; a proposito, che cos'è il progetto di van Heerden?

White scrollò le spalle.

– Non ne ho la minima idea – confessò con un sorriso malinconico. – Credo di essere veramente stupido; ma ho una tale fede nel genio del dottore che quando lui venne a dirmi "Caro White, ho bisogno che lei investa qualche migliaio di sterline nelle mie industrie", io risposi: "Caro dottore, ecco un assegno; non mi annoi coi particolari, ma mi mandi regolarmente il dividendo". Ah, ah!

Il suo riso era sforzato e non avrebbe ingannato neanche un bambino.

– E così lei ha investito quarantamila sterline... – cominciò McNorton.

White trasalì.

– Quarantamila. Come fa a saperlo?

Era diventato un po' più pallido.

– Sono cose che si sanno – affermò McNorton tranquillo. – Stavo dunque dicendo: lei ha investito quarantamila sterline senza preoccuparsi di sapere quale genere di lavoro stava per intraprendere il sindacato. Ora non le parlo come funzionario, caro White – proseguì; e White non poté nascondere il suo sollievo – ma come un suo vecchio conoscente.

– Dica pure, amico – ribatté White con fervore. – L'ho sempre considerata come un vero amico, McNorton. Da quanto tempo ci conosciamo? Credo che ci siamo visti per la prima volta nel '93, quando la Ditta ebbe a subire un furto con scasso.

– Infatti, è un bel pezzo. Ma restiamo in argomento; è appunto come suo amico che mi interesso di questo investimento di capitale. Lei dunque ha dato tutto questo denaro al dottor van Heerden, senza occuparsi di sapere se la sua impresa era legale oppure no. Con questo – soggiunse vedendo che White apriva la bocca – non voglio dire che sia illegale; ma trovo strano che lei non si sia preso la pena di indagare.

– Ma sì, mi sono informato; si capisce che mi sono informato! Era per certe ricerche chimiche, e io non capisco nulla di chimica. Non le nascondo – e abbassò la voce benché non fosse necessario – che rimpiango molto di aver fatto questo finanziamento. Noi uomini d'affari non possiamo tenere il nostro denaro immobilizzato per troppo tempo e vede, proprio in questo momento... ehm... sarei molto, molto lieto se potessi liquidare questa faccenda.

McNorton accennò di aver compreso. Era molto più al corrente degli imbarazzi finanziari di White di quanto costui supponesse. Per esempio, sapeva che l'immacolato direttore della ditta Punsonby era in mano di strozzini, i quali lo premevano e lo assillavano senza tregua. Nel mondo degli affari correvano strane voci sul conto della Ditta; si diceva, fra l'altro, che le cambiali che Punsonby presentava allo sconto lasciavano parecchio a desiderare.

Dopo una brevissima pausa, McNorton riprese:
– Conosce la nazionalità di van Heerden?
– Olandese – fu la pronta risposta.
– Ne è sicuro?
– Lo garantirei con la mia vita – affermò l'eroico White.
– Venendo qui nel suo ufficio ho visto alla scrivania della cassiera una signorina... mi pare che si chiami Glaum. Anche lei è olandese?
– Miss Glaum... ah sì, miss Glaum. – White esitò. – Una ragazza molto attiva, una brava figliola, amica del dottor van Heerden. Infatti, l'ho assunta dietro sua raccomandazione. Ho degli obblighi verso il dottore... Mi ha... ehm... mi ha curato durante una malattia.

McNorton sapeva che non era vero; White era semplicemente stato presentato a van Heerden in un momento in cui il suo orizzonte finanziario era abbastanza chiaro e aveva creduto di guadagnare molto entrando a finanziare il progetto del dottore.
– Lei non ignora – riprese McNorton – che, come azionista di van Heerden, non può sfuggire alle responsabilità che possono esservi, secondo lo scopo per cui ha dato il denaro. – Si alzò per andarsene, soggiungendo: – Basta; le auguro di tornare in possesso dei suoi quattrini.
– Crede che vi siano dei dubbi? – chiese l'altro costernato.
– Non si è mai sicuri di riavere del denaro da un sindacato – fu la risposta scettica del funzionario.
– Non vada via adesso, la prego. – White girò attorno alla scrivania con un'agilità insospettata e, mettendosi fra il *detective* e la porta, gl'impedì di uscire. – Ho troppa paura, McNorton – e dicendo così spingeva l'altro nuovamente verso la sedia. – Non le nascondo che ho veramente paura per quanto mi ha detto. Non è il pensiero di perdere il denaro, oh no. La ditta Punsonby non sarebbe rovinata dalla perdita di una miseria come quarantamila sterline. Ma ciò che lei, signor ispettore... cioè, sovrintendente, mi ha detto, mi preoccupa parecchio. È possibile che nella mia ignoranza – nel dir così si era piantato di fronte a McNorton con le mani sui fianchi e la testa gettata indietro come se avesse voluto evitare un contatto con la possibilità cui si riferiva – io abbia aiutato a finanziare un progetto che è... ehm... illegale, immorale o che so io... contrario agli interessi del... ehm... del bene pubblico?

Scosse la testa, come se avesse voluto non credere alle proprie parole.
– Tutto è possibile in finanza – rispose McNorton. – Non ho detto che il sindacato del dottor van Heerden sia contro la legge, perché non ho visto neanche una copia dello statuto. Anzi, le sarei grato se volesse favorirmela.
– Non l'ho mai avuta – negò energicamente White. – Il sindacato non è stato iscritto alla Camera di Commercio. Si tratta, per così dire, di una società privata.
– Ma lo sfruttamento della Ruggine Verde? – suggerì il sovrintendente; e il viso dell'altro perse fin l'ultima traccia di colore.
– La Ruggine Verde? – balbettò. – Ho sentito questa frase. Ma non so nulla...
– Non sa nulla, ma sospetta il peggio. E ora le parlerò francamente. Lei non si è occupato di indagare, perché sospettava che il sindacato fosse formato con qualche scopo illegale... non mi interrompa, la prego... Quindi non ha saputo nulla perché non ha voluto sapere. Ha soltanto visto la possibilità di enormi guadagni e il guadagno ha sempre avuto una gran forza d'attrazione per lei, White. Non vi è stupido progetto in cui le sia stata fatta balenare la possibilità di far denaro e in cui lei non ne abbia gettato a occhi chiusi.
– Le giuro... – cominciò White.
– Non è il momento di giurare – replicò McNorton molto serio. – Vi è solo un luogo dove occorre giurare, ed è il banco dei testimoni. Le dirò schiettamente che noi siamo all'oscuro quasi quanto lei pretende di essere. Solo un uomo sa o indovina il segreto della Ruggine Verde; e quest'uomo è Beale.

– Beale!

– Credo che lo abbia conosciuto, no? Non le auguro di incontrarlo ancora. La Ruggine Verde può voler dire per lei qualche cosa di più della perdita del suo denaro; questo sarebbe il meno che potrebbe capitarle. Non le nascondo, White, che può significare la sua morte per mezzo della legge.

White fece udire un gorgoglio e si appoggiò alla scrivania per reggersi.

– Ho solo delle informazioni vaghe su tutto questo – terminò McNorton – ma ad ogni modo – e parlò quasi fra sé aggrottando le sopracciglia con un brivido – sento che è una brutta faccenda... una gran brutta faccenda.

Prese il cappello e andò verso la porta.

– Non so se dirle addio o arrivederci – disse con le labbra contratte.

– Arrivederci... ah... è una simpatica vecchia parola – rispose White, facendo un eroico tentativo per mostrarsi tranquillo e di buon umore.

18. Bromocina

Il dottor van Heerden stava seduto accanto al gran letto a baldacchino sul quale giaceva la giovane, e nei suoi freddi occhi azzurri brillava una lieve scintilla oziosa.

– Lei mi sembra molto sciocca – disse.

Oliva Cresswell voltò la testa così bruscamente da togliere l'uomo dalla propria visuale. Non poteva fare di più, perché aveva mani e piedi legati, e sul guanciale, accanto alla sua testa, era un grosso asciugamano di spugna, saturo d'acqua, che era stato impiegato per soffocare le alte grida che avevano accompagnato il suo ritorno alla coscienza.

– Molto sciocca – ripeté il dottore masticando la punta del suo sigaro. – Che cosa credeva? Bridgers l'ha lasciata uscire, eh? Simpatico il signor Bridgers. Che cosa le ha detto?

Oliva voltò nuovamente la testa e non lo degnò di uno sguardo. Quindi guardò i segni rossi fatti sui polsi dalle cinghie di cuoio che la legavano.

– Non riuscirà a farmi perdere nuovamente il controllo di me, cara donnina – continuò il dottore in tono di scherno. – Nulla di ciò che dirà mi darà noia o dispiacere. Domani saremo marito e moglie. Domani lei dirà un bel "sì" all'ecclesiastico che le chiederà se vuol prendere per marito quest'uomo per amarlo e ubbidirlo e tutte queste belle cose, e lei dirà "sì".

– Dirò "no" – esclamò la giovane.

– Dirà "sì" – sorrise van Heerden. – Speravo di poterle dare abbastanza tempo per aver modo di convincerla ad agire ragionevolmente. Avrei potuto impiegare degli argomenti che l'avrebbero persuasa che vi sono cose molto peggiori che lo sposarmi.

– Credo che non ve ne sia nessuna – replicò Oliva freddamente.

– Allora devo dire che lei è stranamente ottusa. Le ho già spiegato sotto quali condizioni avrà luogo il matrimonio. Potrebbe anche non esservi matrimonio, infatti, e quest'avventura avrebbe una fine molto diversa – aggiunse in modo insignificante. Lei rabbrividì.

Non disse altro per cinque minuti, rimanendo a guardarla distrattamente, mentre mordicchiava la punta del sigaro, come se il suo pensiero fosse altrove e Oliva fosse l'ultimo dei problemi che lo occupavano.

Infine osservò:

– So che è un'assurdità chiederglielo; ma suppongo che lei, signorina, non abbia dedicato nessuno dei suoi studi alla questione della pena di morte. In molti paesi ci si è occupati, riguardo all'esecuzione dei delinquenti, di qualche cosa che il pubblico ignora; per esempio, nel mio paese, prima di condurre un uomo a morte, lo si ubriaca con uno stupefacente che chiamerò "bromocina". Le interessa?

Oliva tacque; il dottore rise tranquillo.

– Dovrebbe interessarla. L'effetto della bromocina – e parlava con la calma precisione di chi fa una conferenza dinanzi a un pubblico attento – è stranissimo. Riduce l'individuo in una condizione di estrema stanchezza, in modo che nulla più gli importa o sembra importargli. Mentre rimane perfettamente cosciente, il soggetto va alla morte ubbidiente, si comporta normalmente e fa tutto ciò che gli si dice; insomma, perde completamente la volontà.

– Perché mi dice questo? – e un subito terrore le strinse il cuore.

Lui si girò a metà sulla sedia, allungò la mano e prese una scatoletta nera sul tavolino accanto alla finestra. La posò sul letto e l'aprì, mentre la ragazza lo guardava, affascinata. Ne tolse una boccettina contenente un liquido incolore e la posò con gran cura sulla coperta. Quindi trasse una siringa e la riempì; poi inserì l'ago, spinse alquanto lo stantuffo, finché un sottile getto di liquido si proiettò nell'aria. Depose infine nuovamente la siringa nella scatoletta.

– Lei dice che non vuole sposarmi, e presumo che quando quel bravo inglese verrà qui per compiere la cerimonia, lei farà una scenata. Avevo sperato – soggiunse come a scusarsi – di poterle offrire un matrimonio con tutte le pompe e tutto il contorno che credo amino le donne. In mancanza di questo, avevo sperato in un matrimonio tranquillo nella chiesetta qui vicino. – Accennò con la testa verso la finestra. – Ma ormai temo che dovrò pregare il vicario di venire a celebrare le nozze in questa casa.

Si alzò, si curvò su lei e le sollevò dolcemente una manica.

– Se grida, le chiuderò la bocca con l'asciugamano – riprese sempre calmissimo. – Non le farà molto male. Come stavo per dirle, ci sposeremo qui a causa delle sue delicate condizioni di salute; e lei dirà "sì".

Lei trasalì alla puntura dell'ago.

– Le farà male per poco tempo – riprese lui calmo. – E lei dirà di sì, le ripeto, perché io le dirò di dirlo.

Il dolore acuto al braccio cessò di botto; Oliva aveva ora la sensazione che il braccio fosse gonfio come un pneumatico di automobile, ma tale sensazione non era spiacevole. Il dottore estrasse l'ago e premette alquanto un dito sul piccolo segno rosso rimasto.

– Ripeterò l'iniezione stasera e domani; lei non sentirà nulla e non le importerà più nulla di ciò che succede. Spero che non occorrerà darle un'altra dose domani nel pomeriggio.

– Non sarò sempre sotto l'influenza di questa droga – mormorò fra i denti la giovane – e per lei, dottor van Heerden, verrà il giorno della resa dei conti.

– Nel qual giorno, l'enorme delitto di avere somministrato un medicinale nocivo (questa è la terminologia che descrive questa colpa) non avrà nessuna importanza e sarà preso in scarsa considerazione dalla polizia. Ora credo che potrò scioglierla.

Allentò e tolse le cinghie dai polsi e dalle caviglie e se le mise in tasca.

– Farà meglio ad alzarsi e a camminare; altrimenti si irrigidisce. Sono molto buono con lei; sono troppo grande per essere vendicativo. A proposito, oggi ho avuto un'interessante conversazione col suo amico, il signor Beale. Un giovane ostinato che mi ha fatto pedinare tutto il giorno. – Rise. – Se non fossi dovuto tornare alla clinica per prendere la bromocina, non avrei avuto questa piacevole conversazione. Quel giovane è davvero molto innamorato di lei – e guardava divertito il suo volto che arrossiva. Davvero – ripeté – molto innamorato. Che peccato! Proprio peccato!

– Fra quanto tempo comincia ad agire questa medicina? – chiese Oliva.

– Ha paura?

– No; ma sarei grata a qualunque cosa mi rendesse incosciente della presenza di un compagno così poco piacevole. – Lei era tornata al tono che il dottore conosceva così bene.

– Stia tranquilla, cara; fra poco le toglierò il disturbo.
– Perché desidera sposarmi?
– Ora glielo posso dire; perché lei è ricchissima e io ho bisogno del suo denaro, del quale una metà mi spetterà appena l'avrò sposata.
– Allora, quell'uomo ha detto la verità! – Si sollevò a sedere, ma questo sforzo le diede il capogiro.
Lui la prese dolcemente per le spalle e la rimise a giacere.
– Quale uomo... non quel chiacchierone idiota di Bridgers? – Brontolò qualche cosa, ma immediatamente tornò padrone di sé. – Stia tranquilla – riprese con serietà professionale. – Sì, lei è l'erede di un interessante signore che si chiamava John Millinborn.
– John Millinborn – esclamò trasalendo. – L'uomo che è stato assassinato!
– Che fu ucciso – corresse il dottore. – Assassinato è una parola stupida e volgare. Sì, cara: lei è la sua erede. Lui era suo zio e le ha lasciato qualche cosa come sei milioni di dollari. Cioè, voglio dire che *ci* ha lasciato questa somma colossale.
– Non capisco. Che significa questo?
– Lei si chiama Prédeaux. Suo padre era quel mascalzone...
– Lo so, lo so! – interruppe. – L'uomo dell'albergo. Quello che è morto nel *jardin d'hiver*. Mio padre!
– Interessante, no? Sembra un romanzo. Sì, mia cara, quello era il suo genitore: un dissoluto furfante che lei farà bene a dimenticare. Udii John Millinborn dire al suo avvocato che sua madre era morta nella miseria, di crepacuore per la crudeltà e la disumanità di suo marito, e credo che questa fosse la verità.
– Mio padre! – mormorò ancora la ragazza.
Giaceva con gli occhi chiusi, il volto pallidissimo.
– John Millinborn ha lasciato un patrimonio per lei e – credo ormai di poterle dire la verità – lo affidò al suo avvocato imponendo alcune condizioni. Lei non doveva apprendere di essere un'ereditiera finché non si fosse sposata. Temeva che qualche cacciatore di dote avrebbe potuto rovinare la sua vita come Prédeaux aveva rovinato quella di sua madre. È stata una giusta previdenza. Ora io non intendo affatto rovinare la sua vita; voglio lasciarle la metà del patrimonio di suo zio e la possibilità di godere tutto ciò che la vita può offrire a una giovane donna intelligente.
– Non lo farò, non lo farò – esclamò la ragazza.
Lui si alzò dalla sedia e si curvò sopra di lei.
– Mia giovane amica, ora bisogna dormire – disse come fra sé. Attese qualche istante, quindi lasciò la camera chiudendo la porta.
Discese nell'atrio e passò nella vasta sala da pranzo, che era sotto alla camera della giovane. Nella stanza erano i due uomini, uno grosso, calvo, senz'ombra non solo di capelli ma neanche di sopracciglia, né traccia di barba; l'altro alquanto più giovane.
– *Hello*, Bridgers – si rivolse van Heerden a quest'ultimo – avete parlato, eh?
– Sicuro – sogghignò l'altro – chi è che non parla?
Trasse di tasca la scatolina di tartaruga, l'aprì e prese un pizzico del contenuto che fiutò voluttuosamente.
– Quella roba vi manderà all'altro mondo, un giorno o l'altro.
– Almeno sarà più sopportabile – brontolò l'uomo calvo. – I cocainomani non dànno noia, finché prendono il loro stupefacente. È fra una ubriacatura e l'altra che diventano fastidiosi.
– Il dottor Milsom parla come un gentiluomo e come un artista – commentò Bridgers con improvvisa gaiezza. – Se non avessi preso la cocaina, caro van Heerden, non sarei qui a lavorare nel suo stupido laboratorio, ma sarei probabilmente uno dei principali chimici di tutta l'America. Ma devo tornare al mio lavoro – proseguì alzandosi. – Immagino che avrò una piccola ricompensa per aver riportato in casa la

sua palpitante fidanzata? Milsom mi ha detto che è lei. Credevo che fosse l'altra, l'olandese. Forse ero un po' intossicato.

Van Heerden aggrottò le sopracciglia.

– Vi interessate troppo ai miei affari – rilevò.

– Uh, com'è irascibile! Ma se non mi interessassi a qualche cosa, diventerei pazzo.

Era giunto a quello stadio di intossicazione durante il quale il mondo appare piacevole e pieno di soggetti divertenti.

– Questo luogo mi sta urtando i nervi – riprese. – Non potrei andare a Londra? Qui intorpidisco. Alcuni dei preparati che ho coltivato l'altro giorno non vogliono reagire. Non è vero, Milsom? Divento così stupido, in questo buco, che tutti i bacilli mi sembrano uguali.

Van Heerden diede un'occhiata all'uomo a cui era stato dato il nome di dottor Milsom, e questi annuì.

– Lo lasci andare – disse – lo sorveglierò io. Come sta la signora? – chiese poi, quando furono soli.

L'altro fece un gesto.

– È una medicina che risponde ottimamente – continuò Milsom. – Anni fa la davo ai pazzi.

Van Heerden non approfondì quali fossero quegli anni. Lui non aveva l'abitudine di occuparsi troppo della vita che avevano condotto i suoi collaboratori, ma la storia di Milsom era di pubblico dominio. Quattro anni prima aveva terminato una condanna a quindici mesi per un delitto che aveva commosso il mondo intero nel '99.

– Come vanno le cose, in linea generale? – chiese ancora.

Van Heerden scrollò le spalle.

– Sono nervoso per la prima volta in vita mia – rispose. – Non è tanto la paura di Beale che mi angustia quanto la sordida questione del denaro. Le spese sono colossali e continue.

– Il suo... Governo... – Milsom si interruppe – i suoi amici all'estero non si decidono ancora?

– Ho sperato molto – rispose il dottore scuotendo la testa. – Ho esaminato con cura i giornali, specialmente i giornali agricoli e – a meno che io non mi inganni – dovrebbe esservi un deciso movimento in favore dell'appoggio. Ma non posso fare assegnamento su questo. Bisogna che il matrimonio si faccia ugualmente domani. – Anche White sta diventando noioso – riprese dopo una pausa. – Mi tormenta per il denaro che gli devo, o meglio che gli deve il sindacato. È sull'orlo del fallimento.

Milsom fece una smorfia.

– Strillerà come un'aquila – disse. – Appartiene a quel genere di persone che urlano. Bisognerà farlo stare tranquillo. Il matrimonio si farà dunque domani?

– Ho notificato al parroco che la mia fidanzata sta troppo male per potersi recare in chiesa e bisognerà celebrare la cerimonia qui.

Milsom si alzò e andò verso la finestra, dove rimase qualche istante a contemplare pensieroso il giardino.

– Che bellezza il verde di quel prato – esclamò. Quindi si voltò. – È ora di dare un'altra dose alla signorina?

– No; fra un paio d'ore – rispose van Heerden. – Ora possiamo fare una partita a picchetto.

Le carte erano state mescolate e distribuite, quando si udì uno scalpiccio nell'ingresso; la porta si aprì con violenza e un uomo si precipitò nella sala. Indossava un sudicio camiciotto bianco e il suo viso era sconvolto dal terrore.

– *M'sieur, m'sieur* – gridò – quell'imbecille di Bridgers...

– Che è successo? – e il dottore balzò in piedi.

– Credo che sia impazzito. Sta cantando e ballando attorno alla baracca, e ha con sé il preparato!

Van Heerden soffocò una bestemmia e si precipitò fuori seguito da Milsom. Per far più presto attraversarono la cucina, salirono precipitosamente la breve scalinata che partiva dal cortiletto e passando fra i cespugli furono in vista del colpevole.

Questi ora non stava ballando. Con la bocca aperta si guardava attorno stupidamente.

– Mi è caduto, mi è caduto per terra – farfugliava.

Van Heerden non ebbe bisogno di chiedergli che cosa gli fosse caduto, perché il prato verde che aveva destato poc'anzi l'ammirazione di Milsom era scomparso. Al suo posto c'era un pezzo di terra nera e irregolare, che sembrava bruciata come se fosse passata nelle fornaci dell'inferno, e l'aria era piena di un disgustoso puzzo di putrefazione.

19. Oliva acconsente

Sembrava che una grigia cortina di nebbia fosse dinanzi agli occhi di Oliva. Una cortina punteggiata di piccoli globi di luce, che sorgevano dal nulla e svanivano nel nulla. Se lei tentava di fissarne uno, questo raddoppiava, triplicava, diventava una quantità innumerevole.

Sentì che avrebbe dovuto vedere il volto di persone che conosceva, perché una metà del suo cervello era chiara e diagnosticava con calma la sua condizione, ma come se si fosse trattato di un'altra persona. Si era svegliata da un sonno artificiale; poteva guardare in se stessa in un modo impersonale che era molto interessante. Però non vedeva nulla, se non la cortina grigia coi suoi oscintillanti globi di luce e non udiva altro se non una voce che le diceva: "Avanti, avanti, si svegli". Quest'ordine monotono fu ripetuto cento, mille volte; quindi la grigia cortina svanì e lei si trovò coricata sul letto, col cuore palpitante, gli occhi che le bruciavano come se fossero stati pieni di spine. Due uomini la stavano guardando, uno di loro aveva un grosso viso glabro, una bocca volgare e gli occhi incavati.

– Era proprio mio padre? – chiese sonnacchiosa.

– Ho paura che la seconda dose sia stata eccessiva – disse Milsom. – Mi pare che si corra il rischio di uno stato comatoso, che non è davvero desiderabile.

– Starà bene a momenti – rispose van Heerden; ma il suo volto era turbato. – La dose era forte... ma la ragazza mi sembrava abbastanza sana per poterla sopportare.

– Starà bene a momenti – brontolò Milsom scrollando la testa – ma poteva anche morire. Non consiglierei di ripetere l'iniezione.

– Non è necessaria.

– Che ora è? – chiese Oliva e si levò a sedere.

– Le dodici: ha dormito dalle sette di ieri sera. Mi faccia vedere se può stare in piedi. Si alzi.

Obbedì passivamente. Non desiderava fare altro che ciò che le veniva ordinato. La sua condizione mentale era di completa dipendenza e se fosse stata lasciata a se stessa non avrebbe desiderato che coricarsi.

Pure, per un momento sentì l'intenso desiderio di meditare un piano per poter dare il denaro a quell'uomo senza essere costretta al matrimonio. Questo desiderio durò un minuto, e fu seguito da una debolezza anche maggiore, come se quello sforzo verso un pensiero indipendente avesse provocato una nuova stanchezza. Sapeva – ed era sbalordita di saperlo – di essere sotto l'influenza di una medicina che distruggeva la sua volontà, ma non sentiva più il desiderio di lottare per la sua libertà di pensiero e di azione.

– Vada alla finestra – disse il dottore: e lei obbedì, quantunque le sue ginocchia tremassero ad ogni passo. – Ora torni indietro... Bene, sta perfettamente.

Lo guardò e non indietreggiò quando lui le posò le mani sulle spalle.

– Ci sposeremo oggi, dunque: va bene?

– Sì, va bene.

– E dirà di "sì", quando io le dirò di dirlo, è vero?

– Sì, lo dirò.

Sapeva che era mostruosamente assurdo. Sapeva che non desiderava sposare quell'uomo. Delle bellissime frasi, solenni e pompose si formavano lentamente nel suo spirito, così: "Quest'oltraggio non rimarrà impunito, virgola, e lei, virgola, dottor van Heerden, virgola, ne subirà le conseguenze, punto".

Ma lo sforzo di creare la protesta la esauriva, e lei non poteva pronunciarla. Sapeva che le parole erano vuote e artificiose e alcune cellule del suo cervello le sussurravano che quello era il ricordo e l'adattamento di qualche battuta udita a teatro. Desiderava are soltanto ciò che vi era di più facile e le sembrava assurdamente facile dire "sì".

– Starà qui fino all'arrivo del vicario – riprese van Heerden – e non tenterà di fuggire, non è vero?

– No, non tenterò di fuggire.

– Si corichi.

Sedette sul letto e sollevò i piedi, disponendosi comodamente.

– Andrà benissimo – affermò van Heerden soddisfatto. – Venite giù, Milsom. Ho qualche cosa da darvi.

La lasciarono coricata, colla guancia appoggiata a una mano, più assorta a contemplare i disegni della tappezzeria che a riflettere al terribile evento che la minacciava.

– Che c'è? – chiese Milsom sedendo al suo solito posto accanto al tavolo.

– Questo – rispose van Heerden e gli gettò una lettera. – Mi è stata portata stamattina da uno dei miei messi. Io sono andato ieri sera a casa: non voglio correre il rischio di essere seguito fin qui.

Milsom aprì lentamente la lettera e lesse:

Un uomo è venuto a cercar di lei ieri nel pomeriggio e poi è tornato parecchie volte. È stato visto da Beale il quale lo ha interrogato. L'uomo si chiama Stardt, ma non sembra inglese. Abita all'Hotel Sarabanda, Berners Street.

– Chi è? – chiese Milsom.

– Non oso sperare... – rispose il dottore, camminando nervosamente su e giù.

– E se osasse, quale forma prenderebbe la sua speranza?

– Vi ho già detto l'altro giorno – cominciò van Heerden fermandosi dinanzi al suo compagno – che ho chiesto al mio Governo di aiutarmi. Fino ad ora hanno rifiutato, ed ecco perché sono così disperatamente ansioso di concludere questo matrimonio. Mi occorre il denaro. Paddington costa un piccolo patrimonio... a proposito, bisogna che vi torniate stasera...

Milsom annuì.

– E il Governo si è ammansito?

– Non lo so. Vi ho detto che certi accenni significativi nei giornali della Prussia Orientale sembravano far comprendere che si sarebbe venuti in mio aiuto. Non mi hanno mandato neanche una parola, ma se acconsentono, mi manderanno un messo.

– E lei crede che possa essere quest'uomo?

– È probabile.

– Che cosa ha fatto?

– Ho mandato Gregory a vederlo. Se è quello che io spero, Gregory lo condurrà qui... gli ho dato la parola d'ordine.

– Che cosa gliene importa oramai? Lei sta per entrare in possesso di una grossa fortuna.

– Fortuna? – Gli occhi di van Heerden scintillarono. – Nessuna fortuna che uomo mortale abbia mai posseduto potrà esserle paragonata. Tutte le ricchezze del mondo saranno ai miei piedi. Miliardi e miliardi...

– Veramente, molto denaro – disse il pratico Milsom. – Ehm! Non vedo precisamente come farà. Lei non mi ha fatto molte confidenze, dottore.

– Voi sapete tutto.

Milsom fece un risolino.

– So che nella cassaforte del mio ufficio vi sono migliaia di buste sigillate, indirizzate, a quanto pare, alla feccia di tutto il mondo, e so anche che cosa intende fare. Ma quale sarà il suo utile personale in questo? E il mio?

Van Heerden era tornato calmo.

– Voi avete già avuto il vostro utile – rispose brevemente – e più di quanto avreste mai potuto sperare.

Vi fu una paura imbarazzante, quindi Milsom riprese:

– Quale sarà l'effetto su questo paese?

– L'Inghilterra sarà rovinata – esclamò van Heerden con fervore.

Il vecchio delinquente socchiuse gli occhi.

– Ehm! – fece nuovamente; e nella sua voce vi fu una nota che fece alzare rapidamente gli occhi a van Heerden.

– Questo paese non ha fatto molto per voi – disse questi, beffardo.

– E non ho fatto molto per questo paese... finora – contrastò l'altro.

Il dottore rise.

– Oh, oh, alla vostra età mi state diventando un patriota!

– Press'a poco – replicò Milsom semplicemente. – Al penitenziario vi era un tale, probabilmente lei lo ha conosciuto, un giovane intelligente, certo Homo, che prima di essere un delinquente, era vicario.

– Mai conosciuto; ma a proposito di vicari – e il dottore guardò l'orologio – il nostro è in ritardo.

– Maledicevo la sua lingua e lui mi odiava a morte – proseguì Milsom con una smorfia – ma soleva dire "... Amor di patria, il solo amore!". E credo che sia un po' vero. Non posso sopportare l'idea di far del male a questo paese.

– Passerete sopra a questi scrupoli, pensando che fate del bene a voi stesso. Pensate alla bella vita che farete...

– Non penso ad altro; ma pure... – e scosse la testa pensosamente.

Van Heerden aveva preso un foglio e lo stava leggendo, e Milsom notò che verificava le colonne di cifre che vi erano scritte.

– Quando cominciamo? – chiese.

– La settimana prossima – rispose il dottore. – Voglio terminare il laboratorio di Paddington e poi andar via.

– Dove andrà?

– Nel continente – rispose van Heerden piegando la carta e posandola sul tavolo. – Di là posso guidare le operazioni con la massima facilità. Gregory andrà nel Canada. Mitchell e Stamps hanno già organizzato l'Australia e i tre uomini che sono in India hanno preparato tutto.

– E gli Stati Uniti?

– Quella è un'organizzazione a parte e mi costa una quantità enorme di denaro. Tutti gli uomini, eccetto voi, sono alle loro stazioni e aspettano il "via". Voi prenderete gli approvvigionamenti del Canada.

– Dovrò condurre con me Bridgers?

Il dottore scosse il capo.

– Non mi posso fidare di quell'imbecille. Altrimenti, sarebbe per voi un assistente ideale. Il vostro lavoro è semplice. Prima della vostra partenza, vi darò una busta sigillata contenente una lista di tutti i nostri agenti canadesi. Troverete anche due frasi cifrate; una significa *Cominciate le operazioni*, l'altra *Bruciate tutte le istruzioni e distruggete il preparato*.

– Occorrerà quest'ultima?

– Può darsi, benché sia improbabile. Ma io devo provvedere a tutte le eventualità. Ho cercato di rendere l'organizzazione il più semplice possibile. In ogni paese ho un agente principale, il quale, appena ricevuto il mio messaggio, lo ripeterà ai subagenti, ognuno dei quali ha una copia del cifrario.

– Mi sembra troppo facile. Vi è qualche possibilità di denuncia?

– Nessuna. Il nostro solo pericolo, per il momento, è quel Beale; ma lui non sa nulla, e finché dovrà limitarsi a indovinare, non potrà farci alcun danno.

– Mi sembra troppo semplice – ripeté Milsom scrollando la testa.

Van Heerden aveva udito rumore di passi nell'ingresso; andò in fretta verso la porta e l'aprì.

– Ebbene, Gregory? – chiese.

– Eccolo – rispose l'altro; e indicò una figura che era dietro a lui. – Anche il vicario è in cammino per venire.

– Bene; fa' entrare il nostro amico.

Il forestiero dal viso roseo e i baffetti rigidi entrò, con le sue scarpe gialle unì i tacchi e si inchinò.

– Ho l'onore di parlare col dottor von Heerden? – chiese.

– Van Heerden – corresse il dottore sorridendo – sì, è il mio nome.

Entrambi parlavano in tedesco.

– Ho una lettera per lei – riprese il messo. La cerco da parecchi giorni e desidero informarla che una persona non autorizzata ha cercato di togliermi questo.

Porse una lettera che van Heerden aprì: conteneva mezza dozzina di righe.

– La parola di riconoscimento è *Breslavia* – disse il dottore a bassa voce; e l'altro apparve raggiante.

– Ho l'onore di trasmetterle la parola – disse allora; e sussurrò nell'orecchio di van Heerden qualche cosa; Milsom, il quale non comprendeva bene il tedesco e aveva potuto appena afferrare una o due parole, vide il volto del dottore trasformarsi per la gioia.

Gettò la testa indietro e aprendo le braccia proruppe:

– *Gott sei dank, Gott sei dank*!

– Di che cosa ringrazia Dio? – chiese Milsom.

– È venuto, è venuto! – esclamò van Heerden con gli occhi fiammeggianti – Il Governo è con me; dietro a me è il mio bel paese. *Gott sei dank*!

– Il parroco – avvertì Milsom.

Sulla soglia della porta era apparso un giovane.

– Ah sì, il parroco... Non ce ne sarebbe più bisogno, ma celebriamo lo stesso questo matrimonio! Sì, sì! Venga, reverendo.

Era allegro come un ragazzo. Milsom non lo aveva mai visto così.

– Venga avanti.

– Mi dispiace sentire che la sua fidanzata è ammalata – disse il vicario.

– Sì, sì, ma questo non impedirà la cerimonia. Ora vado ad avvertirla.

Milsom era andato verso la finestra e, mentre il dottore stava per uscire, gli fece cenno.

– Venga qui, dottore.

Van Heerden sentì un accento di angoscia nella voce dell'altro.

– Che c'è? – domandò.

– Non le pare di sentir parlare?

Rimasero in ascolto, attenti.

– Venite con me – impose il dottore; e si avviò senza far rumore su per le scale, seguito più lentamente dal suo compagno, meno svelto di lui.

20. La celebrazione

A un quarto di miglio dalla Casa del Diacono, l'automobile si era fermata sul ciglio di una collina che dominava la valletta in cui si trovava la casa di van Heerden.

– Quella è la casa – disse Beale consultando la carta – e quel muro che corre lungo la strada è il muro descritto dal vagabondo.

– Mi pare che lei presti molta fede alle dichiarazioni di un uomo affetto da *delirium tremens* – replicò il suo compagno, che non era altri che Homo.

– Stamattina non soffriva di *delirium tremens*. Non lo avete visto?

– Ero a Londra a fissare i preliminari delle sue nozze – disse sarcastico. – Può darsi che sia la casa – ammise. – Dov'è l'ingresso?

– Vi è una strada a metà percorso fra qui e il fiume; presumo che la porta sia nascosta da quei cespugli.

Sollevò un cannocchiale e lo mise a fuoco.

– Sì, ecco la porta. Vedete quell'uomo?

Homo prese il cannocchiale e guardò.

– Sembra un guardiano – disse – e se è la casa del nostro amico, la porta sarà sbarrata e custodita. Perché non si è fatto dare un mandato?

– Sarebbe venuto a saperlo e sarebbe scappato. No, dobbiamo andare lungo quel muro di cinta. Il vagabondo ha detto che in qualche punto di esso vi è una porticina.

Lasciarono la macchina e scesero la collinetta; in breve giunsero all'angolo del muro di cinta.

Beale camminava avanti.

– Ecco la porta – disse.

Tentò di spingerla cautamente; la porta cedette appena appena.

– Evidentemente vi è del terriccio che impedisce l'apertura – fece Homo. – Bisogna scavalcare il muro o rinunciare.

Beale guardò la strada indietro e in avanti. Non vi era in vista anima viva; fece un balzo, afferrò la cresta del muro e si issò. Fortunatamente mancava il solito "cavallo di Frisia". Sotto a lui e un po' a destra c'era un baraccone costruito contro il muro; la porta di questo era chiusa.

Accennò a Homo di seguirlo, e balzò al suolo. In un attimo, avevano raggiunto i cespugli al riparo dei quali Oliva, il giorno prima, aveva atteso il momento di lanciarsi verso la porticina.

– Qui c'è stato del fuoco – fece il "Reverendo" a bassa voce, indicando la macchia nera in mezzo all'erba.

Beale guardò attentamente; poi, attraverso i cespugli, strisciò fino a quel punto, dove raccolse un pugno di terriccio che esaminò con cura e poi ficcò in tasca.

Rimasero un'ora in osservazione. Una volta si aprì la porta del baraccone. Ne uscirono due uomini che andarono verso la casa, e i due osservatori rimasero immobili per un tempo che parve loro interminabile, finché i due ritornarono, fermandosi a discorrere in mezzo a quella parte di prato che appariva bruciata. Beale vide l'uno che indicava il disastro, mentre l'altro scuoteva la testa; quindi entrambi rientrarono nel baraccone, chiudendone la porta.

– Arriva qualcuno dal viale – sussurrò Homo.

Erano ora vicino alla casa e dal punto in cui si trovavano scorgevano un tratto del viale.

– Un collega! – sussurrò ancora con un piccolo riso soffocato.

– Come?

– Un vicario!

– Un vicario!

Guardò col cannocchiale. Un uomo in abito ecclesiastico, accompagnato da un altro nel quale Beale riconobbe il guardiano della porta, si avvicinava rapidamente, percorrendo il viale di accesso. Non vi era tempo da perdere. Ma ora per la prima volta fu assalito da qualche dubbio. Il suo progetto gli sembrava più fantastico e le difficoltà più reali. Nulla di più facile che apparire e impedire l'ingresso dell'ecclesiastico; ma avrebbe così salvato la ragazza? Quali forze c'erano nella casa? Lui aveva da fare con uomini che non si sarebbero fermati dinanzi a nulla per raggiungere il loro scopo, e particolarmente con un uomo che non aveva esitato ad assassinare.

Si sentì battere forte il cuore, non al pensiero del pericolo, benché sapesse che tutto intorno a lui era pericolo, ma per il terrore di trovarsi a rappresentare una parte senza merito. Ma scacciò i dubbi e si sollevò sulle ginocchia, perché a venti metri di distanza, afferrata alle sbarre di una finestra, era Oliva Cresswell, con gli occhi disattenti fissi verso il luogo dove lui si trovava come se non lo vedesse neppure.

Incurante del pericolo, corse verso di lei.

– Miss Cresswell – chiamò.

Lei lo guardò, attraverso lo spazio che divideva il terreno dal muro della casa, senza sorpresa e senza interesse.

– È lei – disse con calma straordinaria.

Beale si fermò esitante sull'orlo dell'intercapedine. Era troppo larga per poter saltare; ma si ricordò che dietro ai cespugli di lillà aveva visto una trave. La prese e la mise attraverso lo spazio vuoto, appoggiando l'altra estremità a un cornicione sporgente dal muro.

Attraversò velocemente il ponte improvvisato, si afferrò all'inferriata, trovando un sostegno sullo stesso cornicione; la ragazza continuava a guardarlo senza dar segno di interesse. Lui comprese che era successo qualche cosa, ma senza riuscire a figurarselo. Quella non era l'Oliva che aveva conosciuto, ma una ragazza in cui era stata distrutta ogni vitalità.

– Mi riconoscete? – le disse – Sono Beale.

– Lo so – fu la risposta indifferente.

– Sono venuto per salvarla – proseguì il giovane in fretta. – Si fida di me? Ho bisogno che lei si fidi di me; che lei riunisca e metta in me ogni briciola di fede che ha dentro di sé. Vuol farlo?

– Voglio farlo. – Sembrava che ripetesse una lezione come una bambina.

– Desidero... desidero che lei mi sposi. – Nel dire queste parole, comprese che i suoi timori erano fondati. Comprese che il suo rifiuto a una richiesta di matrimonio lo avrebbe fatto indicibilmente soffrire.

Sentì il sangue scorrere più rapido nelle sue vene, sentì che al di là e al di sopra del suo dovere professionale, c'era il suo sentimento per lei, il suo amore che ora gli si rivelava. Attese col respiro sospeso, aspettando un'esplosione di stupore, di indignazione, di disperazione. Ma lei rimase serena e impassibile, e non mosse di un millimetro le palpebre ad abbassare gli occhi nel rispondere:

– Io la sposo.

Cercò di parlare ma non riuscì che a balbettare un rauco "Grazie".

Volse la testa e fece un cenno a Homo che era all'altra estremità della trave. Quegli venne al centro del fragile ponticello, trasse di tasca un libriccino di preghiere e lo aprì.

– Noi siamo qui insieme dinanzi a Dio, per unire quest'uomo e questa donna nel Santo Matrimonio.

Beale lo ascoltava con le labbra strette. La ragazza seguiva con occhio sereno una bianca nube che attraversava il cielo turchino. Homo leggeva rapidamente: le sue parole erano chiarissime e Beale si chiese quando quest'uomo avesse compiuto per l'ultima volta il suo sacro ministero. Il "Reverendo" pronunciò l'inevitabile domanda e Beale rispose. Quindi Homo esitò un istante; poi si rivolse alla giovane:

– Vuoi prendere quest'uomo per tuo legittimo sposo e per vivere insieme a lui, obbedendo a Dio, nel sacro stato di matrimonio? Gli obbedirai e lo servirai, lo amerai e lo onorerai e gli resterai accanto nella buona e nella cattiva fortuna e, abbandonando tutti, rimarrai accanto a lui per tutta la vita?

La giovane non rispose immediatamente, e la paura fu penosa per i due uomini, per diverse ragioni. Quindi lei distolse a un tratto lo sguardo dal cielo e lo fissò nel volto di Homo.

– Sì – rispose.

Homo unì le loro mani, e mentre ripeteva le parole rituali, gli sposi si scambiarono gli anelli. Homo si curvò in avanti, unì nuovamente le loro mani e una nota di inattesa solennità vibrò nella sua voce quando pronunciò:

– Coloro che Dio ha unito, nessuno potrà dividere.

Beale trasse un profondo respiro; nello stesso istante udì una voce:

– Molto bene, davvero!

Fece un rapido gesto per puntare la sua rivoltella sulla persona che parlava, ma:

– Metta giù la rivoltella, ammirevole signor Beale – disse van Heerden avanzandosi nella stanza, mentre sotto l'arco della porta si disegnava la massiccia figura di Milsom.

– Molto bene eseguito e infinitamente pittoresco – proseguì il dottore. – Tanto, che non ho voluto interrompere la cerimonia. Forse adesso vorrà entrare in casa, Beale: le spiegherò alcune coserelle. Non tema nulla per... sua moglie. Non le sarà fatto alcun male.

Beale, tenendo sempre la rivoltella in mano, si avviò alla porta e fu introdotto.

– Sarà bene che veniate anche voi, Homo; così sbrigheremo questa faccenda.

Van Heerden lo aspettava nell'ingresso e non lo invitò ad andare avanti.

– Lei è libero di portar via sua moglie – disse – la quale le dirà, probabilmente, che l'ho trattata con tutto il rispetto. Eccola.

Oliva scendeva le scale con passo lento e deciso.

– Dovrei essere molto in collera – proseguì van Heerden con quell'insolenza che gli era particolare – ma fortunatamente non trovo più necessario sposare miss Cresswell. Lo stavo appunto spiegando a quel signore – e indicò il giovane curato che era in fondo – quando ho udito le vostre voci. Nondimeno, credo bene dirle che il suo matrimonio non è legale, benché supponga che non abbia omesso di procurarsi una licenza speciale.

– Perché non è legale? – e Beale si chiese se il "Reverendo" era stato riconosciuto.

– Prima di tutto perché è stato celebrato senza testimoni.

Questa volta fu Homo che rise.

– Potrebbe forse essere illegale, se lei stesso non avesse confessato di aver assistito alla cerimonia; e probabilmente anche il suo amico che vedo lì dietro, era presente.

Milsom lo guardò torvo.

– Sei sempre stato un cagnaccio, tu – disse – ma ora spiegherò io perché il matrimonio è illegale. Quest'uomo – proseguì trionfante – è il truffatore Homo, detto il "Reverendo", che fu scacciato dalla Chiesa quindici anni fa. Siamo stati compagni... di lavoro al penitenziario.

Homo torse la bocca a un sorriso.

– Hai ragione in qualche cosa, Milsom; ma ti inganni nella parte essenziale. Per una strana svista, non sono mai stato privato dei miei privilegi sacerdotali, e sono ancora vicario della Chiesa inglese.

– Dio mio! – sussultò Beale – Allora il matrimonio è legale.

– Il più legale possibile – replicò Homo compiaciuto.

21. Lassimus White

– Parte è tragedia ma parte è commedia – disse l'avvocato Kitson. – La più buffa commedia che si potesse immaginare.

Stanford Beale sedeva su una sedia bassa, con la testa fra le mani: pareva il ritratto della desolazione.

– Ha ragione – disse senza alzar gli occhi. – Non mi rimproverero mai a sufficienza. Sono stato un imbecille, un presuntuoso, pazzo imbecille.

Kitson, con le mani sulla schiena sotto alle falde dell'abito, il *pince-nez* d'oro sul naso, fissava il giovane.

– Non le dirò che ero contrario fin dal principio, perché sarebbe inutile. Avrei dovuto puntare i piedi e oppormi. Ma perché, visto che è tanto abile nel maneggiare le armi, non è entrato e non ha liberato la ragazza appena si è assicurato che era lì?

– Non so se sarei riuscito a nulla. Non che voglia scusarmi; ma devo dire che nella casa vi erano quattro o cinque uomini... non so se sarei riuscito a salvarla.

– Pensa che lui l'avrebbe sposata?

– Credo di sì. Quando io arrivai, c'era già il parroco.

– E che cosa intende fare adesso contro van Heerden?

Beale rise sconfortato.

– Non posso far nulla finché miss Cresswell non si è rimessa.

– La signora Beale – corresse Kitson; e l'altro arrossì.

– Se non le dispiace, continueremo a chiamarla miss Cresswell – disse con durezza. – La prego di non far le cose peggiori di quanto non sono, Kitson. Non posso far nulla finché la signorina non si è rimessa e non è in grado di fare una deposizione sull'accaduto. McNorton eseguirà il mandato appena potremo presentare una denuncia. È giù ad aspettare, appunto nella speranza di vedere... ehm... miss Cresswell. Che cosa dice il dottore?

– Ora sta dormendo.

– È da impazzire, da impazzire – borbottò Beale. – E riderei, se la cosa non fosse così orribile. Ieri aspettavo che un vagabondo uscisse dal *delirium tremens*. Oggi aspetto che miss Cresswell si riabbia dagli effetti di una diabolica medicina. Ho fatto fiasco, Kitson.

– Credo anch'io – replicò l'avvocato seccamente. – Ora che cosa farà?

– Non lo so.

– Capisce che quella ragazza non si è affatto accorta di averla sposata e che ora dovremo darle la notizia? Non mi piace di dover fare questa parte. Come si fa?

– Come si fa? – ribatté Beale esasperato. – Dopo tutto, lei è il suo avvocato.

– E lei è suo marito – replicò l'avvocato asciutto. – A proposito – andò alla scrivania e prese una striscia di carta – ho preparato questo poco fa. È un assegno di quattrocentomila sterline, circa due milioni di dollari, che sono autorizzato a consegnare al marito di Oliva subito dopo il matrimonio.

Beale lo prese, lo osservò attentamente; quindi lo lacerò in minutissimi pezzi. La conversazione languì per pochi minuti; dopo di che Beale domandò:

– Che cosa devo fare per poter divorziare?

– Con la legge inglese, se lei parte lasciando sua moglie e rifiutando di tornare, la moglie può ricorrere all'Alta Corte, la quale le ordinerà di tornare entro due settimane.

– Tornerei entro due secondi, se lei lo desiderasse – mormorò il giovane con fervore.

– Se mi ha chiesto adesso come si fa per divorziare... Immagino che questo sia il suo desiderio.

– Senza dubbio. Voglio disfare questo orribile nodo. È assurdo e ignobile. Non si può far nulla senza che miss Cresswell lo sappia?

– Non si può far nulla senza informarla. – Sembrava trovasse un maligno piacere nel ricordare al disgraziato giovane i suoi guai. – Non la biasimo – riprese dopo un momento – biasimo piuttosto me stesso. Quando accettai questo mandato dal povero John Millinborn, non pensai a tutte le responsabilità cui andavo incontro. Come potevo supporre che il *detective* che impiegavo per proteggere la ragazza contro i cacciatori di dote si sarebbe messo in mente di sposarla? Non la accuso – aggiunse in fretta vedendo la collera dipingersi sul volto di Beale – è una disgrazia; e tanto lei quanto io siamo vittime delle circostanze. Ma sfortunatamente, non siamo le vere vittime.

– Immagino – notò Beale – che se io fossi un cavaliere medievale o uno di quesi grandi gentiluomini di cui si legge la storia, dovrei bruciarmi le cervella.

– Sarebbe una soluzione; ma bisognerebbe ancora spiegare a sua moglie come mai sarebbe diventata vedova.

– E allora che debbo fare?

– Prendere un sigaro.

Ne trasse di tasca due e ne porse uno al suo compagno; i suoi occhi maliziosi scintillarono.

– Sono anni e anni che non leggo romanzi – riprese – e non seguo molto da vicino la letteratura moderna; ma mi pare che la miglior cosa, per lei, sia cercare di farsi amare dalla ragazza.

Beale balzò in piedi.

– Assurdo! Ridicolo! Non mi amerà mai!

– Eppure, mi pare che questo semplificherebbe le cose.

– Ma ammesso... ammesso che ami un altro? – La voce di Beale era diventata rauca.

– Allora la faccenda sarà più difficile. Bisogna che lei faccia in modo che Oliva non ami nessun altro.

– Ma come?

Kitson gli diede un'occhiata d'infinita compassione.

– Veramente – disse – come *detective*, si potrebbe assegnarle un premio, ma come uomo non merita neanche un premio di consolazione. Insomma: lei mi ha messo in un bell'impiccio, e ora bisogna che me ne liberi. Il povero John Millinborn desiderava una sola cosa: la felicità di sua nipote. Se lei rende felice la signora Beale – il giovane emise un gemito, ma l'avvocato continuò senza pietà – se lei rende felice sua moglie, io posso dire di avere adempiuto il mio mandato. Senta, Beale – e qui cambiò tono – io credo che lei sia un bravo ragazzo e che del denaro non le importi nulla. Può darsi che io sia incapace di darle dei consigli intorno al modo di far la corte a sua moglie, ma conosco abbastanza gli uomini; e se lei non è onesto, vuol dire che mi sono ingannato di grosso. Io le consiglierei di lasciarla sola un paio di giorni, finché si sarà rimessa. Tanto, credo che il da fare non le manchi. Vada avanti con van Heerden, ma non tiri fuori quel che ha fatto con la ragazza: mi sembra che sia meglio non farla figurare. Lei crede di avere altri capi d'accusa contro di lui: ebbene, li provi. Quell'individuo ha ucciso John Millinborn e io credo che si possa farlo andare in gattabuia. Come angelo custode di Oliva Cresswell, lei ha mostrato certe deficienze – e i suoi occhi sorridevano – per cui non ho più bisogno dei suoi servigi. Si consideri dunque licenziato, ma riassunto immediatamente per definire la faccenda van Heerden. Pagherò tutte le spese del caso... ma bisogna riuscire.

Porse la mano a Beale, che gliela strinse.

– Lei è una gran brava persona, avvocato – mormorò commosso.

Il vecchio rise.

– E lei può perfino essere un bravo *detective* – rispose. – Ma fra cinque minuti avremo qui il signor Lassimus White. Ho seguito il suo suggerimento, mandandolo a chiamare. Ma chi è?

– L'amministratore delegato dei magazzini Punsonby. Un amico di van Heerden e azionista della sua Grande Avventura.

– Ma che cosa sa?

Si udì bussare alla porta e un ragazzo in livrea entrò portando un biglietto su un vassoio.

– Fallo salire – disse Kitson; e a Beale: – è il nostro amico – spiegò.

– Può essere che sappia molto – disse Beale.

Lassimus White entrò facendo ballonzolare gli occhiali con una mano e reggendo nell'altra il suo lucido cappello a cilindro. S'inchinò cerimoniosamente e chiuse la porta dietro di sé.

– Il signor Kitson? – e tese la grossa mano. – Ho ricevuto il suo biglietto e, come osserverà, sono puntuale. Posso affermare che il mio motto favorito è *L'exactitude c'est la politesse des princes.*

– Conosce il signor Beale?

White si inchinò rigidamente.

– Ho avuto... ehm... il piacere.

– Nei miei giorni di baldoria – fece Beale allegramente. – Ma ora sono diventato completamente sobrio.

– Lieto di apprenderlo. Immensamente lieto.

– Il signor Kitson l'ha pregata di venire qui, signor White; ma veramente sono io che desideravo vederla. Per essere schietto, le dirò che ho saputo che lei attraversa un momento piuttosto difficile.

– Difficile? – White si risentì. – Io, un momento difficile? Il capo della ditta Punsonby, il cui credito è solido come un monumento della finanza? Oh no, signor Beale.

Beale rimase sconcertato. Si era fidato di informazioni avute da fonte che riteneva ottima, per potersi assicurare la cooperazione di quel solenne pallone gonfiato.

– Domando scusa – disse. – Avevo sentito dire che lei aveva convocato un gruppo di creditori ai quali aveva offerto in vendita certe azioni di un sindacato che io avevo sperato di avere.

White inchinò la testa graziosamente. – È vero – affermò – che avevo pregato alcuni... ehm... grossi industriali di venire da me per parlare di alcune cose. È anche vero che... ehm... avevo delle azioni che non mi interessavano più; ma queste azioni sono state vendute.

– Vendute! A van Heerden?

White accennò di sì.

– Sì, le ha comprate il dottor van Heerden; un uomo notevole, veramente notevole. – Scosse la testa, come se non riuscisse a rendersi conto che il dottore fosse un uomo così notevole. – Il dottore ha ricomprato i miei titoli, sui quali ho realizzato un discreto guadagno.

– Quando è avvenuto questo?

– Non le permetto di sottopormi a un interrogatorio, giovanotto – fece White severamente. – Mi accorgo dal suo accento che lei è di origine transatlantica, ma non le posso permettere di essere impertinente. La ditta Punsonby...

– La smetta – interruppe aspramente Beale. – La ditta Punsonby è in pessime condizioni da otto anni. Siamo schietti, signor White. La ditta Punsonby appartiene a un uomo solo: a lei. I suoi bilanci sono truccati, le sue riserve non esistono.

– Signor Beale!

– Le dico che sono al corrente della sua situazione; che so che la ditta tira avanti a forza di espedienti e che la bancarotta è tanto vicina quanto la prigione per lei.

White era pallidissimo.

– Ma questo non mi riguarda – proseguì Beale – e mi immagino che il denaro che le ha dato van Heerden stamattina placherà per un po' di tempo i suoi creditori. Del resto, non faccio una campagna a favore dell'onestà industriale, ma semplicemente una campagna contro il suo amico tedesco, il dottor van Heerden.

– Tedesco? – fece il virtuoso signor White, grandemente stupito. – Le assicuro di no; è un signore olandese...

– È tedesco e lei lo sa benissimo. Lei lo ha finanziato per un progetto che dovrebbe rovinare la maggior parte dell'Europa e gli Stati Uniti, per non dir nulla del Canada, del Sud America, dell'India e dell'Australia.

– Protesto contro quest'accusa inumana – e il signor White si alzò. – Non posso rimanere di più.
– Se lei se ne va, presenterò immediata denuncia. Vada o stia, dunque, come crede meglio. Le assicuro che parlo sul serio. Dunque mi dica: in che forma ha ricevuto il denaro?
– Con un assegno – mormorò White in un soffio.
– Su che banca?
– La succursale inglese della Banca Nazionale di Svezia.
– Una succursale segreta della Banca di Dresda. La cosa è promettente. Il dottor van Heerden le aveva mai pagato del denaro, prima?
– Sì, delle piccole somme.
– Attraverso quale banca?
– La mia banca.
– Bene. E ha mai saputo che lui avesse un conto corrente altrove?... Per esempio: lei gli ha dato una forte somma: il suo assegno è stato incassato per mezzo della banca di Svezia?
– No; direttamente alla mia banca.
Beale si grattò il mento.
– Denaro, stamattina; e ha preso con calma la sua perdita di ieri... Questo può avere un solo significato. – Si rivolse nuovamente a White. – Signor White, lei mi ha dato un'informazione molto interessante.
– Spero di non aver detto nulla che possa... ehm... danneggiare una persona che mi ha sempre trattato... ehm... col maggior rispetto.
Stanford Beale sorrise.
– Un'altra domanda. Lei sa che van Heerden si occupa di certe ricerche... Dove ha i suoi laboratori?
Ma qui White protestò di non sapere assolutamente nulla. Ricordò, non senza sentirsi mancare il cuore, di aver subito un simile interrogatorio il giorno prima da McNorton. Esistevano dei laboratori, van Heerden vi aveva accennato, ma in quanto alla loro ubicazione... No, White non ne ha aveva la più lontana idea.
– Storie – fece aspramente Beale. – Come comunicava lei con van Heerden?
– Le assicuro...
– Assicuro un corno – tuonò Beale. – Dove vi vedevate?
– Mi creda, non lo vedevo mai... Quando avevo un messaggio per lui, glielo portava... ehm... la mia cassiera, miss Glaum... una simpatica signorina.
– Hilda Glaum!
Beale si batté la fronte. Come mai non ci aveva pensato prima?
– Non ho altro da chiederle, signor White; lei può reputarsi fortunato.
– Fortunato! – White aveva ritrovato la sua alterigia, appena l'aggressività di Beale era scomparsa. – Non riesco davvero a vedere la mia fortuna. Proprio non la vedo, signor Beale.
– Ha riavuto i suoi quattrini – fece Beale con tono significativo. – Le pare poco, trattando con un individuo come van Heerden?
– Vorrebbe forse affermare in presenza di un testimone che il dottor van Heerden è un comune truffatore?
– Non comune, no; grazie a Dio!

22. La guida

Beale ebbe un lungo colloquio con McNorton a Scotland Yard e tornato all'albergo si fece servire il pranzo nell'appartamento di Kitson e pranzò in mezzo a una marea di giornali. Erano giornali della settimana prima e lui ne scorse le colonne attentamente. Ogni tanto ne ritagliava un pezzo; per una volta, un'intera colonna.

Kitson, che pranzava con un amico nel ristorante dell'albergo, salì verso le nove e rimase a guardare divertito il silenzioso lavoro del *detective*.

– Sta facendo un deplorevole disordine nella mia camera – disse – ma immagino che dev'esserci qualche cosa di misterioso e di terribile. Le dispiace se leggo qualche ritaglio?

– Faccia pure – rispose Beale senza alzar la testa dal giornale che aveva in mano.

Kitson prese un ritaglio e lesse ad alta voce:

Le riserve della Banca Agricola dell'Ucraina sono state aumentate di dieci milioni di rubli. Questo aumento ha considerevolmente facilitato la situazione nell'Ucraina meridionale e nella Galizia dove vi è stato un notevole disagio fra i contadini a causa dell'alto costo dei tessuti.

– Notizie interessantissime – fece Kitson, sardonico. – Sta preparando una raccolta di brani di alta finanza?

– No – replicò brevemente l'altro. – La Banca Agricola fa il credito agrario. Finanzia proprietari contadini.

– È azionista, lei? – chiese Kitson stupito.

– No.

Kitson prese un altro ritaglio. Era un telegramma da Berlino:

Come prova dell'alto sviluppo industriale che si va effettuando in Germania e della rapidità con la quale il Governo va rimettendosi dagli effetti della guerra, citiamo il fatto che la Leipziger Transportwagen Gesellschaft ha ricevuto un ordine per 60.000 camion. L'ordine è stato trasmesso da trenta ditte e il termine per la prima consegna è fra sei settimane.

– Eccitante – mormorò Kitson. – Ma a che serve?

Un altro ritaglio, anch'esso datato da Berlino, annunciava il risveglio del *Consiglio Forniture di Guerra* dell'epoca bellica, come *misura temporanea*.

Non si ha l'intenzione di affidare al Comitato le sue antiche funzioni; il provvedimento è stato preso soltanto per organizzare la distribuzione delle patate, in vista del cattivo raccolto.

– Ma che scherzo è questo? – chiese Kitson perplesso.

– Lo scherzo è questo: che non vi è affatto penuria di patate, perché il raccolto non è mai stato migliore. Mi tengo aggiornato di queste cose e lo so con certezza. Il *Western Mail* aveva la settimana scorsa un articolo del suo corrispondente da Berlino, il quale diceva che le patate erano così abbondanti che sul mercato non ve n'era più richiesta.

– Hum!

– Ha letto quello dove si parla degli *hangar* degli Zeppelin? È in mezzo agli altri ritagli. Tutti i vecchi *hangar* sono messi in riparazione e trasformati in campi di pattinaggio su rotelle per lo sviluppo fisico della gioventù tedesca. Si fanno tutti i pavimenti nuovi, senza badare a spese e le squadre giocheranno tutti i giorni, con la pioggia e col bel tempo.

– E che significa tutto questo?

– Significa che il *giorno*... il *vero giorno* è vicino.

– Guerra?

– Contro tutto il mondo, ma senza lo scintillio di una baionetta né lo sparo di un cannone. Una guerra combattuta da uomini che siedono nei loro piccoli uffici e tirano le corde che strozzeranno lei, Kitson, e me. Stasera andrò in cerca di van Heerden. Bisogna che io lo acciuffi e che interrompa il suo diabolico lavoro. E domani, qualunque cosa accada, le dirò la storia di questo complotto che ho scoperto per caso. Il Governo inglese ritiene che io sia sulla traccia di una gran cosa; lo stesso credono a Washington e io ho tutti gli aiuti di cui abbisogno.

– Che strano mondo!
– Stranissimo... – poi, audacemente: – Come sta mia moglie?
– Sua... beh, questo mi piace!
– Credevo che lo preferisse... Come sta miss Cresswell?
– L'infermiera dice che va molto meglio. Dorme, ma si è svegliata per mangiare e sta quasi bene. Non ha chiesto di lei... – aggiunse pungente.
Beale arrossì e rise.
– Cerco di prenderla allegramente. Immagino che domani starà bene.
– Ma non in grado di ricever visite – lo avvertì Kitson. – Se vuol essere saggio, Beale, bisogna che non pensi a Oliva ma che si occupi di van Heerden. Non si possono servire due padroni.
Stanford Beale guardò l'orologio.
– È l'ora – disse in tono di oracolo e si alzò.
– Dove va adesso?
– A vedere Hilda Glaum... se il fato mi aiuta. Ho pensato un certo trucco... Ritengo che presa dal panico, mi condurrà dritto nella tana del leone, con l'idea che van Heerden mi divorerà in un boccone. Bisogna che io corra questo rischio. Se la ragazza è quella che credo, mi preparerà una trappola... nella quale cadrò, perché bisogna ch'io raggiunga van Heerden stasera.
Kitson l'accompagnò alla porta dell'albergo.
– Non si metta a correre dei rischi inutili – gli disse nel salutarlo – non dimentichi che è ammogliato.
– Questa è una cosa che invece desidero dimenticare, se permette – rispose il giovane, seccato.
Chiamò un taxi e si fece condurre rapidamente, attraverso Piccadilly, ad Hyde Park. Voltò l'angolo, costeggiò Buckingham Palace e penetrò nel labirinto di Pimlico. Fece fermare dinanzi a una casa lugubre, in una strada tetra e oscura e, dicendo al conducente di aspettare, salì i gradini e suonò il campanello.
Una domestica aprì la porta.
– C'è miss Glaum?
– Sì. Favorisca in salotto. Gli altri pensionanti son tutti fuori. Chi devo annunciare?
– Ditele un signore di Casa Krooman – disse Beale diplomaticamente.
Entrò nel cupo salottino, posò cappello e bastone e attese. La porta si aprì e la ragazza entrò. Vedendolo, rimase a bocca aperta per la sorpresa, sorpresa che si mutò ben presto in sospetto.
– Credevo... – cominciò, e s'interruppe.
– Credeva che fossi il dottor van Heerden? invece non è lui.
– Lei è l'uomo che ho visto dal vecchio Heyler?
– Sì, mi chiamo Beale.
– Ah, ho sentito parlare di lei. L'avverto che venendo a ficcare il naso qui non saprà nulla.
– Invece credo che saprò molte cose. Sieda, miss Glaum, e cerchiamo di intenderci. Lei è amica del dottor van Heerden?
– Non rispondo a nessuna domanda.
– Forse risponderà a questa: perché il dottore le ha procurato un impiego nei Magazzini Punsonby e perché, quando era impiegata, lei rubò tre lettere raccomandate che consegnò al dottore?
– È una menzogna! – gridò la ragazza trasalendo.
– Questo potrebbe dirlo a un giudice e ai giurati, i quali non le crederebbero. Via, miss Glaum, siamo franchi. Le dico che non intendo informare del suo gesto la polizia, se lei mi darà una piccola informazione che mi sarà utilissima.

– È una menzogna – ripeté Hilda visibilmente agitata. – Io non ho rubato nulla. Se miss Cresswell dice questo...

– Miss Cresswell ignora il suo tradimento – replicò l'altro tranquillamente – ma poiché lei è decisa a continuare a negare, forse mi dirà questo: che cosa viene a fare nelle prime ore del mattino nell'appartamento del dottor van Heerden?

– Vorrebbe insinuare...?

– Non insinuo nulla. E meno di tutto insinuerei che fra lei il dottore vi siano rapporti amorosi.

– Chi dice che io vada a casa di van Heerden?

– Io, perché l'ho vista. Certamente lei ricorda che io abito di fronte a quel caro dottore?

– Con lei non intendo parlare; e non m'importano le sue minacce e ciò che lei può fare.

– Farò qualche cosa di più che minacciarla – fece Beale sinistramente. – Lei non riuscirà a prendermi in giro, miss Glaum: se ne persuada. Le dico una cosa sola; che se il mio incontro con lei non ha risultati soddisfacenti, stasera arresterò van Heerden e lei come sua complice.

– Impossibile, impossibile!

Aveva quasi gridato queste ultime parole. Abbandonò ogni ritegno, e con una inaudita violenza di voce protestò:

– Arrestarlo! Quell'uomo straordinario! Arrestare me? Non oserete! Non oserete!

– Oserò molte cose, se non mi direte ciò che voglio sapere.

– Che cosa volete sapere? – chiese, sfidandolo.

– Voglio sapere l'indirizzo dove con maggior probabilità si può trovare il vostro amico... Devo dirvi, miss Glaum, che il gioco è finito e che sappiamo tutto intorno alla Ruggine Verde.

La ragazza indietreggiò.

– La... La Ruggine Verde! Che volete dire?

– Che ho buoni motivi di credere che il dottor van Heerden ha organizzato un complotto contro lo Stato. Lui è scomparso ma è ancora a Londra. Desidero arrestarlo... senza scalpore.

Hilda lo fissava. Nei suoi occhi lui vide passare il dubbio, l'ira, un barlume di paura e finalmente una ferma decisione.

– Va bene. Vi accompagnerò – disse.

Uscì dalla stanza e tornò dopo cinque minuti col cappello e il mantello.

– È lontano – cominciò.

– Ho un taxi alla porta.

– Non possiamo fare tutta la strada in taxi. Dica di andare in Baker Street.

Non pronunciò più parola durante il viaggio; né Beale aveva voglia di parlare. Alla stazione di Baker Street lasciarono l'automobile. Camminarono in silenzio, lasciando la strada principale; oltrepassarono la Stazione Centrale e penetrarono in un labirinto di strade completamente sconosciute all'agente.

Sembrava che in un attimo si fosse passati dal miglior quartiere della città al peggiore.

– È in fondo a questa strada – disse Hilda.

Giunsero a quello che sembrava il cortile di uno stabile. Vi era una porticina e due porte più grandi. La ragazza trasse dalla borsetta una chiave e aprì la porticina. Entrò e Beale la seguì.

Erano in un altro cortile circondato di botti. Ai due lati c'erano due basse costruzioni che pareva fossero servite come stalle. Hilda chiuse la porta da cui erano entrati, attraversò il cortile e aprì una porta nell'angolo.

– Vi sono quattordici gradini da scendere: avete un lume qualunque?

Beale trasse di tasca la torcia elettrica.
– Datela a me: vi farò strada.
– Che luogo è questo? – chiese Beale dopo che la ragazza ebbe chiuso la porta.
– Apparteneva a un negoziante di vino: abbiamo le cantine – fu la breve risposta.
– Abbiamo...? – ripeté Beale.
Lei non rispose. In fondo alla scala c'era un breve passaggio e un'altra porta che venne aperta: sembrava che la stessa chiave la aprisse tutte, o piuttosto – come Beale pensò – che Hilda avesse un *passe-partout*.
La porta fu nuovamente chiusa.
– Un'altra? – chiese Beale quando la torcia illuminò una porta di ferro dieci passi innanzi.
– È l'ultima.
A un tratto la luce si spense.
– La lampadina si è rotta – mormorò Hilda – ma troverò ugualmente la serratura.
Sentì uno scatto, ma non vide la porta aperta e non si rese conto di ciò che era successo finché non udì un altro scatto. La luce brillò a un tratto nuovamente, a livello dei suoi occhi.
– Non potete vedermi – disse una voce beffarda. – Vi guardo attraverso uno spioncino. Non avete visto lo spioncino, abilissimo signor Beale? Sono dall'altra parte della porta.
La udì ridere.
– Arrestare il dottore stasera? Scoprirete il segreto della Ruggine Verde? Ah, ah, ah! Volete questo, non è vero?
– Cara amica – rispose Beale dolcemente – sarete ragionevole e aprirete la porta. Non immaginerete che io sia venuto qui solo. Siamo stati seguiti per tutta la strada.
– Mentite – rispose Hilda freddamente. – Perché vi ho fatto lasciare il taxi e camminare a piedi? Oh, abilissimo signor Beale!
Lui ridacchiò, quantunque non avesse voglia di ridere.
– Come siete spiritosa! – disse con ammirazione. – Ora, statemi a sentire.
Fece un passo verso la porta e aveva tratto la rivoltella dalla tasca posteriore quando udì il richiudersi di uno sportello e la canna che lui insinuò fra le sbarre urtò contro il ferro. Udì un rumore di chiavistelli e rimise in tasca l'arma.
– Ah, è così – disse.
Andò all'altra parte, accese un fiammifero e la esaminò. Era rivestita di ferro. Picchiò sui muri col bastone, ma non trovò nulla che potesse incoraggiarlo. Il pavimento era coperto di solide lastre di pietra, e così il basso soffitto.
A un tratto interruppe il suo esame e prestò ascolto. Udì un rumore di passi sulla sua testa e sorrise. Aveva la specialità di non dimenticare mai una voce né un modo di camminare.
– È la mia cara amica che torna indietro, di corsa, per informare il dottore – pensò. – Ho un'ora, prima che cominci la battaglia!

23. Van Heerden è sorpreso

Il dottor van Heerden non affrettò la partenza dalla casa di Staines. Trascorse la mattina seguente al matrimonio di Oliva in città, per la transazione di un affare importante e senza tentare di nascondere i suoi movimenti, benché sapesse di essere pedinato. Eppure si rendeva conto che ogni ora avvicinava il pericolo. Giudicava – e con fondamento – che il suo pericolo non dipendeva dal sequestro di Oliva Cresswell.
– Avrò forse una settimana di respiro – disse a Milsom – e in una settimana posso fare tutto ciò che occorre.
Passò la sera a sorvegliare lo smontaggio dell'apparecchio nel baraccone ed erano le dieci del martedì quando il lavoro fu terminato.

Soltanto quando si fu seduto accanto a Milsom nella grande *limousine* diretta verso Kingston, fece un accenno al pomeriggio precedente.

– Sarà contento Beale? – disse.

– Eh?

Milsom, che sonnecchiava nel suo angolo, si svegliò con un sobbalzo.

– Domando se Beale sarà contento del premio che gli è spettato?

– Credo bene. Questo giochètto gli frutta un milione. Credo che non si occuperà più di altro.

Van Heerden scosse la testa.

– Non credo, Milsom. Beale è migliore di quanto credevo e mi conosce troppo bene. Si è meravigliato quando Homo ha proclamato di essere un prete: non ho mai visto un uomo più stupito. Lui intendeva celebrare un finto matrimonio, unicamente per rendere impossibile il mio. Aveva analizzato esattamente la situazione, perché sapeva che io volevo solo il denaro e che la donna non mi interessava. Credeva – e aveva ragione – che se non potevo sposarla, non l'avrei più trattenuta, e aveva condotto Homo dopo essersi procurato la licenza speciale. Ha calcolato il tempo troppo bene.

– Cioè? – e Milsom lo guardò ansiosamente.

– Lui sapeva che ogni secondo era vitale: aveva indovinato che avrei fatto un matrimonio affrettato e perciò condusse con sé quello che credeva uno pseudo-ecclesiastico in modo da non perdere un minuto: queste sono cose che mi seccano.

– Non capisco perché. Tutti questi *detective* americani sono degli imbroglioni e lui sarà come gli altri. Ha visto l'occasione di fare un buon affare. Si tratta di una bella cifra!

– Avete torto. Vorrei pensarla anch'io così. Ma non vedete che ogni suo gesto prova che lui sa tutto della Ruggine Verde?

– Eh?

Milsom si sollevò.

– Come... che cosa le fa pensare questo?

– È chiaro. Lui ha qualche idea del progetto. Ha fatto cantare il vecchio Heyler; è perfino riuscito ad avere un campione della sostanza; era una coltura mal riuscita, ma può averne avuto abbastanza. Ha compreso che avevo bisogno del denaro del vecchio Millinborn e che avevo fretta di entrarne in possesso.

Seguì un silenzio di qualche minuto.

– Vi è qualcun altro, oltre a Beale, che sa? Se la facessimo finita con lui...

– Lo sbrigherò entro stasera – rispose van Heerden – è da ieri che non penso ad altro.

Un altro silenzio.

– Perché no? – riprese Milsom – La posta vale un piccolo rischio.

– Bisogna che sia fatto prima che lui trovi il locale di Paddington; questo è il pericolo che mi ossessiona. – Van Heerden era preoccupato e aveva smarrito la calma sicurezza che generalmente caratterizzava il suo modo di parlare. – Vi sono abbastanza prove per rovinare tutto.

– È stata una follia continuare – fece Milsom. – Vi è tutto il materiale occorrente: si poteva chiudere il laboratorio una settimana fa.

– Bisogna che io abbia un margine di riserva... del resto, come potevo fare altrimenti? Ero all'estremo delle mie risorse e ogni minaccia di chiusura mi avrebbe portato tutti gli operai affamati a Casa Krooman.

– Questo è vero – convenne l'altro – dovetti convincerli; ma non sapevo che fosse perché lei era così in cattive acque. Mi sembrava una giusta riluttanza a gettar via del denaro inutilmente.

La macchina fermò bruscamente. Van Heerden guardò attraverso il finestrino e scorse il bagliore di una lampada rossa.

– Dobbiamo essere ai Prati di Putney – disse – e avevo detto a Gregory di venire a portarmi notizie.
Un uomo avanzò e ficcò la testa nel finestrino.
– Ho riconosciuto la lampadina verde – disse Gregory, e Milsom comprese come aveva potuto distinguere l'automobile in mezzo alle centinaia di altre. – Non vi è nulla di importante.
– Dov'è Beale?
– All'albergo del vecchio. C'è stato tutto il giorno.
– È andato ancora dalla polizia?
– Oggi nel pomeriggio.
– E la ragazza?
– Un cameriere dell'albergo, mio amico, mi ha detto che sta molto meglio. È stata visitata da due dottori.
– Ed è ancora viva? – chiese Milsom, cinico. – Son quattro dottori, in due giorni!
Van Heerden si curvò in avanti e abbassò la voce.
– Hai visto *Fräulein* Glaum?
– Sì, le ho detto di non venire al laboratorio finché lei non la manda a chiamare. Mi ha chiesto quando parte.
– Questo non lo deve sapere... Ricordati, Gregory.
Ritrasse la testa, picchiò al vetro anteriore e l'automobile si rimise in moto.
– Questo è un altro problema, van Heerden – ridacchiò Milsom.
– Quale? – chiese l'altro aspramente.
– Hilda Glaum. L'ho vista solo un paio di volte; si capisce che l'adora. Che cosa ne farà?
Van Heerden accese una sigaretta e alla luce del fiammifero Milsom lo vide sorridere.
– Mi vien dietro e io le farò avere un posto nel mio paese, ma non...
– Ma non il posto a cui aspira – terminò Milsom. – Badi, dottore: avrà delle seccature.
– Bah!
– Sarà una sciocchezza, ma bisogna tener conto di quello che è capace una donna gelosa.
– Hilda è una brava ragazza – replicò il dottore compiacentemente – è una buona tedesca, e in Germania le donne sanno esser tranquille. Sarà contenta di ciò che le darò.
– Non esistono donne così – ribatté Milsom con decisione; e il discorso cadde.
L'automobile fermò accanto al Marble Arch per deporre Milsom, e van Heerden continuò il viaggio da solo, giungendo a casa prima di mezzanotte. Quando scese dalla macchina, un uomo attraversò la strada. Era l'agente di Beale. Van Heerden si guardò attorno con un sorriso, comprendendo il significato di quella figura indifferente; poi attraversò l'atrio e salì le scale.
Aveva lasciato tutti i lumi accesi a beneficio degli agenti; attraverso le finestre la luce dell'anticamera splendeva in modo convincente. L'appartamento di Beale era immerso nell'oscurità; una striscia di carta fissata alla porta dava il suo indirizzo.
Il dottore entrò in casa, chiuse la porta e passò nello studio.
– Oh – fece irritato – che cosa fai qui?
La giovane stava seduta dinanzi alla scrivania; si alzò affannosamente e lui vide il turbamento sul suo volto. Avrebbe potuto leggervi anche l'orgoglio che lei provava nel servire l'uomo che idolatrava come un dio.
– L'ho preso, William, l'ho preso!
– Preso! Chi? – e aggrottò le sopracciglia.
– Beale – esclamò con ardore. – Il grandissimo Beale!
Rise di un riso isterico.
– È venuto da me; voleva arrestarmi stasera, ma io l'ho preso!

– Siediti e cerca di esser coerente, Hilda. Chi è venuto da te?

– Beale. È venuto alla mia pensione e voleva sapere da me dove avevi portato Oliva Cresswell. L'hai portata via? – chiese molto seria.

– Va' avanti.

– È venuto pieno di arroganza e di minacce. Voleva arrestarmi per quelle lettere che ti diedi. Ma di me non m'importa, William. Pensavo soltanto a te. Pensavo che tu, il mio caro, il mio grand'uomo, saresti stato messo in un'orribile prigione... oh, William!

Si alzò con gli occhi pieni di lacrime, ma lui le pose le mani sulle spalle costringendola a sedere nuovamente.

– Avanti. Devi dirmi tutto. È una cosa molto seria. Che cosa è successo dopo?

– Voleva che io lo conducessi in uno dei luoghi.

– Di quali luoghi?

– Non lo so. Ha detto soltanto che sapeva che tu avevi delle altre case... non so neppure se ha detto questo, ma ho avuto l'impressione che sapeva che ti si poteva trovare in qualche posto.

– Continua.

– E allora ho pensato, pensato – si premeva le mani sulla fronte, con gli occhi fissi in quelli di lui – e ho pregato Dio che mi suggerisse il mezzo di aiutarti. E ho avuto un'idea. Gli ho detto che lo avrei condotto da te.

– Che lo avresti condotto da me? E dove lo hai condotto?

– Alla fabbrica di Paddington.

– Accidenti!

– Aspetta, aspetta, aspetta! Non mi sgridare! L'ho portato nel passaggio con tutte le porte. Mi son fatta dare la sua lampadina e dopo che abbiamo passato la seconda porta, l'ho introdotto nella terza e gliel'ho chiusa sul muso.

– E poi...

– È rimasto lì. Preso! Ho fatto bene, William? Non essere in collera. Avevo tanta paura per te.

– Quando tempo sei rimasta là?

– Neanche dieci minuti: forse cinque, non so. Non ho la nozione del tempo. Sono venuta dritta qui per vederti.

Lui era dinanzi al tavolo, mordicchiandosi le dita, la testa china, concentrato nei suoi pensieri.

– Proprio lì. Fra tanti luoghi, proprio lì! – borbottava.

– Ho fatto del mio meglio, William – e la sua voce era lacrimosa.

La guardò con un sorrisetto di schermo.

– Sicuro, hai fatto del tuo meglio. Sei una donna e non hai cervello.

– Credevo...

– Credevi! – sogghignò. – Chi ti ha detto di credere? Stupida! Non hai capito che era un trucco e che non poteva arrestarmi più di quanto io possa arrestare lui? Non capisci... Sapeva che avevi l'abitudine di venire qui?

Hilda accennò di sì.

– Lo immaginavo – fece van Heerden con un riso amaro. – Sa che sei innamorata di me e ha fatto assegnamento sulla tua paura. Stupida idiota! Non piangere, altrimenti farò qualche cosa che non ti farà piacere. Su, su. Prendi un po' di vino; ti farà bene.

Camminava su e giù per la stanza.

– Non c'è da fare altro che aggiustare i conti col signor Beale – disse cupamente. – Credi che sia stato seguito?

– Oh no, no – rispose inghiottendo i singhiozzi. – Sono stata tanto attenta.

Gli descrisse il viaggio e le precauzioni che aveva preso.

– Beh, forse non sei poi tanto idiota.

Aprì un cassetto della scrivania e ne trasse una pistola Browning a canna lunga, la esaminò e la rimise nel fodero.

– Sì, credo che dovrò aggiustare i conti con quel signore; ma non desidero servirmi di questa – soggiunse pensieroso; poi alzò la sicura e mise l'arma in tasca. – Potremo cavarcela coi gas. Ad ogni modo, caro Beale, non puoi più fare né bene né male – terminò cinicamente.

La ragazza era ammutolita; le sue mani, contratte sul seno, stringevano il fazzoletto, e il suo viso era volto verso di lui.

– Asciugati le lacrime. – La baciò lievemente sulla guancia. – Forse quello che hai fatto è la cosa migliore. Chi sa? Ad ogni modo – e pensava ad alta voce – Beale conosce l'esistenza della Ruggine Verde e può darsi che fra non molto io vada dentro; ma solo per poco tempo, mia cara Hilda. – Sorrise, mostrando i suoi denti bianchi, ma non era un sorriso lieto. – Solo per poco, e allora – alzò le braccia – saremo ricchi al di là dei sogni che abbiamo fatto a Francoforte.

– Riuscirai, William; so che riuscirai! – disse Hilda anelando. – Se almeno potessi aiutarti. Se mi dicessi che cosa stai facendo! Che cos'è la Ruggine Verde? Qualche nuovo esplosivo che fa miracoli?

– Asciugati le lacrime e va' a casa. Fuori troverai un agente, ma non credo che ti seguirà.

Lui uscì poco dopo che Hilda se n'era andata e, passando audacemente dinanzi all'agente, si recò al posteggio di Shaftesbury Avenue, senza – almeno così gli sembrò – essere seguito. Lasciò il taxi nei pressi di Baker Street e continuò a piedi. Aprì la porticina che metteva nel cortile, ma non seguì la stessa via per cui la ragazza aveva condotto Stanford Beale. Entrò da un'altra porta sotto la volta che un tempo era stata l'innocente magazzino di un vinaio, ed era ora l'officina dove un pugno d'uomini lavoravano diligentemente per la distruzione dei loro simili.

24. L'officina

Stanford Beale rimase per tre minuti a riflettere nell'oscurità del passaggio in cui Hilda Glaum lo aveva condotto; quindi cominciò a frugare accuratamente nelle sue tasche. Aveva un piccolo accendino d'argento, che fortunatamente era stato riempito di benzina proprio quel giorno e questo gli bastò per osservare ciò che lo circondava.

Lo spazio fra le due porte chiuse era lungo circa tre metri e largo uno; l'altezza era poco più di due metri e mezzo. Il soffitto – come aveva già notato – era a volta. Ora vide che nel centro correva un cordone. Evidentemente, vi era stato un tempo un impianto di luce elettrica, probabilmente prima che i nuovi proprietari prendessero possesso, perché ad intervalli c'era qualche disco per lampadine. I nuovi occupanti avevano coperto questi e il resto delle pareti con bianco di calce; eppure l'impianto elettrico appariva relativamente nuovo. Una parete, quella che era alla sua sinistra quando era entrato, non rivelò nulla ad un'accurata ispezione; ma quella di destra mostrava, a metà fra le due porte, tracce di un'iscrizione dipinta in bianco su fondo nero; e questo s'intravvedeva sotto il denso strato di calce che vi era stato sovrapposto. Inumidì il fazzoletto con la lingua e strofinò in modo da togliere un po' del bianco di calce, ove le lettere erano meno leggibili e riuscì a distinguere:

ero
ereo
—
azione
occorso

Era evidentemente la metà di un'iscrizione che era stata tagliata proprio nel mezzo. A sinistra non vi era traccia di lettere. Osservò le lettere per qualche minuto, perplesso, prima di comprendere.

Ricovero antiaereo. Medicazione. Pronto soccorso.

Questo spiegava l'impianto elettrico recente. Era una di quelle cantine che erano state adattate, dal Municipio o dal Governo, a rifugio contro le incursioni aeree, durante l'ultima guerra. Evidentemente, i locali dovevano essere vasti, se vi era anche un'ambulanza e un pronto soccorso. Sotto alle lettere, si discerneva a stento una mano bianca tesa verso il basso. Dov'era andata a finire l'altra metà dell'iscrizione? Probabilmente era stata dipinta sulla porta che conduceva nella stanza di pronto soccorso. Era anche evidente che la porta era stata tolta e sostituita con mattoni. Lieto di questa scoperta, esaminò con maggior cura la parete di sinistra. Il muro era nuovo per una larghezza di poco più di un metro. Vi picchiò su con le nocche. Diede un suono cavo. Appoggiando il dorso alla parete di fronte, premette un piede contro il muro nuovo e spinse.

Sapeva che gli operai che erano stati occupati a quel genere di lavoro non dovevano certo appartenere ai migliori; era stato applicato un solo strato di mattoni, e quindi era certo che una pressione esercitata nel centro del muro lo avrebbe fatto cedere.

Alla prima spinta il muro cedette alquanto. Appoggiò allora tutti e due i piedi e facendo forza con le spalle, spinse con tutto il suo peso. Un attimo dopo era caduto con la schiena a terra. La maggior parte del muro era crollato. Ebbe la curiosità di osservare il lavoro che aveva demolito. Appariva costruito da dilettanti, e questo spiegava il fitto strato di calce applicato sulle pareti.

Una corrente di aria fresca lo colpì quando scavalcò i rottami. Sei gradini di pietra conducevano in basso in una cameretta nella quale c'erano un secchio d'acqua, due lettini da campo – che evidentemente avevano fatto parte del materiale dell'ambulanza e che i nuovi proprietari non avevano creduto necessario togliere – e una sedia rotta. Vi erano ancora dei residui delle forniture del pronto soccorso. Trovò sulla scansia, sopra al secchio, delle bende, delle bottiglie vuote e un bicchiere graduato rotto.

Ciò che lo interessò di più fu una porta che non aveva sperato di trovare. Era sprangata dalla sua parte; e dopo aver tirato il chiavistello, si accorse con sollievo che non era chiusa a chiave. L'aprì con prudenza, spegnendo prima la luce. Si trovò nell'oscurità e riaccese l'accendisigari. La stanza metteva in un'altra, quasi vuota. Vi erano alcuni scaffali, molte bottiglie vuote e nient'altro. Nell'angolo opposto un'altra porta, anche questa coi saliscendi dalla sua parte. Evidentemente van Heerden non si serviva di questa parte del sotterraneo.

Osservò la serratura e vide che era rotta. Senza dubbio era ormai vicino al locale principale dell'officina e doveva ora agire con cautela. Trasse fuori la rivoltella e la mise nella tasca del panciotto, più a portata di mano. Tirare il chiavistello fu una faccenda un po' lunga. Non poteva correre il rischio di essere scoperto, e quindi lo smuoveva a un centimetro per volta. Ora aveva finito e spinse la porta pian piano.

Immediatamente nella fessura apparve una striscia di luce verde. Non osò fare altri movimenti, perché udiva scalpiccio di piedi e di quando in quando un rumore di voci soffocato e indistinto. In quella luce, l'apertura della porta poteva esser vista, forse da dieci o dodici paia d'occhi. Poteva darsi che chiunque, in quella stanza, fosse volto dalla sua parte. Si aspettava di udir rumore di macchine, ma all'infuori delle voci soffocate, dell'urto casuale di un vetro contro l'altro e dello stropiccio di piedi sul pavimento, non udiva altro.

Spinse la porta per un altro quarto di centimetro e mise l'occhio alla fessura. Da quell'angolo scorgeva soltanto una delle pareti del grande sotterraneo a volta e l'estremità di una lunga lampada a vapori di mercurio fissata alla cornice e da cui emanava quella luce spettrale. Ma ad un tratto vide qualche cosa che lo riempì di speranza. Contro la parete si disegnava una grande ombra che neanche la lampada sospesa in alto neutralizzava completamente. Era un'ombra irregolare, come può esser prodotta da un mucchio di casse; e questo gli fece pensare che probabilmente si trattava di una barricata di casse vuote che nascondevano la porta al resto della stanza.

Impiegò quasi tre quarti d'ora per rendersi conto della problematica posizione delle lampade, dell'altezza e dello spessore del baluardo di casse; quindi arditamente e rapidamente aprì la porta, entrò e richiuse. Aveva calcolato esattamente. Si trovava in una stanza di cui poteva soltanto immaginare l'estensione. Una parete di casse a forma di "L" arrivava a mezzo metro dal soffitto e formava un piccolo corridoio per chi fosse entrato nel sotterraneo dalla parte da cui era entrato Beale. Erano messe l'una sull'altra con metodo e, ad eccezione di due casse da imballaggio più grandi, che formavano l'angolo, la barriera era fatta tutta di cassettine grandi circa venticinque centimetri quadrati.

Vi era una piccola scala a pioli, evidentemente usata dalla persona che doveva tenere in ordine le cassettine. Beale la prese senza far rumore, l'appoggiò all'angolo e salì con cautela.

Vide una vasta stanza, col soffitto a sesto sostenuto dai sei tozze colonne di pietra. La luce veniva non solo dalle lampade mercuriali fissate al soffitto, ma da altre sospese al di sopra di tre lunghi banchi che attraversavano la camera nella sua lunghezza.

Lui sapeva che le lampade a mercurio non danno una luce verde ma viola; il verde era prodotto da paralumi che a Beale parvero dapprima di seta e poi scoprì ch'erano di mica tinta.

Ad intervalli lungo i banchi sedevano delle persone vestite di bianco, col volto nascosto da una maschera di gomma, le mani coperte da guanti. Ciascuna aveva dinanzi un piccolo microscopio sotto a una campana di vetro, due bilancette e una rastrelliera piena di vassoietti di porcellana poco profondi. Evidentemente il lavoro cui erano occupati non danneggiava la loro vista, perché le maschere avevano dei semplici buchi per gli occhi, ciò che dava più che mai agli uomini l'aspetto di mostruosi animali; ma Beale ne riconobbe uno. Era, senza tema d'errore, la robusta figura e la grossa testa del professore la cui comparsa nella camera di Oliva aveva così fortemente spaventato la ragazza.

S'aspettava di vederlo, perché sapeva che quel vecchio tedesco, povero e mal visto, era stato assunto da van Heerden. E Beale, che aveva pietà del vecchio disgraziato, aveva cercato in ogni modo di strappargli il segreto del luogo dove il dottore aveva il laboratorio. Ma un fondo di lealtà, che nel *detective* aveva suscitato un senso d'irritata ammirazione, aveva impedito all'ex professore di tradire il suo benefattore.

Gli occhi di Beale sorvolarono sui banchi, osservando ogni particolare. Alcuni uomini erano evidentemente occupati in qualche esame e i loro occhi non lasciavano la lente del microscopio. Altri guardavano nei loro piattini di porcellana, di cui rimestavano il contenuto con cannucce di vetro, mettendone a volte un poco su un minuscolo vetro per esaminarlo attentamente al microscopio.

Beale sentiva un disgustoso odore di putrefazione, un indescrivibile odore di terra misto a qualche cosa che sembrava bruciasse la delicata membrana delle narici. Si mise il fazzoletto sotto al naso e sulla bocca, prima di respirare ancora. Dal suo posto di osservazione si scorgeva solo una parte della stanza. Non riusciva a vedere ciò che era immediatamente sotto alla parete di casse e poteva solo immaginarlo. Ma vedeva abbastanza per comprendere che questa era l'officina principale in cui van Heerden stava distillando il veleno con cui progettava la morte di tutta l'umanità.

Qualche operaio riempiva col contenuto dei piattini alcune provette e le sigillava. Questi tubi erano estremamente delicati e Beale ne vide almeno tre spezzarsi fra le mani di coloro che li maneggiavano.

Su ogni banco c'erano un centinaio di questi tubetti, e un becco a gas per scaldare la cera che serviva a sigillarli. Il lavoro procedeva metodicamente, con poche parole scambiate fra le persone mascherate (vide che le maschere coprivano completamente le teste, in modo che non si vedevano i capelli) e solo ogni tanto uno dei chimici lasciava la sua sedia e spariva in una porta che era all'estremità della stanza e che conduceva evidentemente a una cantina.

Le esalazioni contro le quali si proteggevano non dovevano essere violente, perché parecchi si toglievano la maschera appena si allontanavano un poco dal banco.

Notò che le cassettine dietro cui s'era nascosto venivano riempite coi tubetti sigillati, e osservò la cura con cui erano poi collocati in mezzo a strati d'ovatta. Stava per prendere una cassettina per osservarla meglio quando udì sotto di sé una voce tremante.

– Cosa fate qui?

Ai piedi della scala a pioli c'era un operaio che aveva girato senza rumore l'angolo della barriera ed ora, grottesco e minaccioso, fissava l'intruso, minacciando con la nera canna della sua Browning il cuore del *detective*.

– Non spari, colonnello – disse Beale dolcemente – scendo subito.

25. Il ritardatario

Dopo tutto, meglio così. Van Heerden vedeva quasi la mano della Provvidenza in questa caduta del nemico in suo potere. Bisognava aggiustare i conti con Beale, il falso ubriacone che lo aveva così bene ingannato dal principio.

Si recò nel suo laboratorio attraversando la stanza adibita a *buffet* per i suoi impiegati. Quando chiuse la porta di ferro, vide Milsom accanto al rozzo banco di legno che serviva da bar e da tavola per i chimici.

– Che piacere inaspettato... – cominciò Milsom; ma ad un tratto, leggendo sul volto dell'altro: – Che cos'è successo? Qualcosa di male?

– Se il fatto di avere sotto questo tetto il più abile agente della polizia americana è un male, vi dirò di sì. – E si versò da bere.

– Qui... nel laboratorio? – e gli occhi di Milsom ebbero un lampo di paura. – Che vuol dire?

– Ora vi racconto – e gli narrò la storia che aveva saputo da Hilda Glaum.

– È nel vecchio passaggio, eh? – fece Milsom cogitabondo – beh... non vi è ragione che ne esca... vivo.

– Infatti.

– È stato seguito... c'era nessuno fuori?

– Non abbiamo nulla da temere da quella parte. Lavora per conto proprio.

Milsom emise un suono gutturale.

– Come facciamo?

– Gas – rispose van Heerden laconicamente. – Altrimenti... senza dubbio è armato.

Milsom riprese.

– Aspettiamo che gli uomini siano andati via. Li faccio uscire alle tre, pochi per volta; ci vuol mezz'ora perché vadano via tutti. Può aspettare. Sta bene dov'è. Perché Hilda non mi ha detto nulla? Non l'ho neanche vista.

– È uscita direttamente dal vecchio passaggio... Probabilmente non si fidava di voi.

Milsom torse la bocca a un sorriso. Sebbene lui sorvegliasse i lavori e possedesse metà dei segreti del dottore, sospettava che questi non si fidasse di lui molto più di quanto non facesse la ragazza.

– Aspetteremo – riprese – non c'è fretta; e poi, voglio parlare con lei del vecchio Heyler.

– Di Heyler? Credevo che ve ne foste liberato... – disse van Heerden sorpreso. – È un vecchio imbecille da cui Beale ha cercato di sapere... Ha avuto due colloqui con lui. Vi avevo detto di mandarlo alla Casa del Diavolo. Bridgers se ne sarebbe occupato.

– Bridgers non può occuparsi di nulla.

Gli occhi di Milsom percorsero i banchi e si fermarono su un uomo all'estremità della stanza.

– Stasera è tranquillo – disse – ma secondo me ne ha presa troppa. Stasera, poco prima del mio arrivo, ha puntato la rivoltella contro Schultze.

Van Heerden fece un gesto d'impazienza.

– Quanto al vecchio Heyler – proseguì Milsom – so che lei lo ritiene pericoloso, perciò ho preferito tenerlo qui. Vi è una camera dove può dormire e la sera può fare tutto il moto che vuole. Ma è inquieto... mi ha chiesto qual è lo scopo del suo lavoro.

– È difficile tenerlo. Per due volte mi ha quasi tradito. Come vi ho detto in automobile, gli diedi da fare alcuni esperimenti; mi portò il risultato... il campione che cadde fra le mani di Beale.

– Senza dubbio, Beale è un pericolo – mormorò Milsom, pensieroso.

Van Heerden fece un movimento verso il laboratorio, ma la mano di Milsom lo trattenne.

– Un minuto, van Heerden; dal momento che è qui, è meglio che mi dica la sua decisione. Quando cominciano a smontare? Devo trovare il pretesto per licenziare il personale.

Van Heerden rifletté.

– Fra due giorni – disse poi – così avrete il tempo di fare piazza pulita. Potete mandare gli uomini... mandateli in Scozia, in qualche luogo fuori mano dove le notizie non giungono. Dite loro che dobbiamo aprire un nuovo laboratorio; frattanto staranno ad aspettare nell'albergo locale.

Milsom chinò la testa.

– Non è difficile. Mi occuperò di loro fino al momento di agire. Poi mi imbarcherò a Greenock.

– Mi mancherete, Milsom – disse il dottore francamente. – Mi eravate necessario. Siete la forza attiva di cui avevo bisogno; il solo uomo della mia classe e del mio calibro nel quale io potessi aver la fortuna di imbattermi, capace di occuparsi insieme con me di questo affare.

Erano sulla soglia dell'ampio sotterraneo e van Heerden si fermò a guardare con una certa compiacenza quella scena di spirituale attività.

– Vi è un miliardo in via di creazione – mormorò.

– Non sono mai stato capace di pensare a un numero con più di sei cifre – fece Milson – ed è soltanto adesso van Heerden, che, sotto la sua influenza, riesco a concepirne uno di sette. Me ne andrò a vivere in Argentina. Una casa su una collina... un bel palazzo, con un laboratorio nel quale potrò soddisfare la mia passione per le ricerche, una bella automobile...

Van Heerden lo guardò curiosamente.

– Questo vi basta? Io invece aspiro al controllo delle finanze mondiali. Progetti senza fine; lotte senza fine, ferrovie, transatlantici, grandi industrie sconvolte e rimesse in ordine... questa è la vita che penso di condurre.

– Bella! – rispose l'altro laconicamente.

Si avvicinarono a un banco: un chimico alzò la testa e si tolse la maschera. Era vecchio e sorrise a van Heerden con la bocca sdentata.

– Buona sera, dottore – disse in italiano. – La scienza è lunga e la vita è breve.

Ridacchiò e rimettendosi la maschera tornò ad occuparsi del suo lavoro, senza più badare ai due, come se non esistessero neppure.

– Un po' pazzo, il vecchio Castelli – esclamò Milsom.
– Sì, dopo che ha perduto la moglie e due figlie nel terremoto di Messina. Ma costa poco. Ed è un ottimo elemento.

Passarono da un banco all'altro, ma gli occhi di van Heerden correvano sempre alla porta, dietro alla quale si figurava Stanford Beale in gabbia in attesa della sua condanna. Gli uomini cominciavano ad andar via. Ad uno ad uno coprirono i loro strumenti e i piattini, si tolsero le maschere e i camici e scomparvero attraverso la porta su cui gli occhi di van Heerden si fissavano così spesso. Ma la loro uscita non era accanto alla prigione di Beale: dopo pochi passi nel corridoio si voltava per un altro passaggio che conduceva al cortile, e da questa parte Hilda era uscita per accorrere in casa del dottore.

Erano andati tutti via, meno uno, il quale continuava immobile a fissare il preparato sotto alla lente del microscopio.

– È il nostro amico Bridgers – disse Milsom – il quale è tutto ringalluzzito dall'alcaloide dell'*erythroxylon coca*... Ebbene, Bridgers, non avete ancora finito?

– Huh! – grugnì l'uomo senza voltarsi.

Milsom scosse le spalle.

– Dobbiamo lasciargli finire ciò che sta facendo. In questi momenti non si accorge della presenza di nessuno. A proposto, la morte del nostro caro nemico – e accennò con la testa alla porta del passaggio – non muterà i suoi progetti, dottore?

– E come?

– Non desidera sposare la vedova?

– Neanche per sogno.

– E poi, non è ancora vedova.

Non era Milsom che aveva parlato, ma l'uomo curvo sul microscopio, l'attivo operaio che non si era mosso.

– Risparmiatevi i vostri commenti – brontolò van Heerden irritato – finite il vostro lavoro e andatevene.

– Ho finito.

L'uomo si alzò lentamente e sciogliendo i cordoni della maschera se la tolse.

– Mi chiamo Beale – disse con calma. – Credo che ci siamo già conosciuti. Non si muova Milsom, se vuol risparmiare le spese dei funerali; sono un ottimo tiratore quando sono di cattivo umore.

Stanford respinse il microscopio e sedette sull'estremità del banco.

– Loro mi hanno chiamato Bridgers – proseguì – ma troveremo Bridgers in una stanza dietro a quella barricata di cassette. Mi ha sorpreso mentre spiavo e stava per spararmi addosso, ma l'ho convinto a seguirmi nel mio ufficio privato, se posso chiamarlo così. Il resto è stato facile. Prende la cocaina, vero? Non aveva più forza di un topo. Del resto, parliamo d'altro. Dottor van Heerden, che cosa può dire se io l'arresto come capo di una banda di cospiratori?

Van Heerden sorrise sprezzante.

– Posso dire molte cose. Prima di tutto, lei non ha autorità per arrestare nessuno. Non è funzionario della polizia, ma semplicemente un dilettante americano.

– Americano sì, ma dilettante no – rispose Beale gentilmente. – Quanto all'autorità, io prima la arresterò e poi otterrò l'autorizzazione.

– Sotto quale accusa? – chiese Milsom. – In questo luogo non vi è nulla di segreto, eccetto il fatto che il dottor van Heerden appartiene a questa società. Un professionista non dovrebbe essere immischiato in affari commerciali. Ma non è un delitto dirigere un laboratorio... – Guardò van Heerden.

– Un laboratorio germicida – disse questi prontamente.

– Credete che io non conosca cosa si fabbrica in questo laboratorio?

– Vada a raccontare questa storia alla polizia e vedremo quali provvedimenti prenderà – disse con tono di scherno van Heerden. – Caro signor Beale, le ho già detto un'altra volta che lei ha letto troppi romanzi polizieschi.

– Può darsi; ma ad ogni modo la storia che mi interessa adesso si intitola "Il pericolo verde" e io la prego di fornirmi le poche pagine che mi mancano.

Il dottore si stava accendendo una sigaretta e guardava l'altro, alla luce del fiammifero, con un lampo di disprezzo negli occhi.

– Queste fantasie romantiche mi esaspererebbero, se non fosse per la sua evidente sincerità. Dopo avermi rubato la fidanzata, lei desidera rubarmi anche la reputazione – aggiunse beffardo.

– Questo – e Beale scivolò giù dal banco e si collocò dinanzi a van Heerden con le mani sui fianchi – sarà presto fatto. Vi dico, van Heerden, che sono bene informato dei vostri trucchi. Metterò questo laboratorio nelle mani della polizia e vi farò venire i più grandi scienziati d'Inghilterra, d'America e di Francia per provare l'accusa che formulo contro di voi in forza di questo.

E sollevò fra il pollice e l'indice un tubetto di cristallo, pieno fino al sigillo di qualche cosa che sembrava segatura verde.

– Il mondo saprà che inferno gli stavate preparando. – La voce di Stanford Beale tremava di passione e il suo volto si oscurò al pensiero di un delitto così mostruoso che perfino il trattamento inflitto a colei che per lui contava più di tutto al mondo, passò in seconda linea.

– Voi dite che la polizia e anche il governo di questo paese lasceranno cadere la mia accusa perché è troppo fantastica per esser creduta. Vi dò la soddisfazione di sapere che avete ragione. Credono che io sia pazzo; ma li convincerò. In questo tubetto è la distruzione dei vostri sogni più belli, van Heerden. Per realizzarli, avete ucciso due uomini: John Millinborn e il disgraziato Prédeaux. Ma non ne ucci...

– *Bang*!

L'esplosione rimbombò come lo scoppio di un tuono nello spazio ristretto del sotterraneo. Beale sentì il fischio del proiettile e si voltò con la pistola in alto.

26. Ruggine Verde

Accanto alle cassettine c'era la figura di un uomo con gli abiti in disordine e una rivoltella in mano: Bridgers, l'uomo che lui aveva lasciato legato nella stanza del pronto soccorso. Beale maledisse la stupidaggine di avergli lasciato accanto la rivoltella.

– Voglio colpirvi... bruto! – urlava Bridgers – scostatevi... ah!

La mano di Beale si alzò, una lingua di fiamma brillò e la volta tremò ancora una volta per l'assordante denotazione.

Ma Bridgers aveva rinunciato a ripararsi. Sparò ancora e questa volta con un risultato inatteso. Il proiettile andò a colpire il trasformatore alla parete di fronte e tutte le lampade si spensero.

Beale teneva ancora in mano il tubetto di vetro e Milsom lo aveva veduto. Rapido come il pensiero, si gettò sul *detective*; la sua grossa mano afferrò il polso del giovane e lo torse.

Beale strinse i denti e cercò di liberarsi; ma era in cattiva posizione, stretto contro l'estremità del banco. Sentì le dita di van Heerden che gli uncinavano la mano e il tubetto gli fu strappato.

Qualcuno gli strappò la rivoltella dall'altra mano e subito dopo si udì uno scalpiccio. Lui riuscì a muoversi nell'oscurità e corse verso la pila di cassette. Un proiettile gli fischiò vicino, invato da Bridgers mezzo pazzo, ma non vi badò. Udì una porta che si apriva e precipitò ciecamente in quella direzione. La trovò. Aveva visto che gli altri uomini erano usciti di là: trovò i gradini e un minuto dopo era in strada.

Non si scorgeva traccia dei due uomini. Dopo aver camminato mezzo chilometro trovò un agente ma questi non poteva lasciare il suo posto e gli consigliò di andare al più vicino posto di polizia. Qui trovò un telefono e all'altra estremità del filo il sovrintendente McNorton, il cui nome bastò per galvanizzare l'attività dell'ufficio.

– Ho trovato il laboratorio che cercavo, signor McNorton – disse Beale. – Le spiegherò tutto domani mattina. Ma ora ho bisogno che si faccia una perquisizione nei locali.

– Non si può senza un mandato del magistrato – rispose McNorton. – Ma possiamo mettere qualche agente di guardia ai locali, finché non abbiamo avuto il mandato. Faccia venire al telefono il sergente del posto... A proposito, come sta miss Cresswell?

– Molto meglio – replicò brevemente il giovane.

Era incredibile come il cuore gli doleva solo a sentir pronunciare quel nome.

Guidò il sergente, accompagnato da quattro uomini, al laboratorio. Trovarono tutte le porte chiuse. Beale scalò il muro ma non riuscì ad entrare. Ritrovò il sergente dall'altra parte del muro e gli chiese come si chiamasse quella strada.

– Playbury Street; quando ero ragazzo queste erano le cantine di Henderson.

Beale prese nota dell'indirizzo e avendo trovato un taxi si fece ricondurre al posto di polizia, dove giunse stanco e disfatto.

Arrivò in tempo per presenziare a una scena curiosa. In mezzo alla stanza e di fronte alla scrivania del sergente era un uomo di mezz'età, vestito miseramente ma con l'aspetto di uno che ha conosciuto giorni migliori. I capelli grigi erano spazzolati con cura e gli davano un'apparenza rispettabile che gli occhi chiari e le labbra sottili (curve a un sorriso divertito) diminuivano alquanto.

Accanto a lui stava l'agente che lo aveva catturato, un uomo apatico e annoiato.

– Pare – stava dicendo il prigioniero quando Beale entrò senza far rumore – che con questo orribile sistema di spionaggio poliziesco, un povero diavolo non possa neanche fare una passeggiata la mattina col fresco.

– Sta' a sentire, "Reverendo" – il sergente gli parlava con quel tono amichevole che gli agenti usano coi delinquenti abituali – sai benissimo che c'è contro di te una vecchia sentenza in virtù della quale, come vigilato, non puoi andare in giro di notte; e se lo fai, non devi protestare quando ti pizzicano... Gli avete trovato addosso qualche cosa, Smith?

– No, sergente.

– E dove vivi adesso, "Reverendo"?

L'uomo si frugò nelle tasche con buffa espressione.

– Ho lasciato a casa il portafogli – disse gravemente – quindi non ho biglietti da visita. Ma in questo momento vivo sotto la protezione della legge. Fra quattro giorni sarò sull'oceano... vero, signor Beale?

Beale sorrise.

– Buon giorno, "Reverendo"... Credevo che foste partito oggi.

– Le cabine di prima classe erano tutte occupate; e non voglio viaggiare insieme alla marmaglia.

Si volse verso il sergente che lo ascoltava stupito.

– Posso andare? Il signor Beale garantirà per me.

Uscendo, fece cenno al *detective*; quando furono insieme in strada, Beale trovò che tutta la baldanza del "Reverendo" era scomparsa.

– Sono veramente dolente di averla messa in tanti impicci – disse serio. – Avrei dovuto, in realtà, essere privato dei privilegi sacerdotali; ma fui condannato la prima volta sotto falso nome. In quell'epoca non facevo servizio in nessuna chiesa e la mia identità non fu scoperta. Del resto, questo non le interessa... Ho voluto soltanto vederla per... sì, per chiederle perdono di aver taciuto la mia vera qualità!

– È stata colpa mia, Homo – rispose Beale calmo, e gli tese la mano. – Buona fortuna... Potrete rifarvi la vita in un nuovo paese.

Rimase immobile finché lo ebbe perso di vista, quindi s'avviò con passo stanco verso casa sua. Entrò nella sua camera, si gettò sul letto vestito, e si addormentò di un sonno agitato. Fu svegliato dallo squillare del telefono. Era McNorton.

– Venga subito a Scotland Yard per parlare col direttore generale – disse la voce dall'altra estremità del filo. – È ansioso di aver particolari su questo laboratorio. Dice che lei gli ha già parlato di questa macchinazione.

– Vengo, fra mezz'ora sarò lì.

Fece un bagno, si cambiò d'abito e uscì senza far colazione, perché la donna che gli teneva in ordine l'appartamento e che probabilmente credeva che la sua assenza sarebbe stata più lunga, non era ancora venuta. In breve un'automobile di piazza lo deponeva dinanzi al grigio e tetro edificio sul Thames Embankment.

Qui era atteso dall'assistente-commissario O'Donnel, un veterano coi capelli bianchi; nell'ufficio c'era anche McNorton.

– Ha l'aria stanca – disse il commissario – si sieda. Ha fatto colazione?

Beale scrollò la testa sorridendo.

– Gli faccia portare qualche cosa, McNorton; suoni quel campanello. Inutile protestare mio caro; anche io ho passato delle notti come queste e so che il rifornimento della macchina è più necessario del sonno.

Diede un ordine a un agente e finché Beale non ebbe terminato, in un quarto d'ora, un pasto sostanzioso, non gli permise di parlare.

– Ora, racconti.

– Comincerò dal principio – disse Stanford Beale. – Ero membro del Servizio Segreto degli Stati Uniti, dopo la guerra, quando, a richiesta del signor Kitson, che lei conosce, venni in Europa per dedicare il mio tempo alla sorveglianza di miss Cresswell e del dottor van Heerden.

Prese dal portafogli un ritaglio di giornale e lo posò sul tavolo.

– È un pezzo dell'*Imparcial*, un giornale spagnolo; glielo tradurrò.

Grazie alla previdenza e al genio eminente del dottor Alonso Romanos, Capo dell'Ufficio Sanitario di Vigo, una deplorevole catastrofe è stata evitata agli agricoltori di quella regione. Lunedì scorso, il señor Marin Fernandez, di La Linea, scoprì che il grano di uno dei suoi campi era morto durante la notte e presentava strane tracce di putrefazione. Spaventato, notificò la cosa al Capo dell'Ufficio Sanitario di Vigo e il dottor Romanos, con quello zelo e quell'alacrità che lo distinguono, si recò immediatamente sul posto, accompagnato da uno scienziato straniero. Fortunatamente, il nostro dottor Romanos è un batteriologo di prim'ordine. Un esame del grano, che già emetteva un odore nauseabondo, rivelò la presenza di una nuova malattia, la Ruggine Verde. Per ordine del sanitario, il campo venne incendiato. Per buona sorte, il campo era piccolo e isolato dalle altre proprietà del señor Fernandez a mezzo di larghe zanzas. *Ad eccezione di due piccoli campioni del grano infetto, portati via dal dottor Romanos e dal suo collega, il cereale fu completamente incenerito.*

– Lo scienziato straniero – proseguì Beale – era van Heerden. Il fatto avveniva nel 1915, mentre il dottore si godeva le vacanze estive, e non mi fu difficile rintracciarlo. Mandai a Vigo uno dei miei agenti, il quale intervistò il dottor Romanos, che ricordava perfettamente l'accaduto. Lui pure aveva pensato che fosse meglio distruggere il germe, dopo avere accuratamente preso nota delle sue caratteristiche; ed espresse la speranza che il suo collega avesse fatto altrettanto. Invece van Heerden non ne fece nulla. Coltivò assiduamente i germi nel suo laboratorio. Come ho saputo dal professor Heyler, un vecchio tedesco al servizio di van Heerden e che sembra una persona abbastanza onesta, il dottore aveva quasi perduto la sua coltura; e fu soltanto mandandone piccolissime quantità a diversi studiosi della materia e sperimentando la coltivazione del germe in diverse circostanze, che ha trovato quelle nelle quali si sviluppa meglio. Credo che sia una farina di segale fermentata, ma non ne sono sicuro.

– E quale crede che fosse lo scopo di van Heerden?

– Questo è il nòcciolo della faccenda. Nel corso delle mie inchieste e ricerche trovai che stava raccogliendo con molta cura i dati concernenti i più grandi campi di grano del mondo. Dal modo nel quale queste sue ricerche erano fatte mi formai la convinzione che lui intendesse – come intende – di mandare un esercito di suoi agenti in tutto il mondo, i quali, a un suo cenno, spargerebbero i germi sul grano in crescita.

– Ma immagino che pochi germi gettati su un vasto campo come quelli che avete in America non potrebbero produrre che un danno locale.

Beale scrollò il capo.

– Signor O'Donnel – disse con grande serietà – se io spezzo un tubetto di quella sostanza nell'angolo di un campo di 10.000 jugeri, tutto il campo sarà putrefatto in ventiquattro ore! Essa si diffonde con un rapidità sorprendente. Un germe si moltiplica, in un campo di grano, un bilione di volte in ventiquattro ore. In una settimana, venti agenti di van Heerden potrebbero distruggere tutta la produzione degli Stati Uniti.

– Ma perché dovrebbe far questo?

– Vi è in questa faccenda un guadagno di molti milioni – replicò Beale più gravemente – per ora non posso dirle altro. Ma questo posso affermare: che, fino a ieri, van Heerden agiva senza l'aiuto del suo Governo; ora invece vi è un grande sindacato che lo finanzia, e il principale azionista è il Governo tedesco. Il dottore ha già speso parecchie migliaia di sterline: denaro preso in prestito e denaro rubato. Ha perfino rapito l'erede di John Millinborn, al solo scopo di assicurarsi il suo denaro costringendola a sposarlo.

Il commissario masticava la punta del suo sigaro.

– Questo è un affare di Stato, sul quale devo consultare il Ministero. Lei mi dice che il Ministero degli Esteri crede alla sua storia... Senza dubbio, vi credo anch'io – aggiunse in fretta – benché sembri molto romanzesca. Mi aspetti qui.

Prese il cappello e uscì.

– Non sarà facile provare la colpevolezza di van Heerden – disse il sovrintendente dopo che il suo superiore fu uscito. – Nei tribunali inglesi bisogna produrre le prove dinanzi a una giuria; e qui pare che non vi sia alcun motivo, fuorché la vendetta. E una giuria stenterà a convincersi che un uomo spenda delle migliaia di sterline soltanto per vendicare un torto fatto al suo paese.

Beale non seppe che cosa rispondere. In fondo in fondo, aveva una pallida idea del valore finanziario del progetto; ma gli occorrevano ben altre prove.

Il commissario tornò poco dopo.

– Ho telefonato al Sottosegretario; siamo d'accordo di agire contro van Heerden, in base alle prove che ci fornirà il laboratorio. Incarico lei dell'esecuzione, McNorton. Ha già il mandato? Bene!

Strinse la mano a Beale.

– Tutta l'Europa conoscerà il suo nome, signor Beale.

– Mi auguro che l'Europa non debba parlare di questa faccenda – mormorò il giovane.

Tornarono nell'ufficio di McNorton.

– Vengo subito – disse questi. Stava per prendere il cappello dall'attaccapanni, quando vide sulla sua scrivania una busta chiusa.

– Della stazione di polizia... Da quanto tempo l'hanno portata? – chiese al suo cancelliere.

– Non lo so, signor McNorton: quando sono arrivato, c'era già.
– Hum... può darsi che mi sia sfuggita. Forse vi saranno notizie del laboratorio.
L'aprì, ne scorse rapidamente il contenuto e lasciò sfuggire una bestemmia.
– Le prove sono andate in fumo, Beale!
– Come?
– Il laboratorio si è incendiato stamattina all'alba. Il fuoco è cominciato nel vecchio sotterraneo e tutto l'edificio è crollato.
Il *detective* rimase muto un istante. Poi disse:
– Non possiamo arrestare van Heerden in base alla deposizione del professor Heyler?
Per tutta risposta, McNorton gli tese la lettera. Diceva:

Dall'Ispettore di servizio a Paddington, al sovrintendente McNorton.
Officina in Playbury Street, sotto S.P. (Sorveglianza Polizia) completamente distrutta dal fuoco che si è sviluppato dalle fondamenta stamane alle 5.20. Trovato un cadavere; pare si tratti di certo Heyler.

27. Un complotto senza precedenti

Il lunedì mattina rappresenta la fine della vacanza domenicale; si potrebbe dire la base della nuova collina che culmina al sabato sera, e di cui la visione più piacevole è la prossima domenica.
Gli uomini vanno malvolentieri al loro lavoro e aspirano al sollievo dato loro dall'ora della colazione. L'una pomeridiana a Londra corrisponde alle sei pomeridiane a Chicago. Perciò il significato di certi cablogrammi che si erano ammucchiati sulle scrivanie di alcuni agenti non fu completamente evidente fino a tarda sera. E fu compreso solo il martedì mattina, quando altri cablogrammi portarono il listino della Borsa del Commercio di Chicago e i telegrammi della stampa annunciarono un sensazionale rialzo nei grani.
Rialzo nei grani era un titolo di prima pagina. *Scene di panico in Borsa* diceva un altro. *Il grano raggiunge i prezzi delle epoche di carestia* si leggeva su un terzo.
Beale udì, attraversando Whitehall, le grida degli strilloni e colse a volo la parola "grano". Strappò un giornale dalle mani del ragazzo e lesse.
Tutti i mercati di grano dell'emisfero settentrionale erano in tumulto. I prezzi salivano vertiginosamente a cifre che non si erano viste neppure nei giorni più critici della guerra.
Si precipitò in una cabina telefonica e chiamò il numero di McNorton.
– Ha letto i giornali? – gli chiese.
– No, ma ho sentito dire. A proposito dei prezzi del grano?
– Sì, la partita è cominciata.
– Dov'è lei adesso? Mi aspetti.
Tre minuti dopo, McNorton compariva all'estremità di Whitehall. Beale chiamò un taxi e i due si recarono insieme all'albergo.
– Sono stati spiccati mandati di cattura contro van Heerden, Milsom e la ragazza Glaum – disse il funzionario. – Immagino che troveremo il nido vuoto; ma ho sguinzagliato degli agenti a tutte le stazioni... Crede che ci siamo mossi troppo tardi?
Tutto dipende dal sistema che van Heerden ha adottato – rispose Beale. – È uno di quegli uomini che vogliono far tutto da soli. Se ha fatto così e lo acchiappiamo, possiamo evitare un disastro mondiale.
All'albergo trovarono Kitson che aspettava nell'atrio.
– Che succede? – chiese l'avvocato. – Se non m'inganno, van Heerden comincia a muoversi. Qui sembrano tutti impazziti – e frattanto si avviava verso l'ascensore.

– Ho parlato or ora col Sottosegretario all'Agricoltura: tutta l'Europa è spaventata. Che cos'è questa storia?

Erano giunti nel suo appartamento. Kitson ascoltò attentamente quanto Beale raccontava, senza mai interromperlo.

– È una cosa enorme – disse infine. – Vi chiedo scusa se mi sono tanto interessato di miss Cresswell: confesso che il suo destino è cosa da nulla di fronte a questa storia.

– Ma come andrà a finire? – chiese McNorton.

– Dio lo sa. Può voler dire anche il pane a una sterlina la libbra... è troppo presto per giudicare.

La porta si aprì senza che nessuno avesse bussato e un uomo irruppe nella stanza. McNorton fu il primo a riconoscerlo.

– Mi scusino se interrompo – disse in fretta lord Sevington, il Sottosegretario agli Esteri in persona. – Dunque, la storia fantastica che lei, Beale, mi ha raccontato, sembra sulla via di realizzarsi.

– L'avvocato Kitson – presentò Beale; e l'uomo di Stato si inchinò.

– L'avevo mandata a chiamare – riprese il Sottosegretario – ma non ho avuto la pazienza di aspettare e sono venuto io stesso. Ebbene, McNorton, che probabilità vi sono di catturare van Heerden?

– Nessuno è mai fuggito da questo paese, quando la sua identità è stata stabilita – rispose McNorton pieno di speranza.

– Se avessimo accettato i consigli di Beale, quell'uomo sarebbe sotto chiave da parecchi giorni – osservò lord Sevington scrollando la testa. – Lei sa, probabilmente – si rivolgeva ora a Kitson – che il signor Beale è stato per parecchio tempo in rapporti col Ministero degli Esteri?

– Non lo sapevo – ammise l'avvocato.

– Ma credevamo che si trattasse di una di quelle storie mirabolanti di cui i *reporter* dei giornali americani sono ghiotti – riprese sorridendo il Sottosegretario.

– Non capisco il lato commerciale di questa faccenda – commentò Kitson. – Quale utile può avere van Heerden dalla distruzione della produzione di tutto il mondo?

– Il suo utile non viene dalla distruzione di *tutta* la produzione, perché quella della Russia meridionale non dovrebbe esser toccata. Ma questa è tutta praticamente ipotecata dal Governo tedesco.

– Dal Governo?

– Stamattina il Governo tedesco ha pubblicato due manifesti. Il primo è la requisizione di tutti i magazzini di grano esistenti e l'abolizione di tutti i permessi di vendita del grano. Enormi granai sono stati stabiliti in tutta la Germania. I vecchi *hangar* degli Zeppelin...

– Dio mio! – esclamò Kitson guardando Beale. – Questa era la ragione per cui li ristrutturavano?

– Un'ottima ragione, come vede – replicò Beale. – In una crisi di questo genere, l'approvvigionamento è tutto. E il secondo manifesto?

– Proibisce l'esportazione del grano; tutta la Germania è messa a razione per un anno; il pane è fornito gratuitamente al popolo dallo Stato; in questo modo la Germania può venderci il sopravanzo.

– A che prezzo?

– A quello che vorrà. Se il progetto di van Heerden viene messo in esecuzione, se tutta la produzione del mondo è distrutta e solo quella che è nelle mani della Germania sarà salvata, quali prezzi pagheremo? Tutto il denaro che abbiamo avuto dalla Germania dopo la guerra, tutto, fino all'ultimo centesimo, tornerà a lei in cambio di grano.

– Impossibile!

– Perché impossibile? Non vi è un limite di prezzo, per le rarità. Ciò che è più raro dell'oro, costa più dell'oro. Voialtri qui riuniti, siete i soli al mondo che conoscano il segreto della Ruggine Verde. Perciò posso parlare francamente con voi. Vi dico che dovremo o comprare dalla Germania o farle la guerra; quest'ultima cosa è impossibile e se fosse possibile probabilmente non risolverebbe nulla. Dovremo pagare: Gran Bretagna, Francia, America, Italia... tutti dovremo pagare. Pagheremo in oro; e se non ne avremo abbastanza, pagheremo in navi o in altro materiale. I nostri depositi di grano sono quasi vuoti: ne abbiamo, in Inghilterra, forse per un mese. Ogni paese del mondo interromperà istantaneamente l'esportazione; anche loro, del resto, devono avere quasi esaurito le scorte. Ora mi dica, signor Beale: crede lei che sia possibile salvare le produzioni mediante un'azione locale?

Beale scrollò la testa.

– Ne dubito – disse. – Significherebbe la mobilitazione di milioni di uomini per circondare tutti i campi dove si coltiva il grano; e anche così, dubito che questa protezione sarebbe efficace. Vi sono centinaia di mezzi per mandare quella sostanza sui campi. La sola cosa possibile è acciuffare van Heerden e privare il complotto del suo capo.

Il Sottosegretario passeggiava su e giù per la stanza, con le mani in tasca e la testa china.

– Significa dover resistere per dodici mesi. Siamo in grado di farlo?

– Significa molto di più – replicò Beale con calma. – Probabilmente, vuol dire il mondo senza grano per tutta una generazione. Ho consultato le migliori autorità; e tutti sono d'accordo nel dire che il suolo rimarrebbe infetto e improduttivo per dieci anni.

I quattro uomini si guardarono sconfortati.

– Sarebbe il crollo di tutto l'edificio sociale e industriale del mondo, – esclamò impressionato lord Sevington. – L'America sarebbe rovinata per un secolo; vi sarebbero milioni di morti... La fine della civiltà.

I quattro uomini ammutolirono. Dalla strada giungeva il vocio degli strilloni; uomini e donne compravano i giornali, senza scorgere altro nei grossi titoli spaventosi che una notizia sensazionale.

– È incredibile – fece Kitson. – Ho la stessa sensazione che ebbi il 1° agosto del 1914... la sensazione di un brutto sogno.

La sua voce sembrò ridestare il Sottosegretario dalla meditazione in cui era piombato. Volgendosi al giovane agente disse:

– Beale, lei ha autorità illimitata per agire. Lei, McNorton, torni a Scotland Yard e preghi il direttore generale di occuparsi dell'ufficio delle Informazioni Segrete. Il signor Beale rimarrà in contatto con me.

Uscì senza perder tempo in cerimonie, seguito da McNorton.

– Un brutto affare anche per lui – disse sagacemente Kitson alludendo all'uomo di Stato. – Si potrebbe avere la caduta del Ministero, per questa faccenda. Ora lei che intende fare?

– Acciuffare van Heerden – rispose Beale.

– È lo scopo della sua vita – replicò Kitson con calma; e Beale comprese che il vecchio avvocato non esagerava.

Van Heerden era scomparso con drammatica subitaneità. Gli agenti che visitarono il suo appartamento constatarono che i suoi effetti personali erano stati portati via nelle prime ore della mattina. Era partito con due valigie che furono poi ritrovate nel guardaroba di una stazione di Londra, e con un compagno nel quale venne identificato Milsom. Nessuno sapeva se l'automobile fosse andata a nord, a sud, a est o a ovest.

Nelle prime edizioni dei giornali della sera, accanto al resoconto delle scene di panico a Chicago, c'era questa notizia:

Il Ministro dell'Aviazione annuncia la sospensione dell'ordine 63 riguardante i voli transoceanici. A nessun aeroplano sarà permesso di volare al di sopra della linea costiera, di giorno o di notte, senza prima scendere alla stazione di controllo della costa. Pattuglie aeree hanno l'ordine di costringere qualunque macchina si rifiuti di obbedire al segnale "Scendete". Questo segnale è visibile in tutte le stazioni costiere.

Tutte le stazioni d'Inghilterra, tutti i porti d'imbarco erano sorvegliati dalla polizia. In ogni distretto furono distribuite, a mezzo di aerei, migliaia di copie dell'unica fotografia esistente di van Heerden: un'ottima istantanea presa da uno degli agenti di Beale. Alle due Hilda Glaum fu arrestata e trasportata a Bow Street. Lei non mostrò né sorpresa né risentimento e non fornì nessuna informazione sul rifugio di van Heerden.

Durante il pomeriggio vi furono i soliti arresti e successivi rilasci di persone perfettamente innocenti; alle cinque fu annunciato che ogni comunicazione telegrafica col continente e con l'emisfero occidentale era sospesa, fino a nuovo ordine.

Beale tornò da Barking, dove si era recato a intervistare un collerico viaggiatore di commercio che aveva una certa somiglianza con van Heerden ed era stato perciò arrestato, e trovò che nell'appartamento di Kitson aveva luogo una specie di consiglio di guerra.

McNorton e due suoi assistenti erano presenti. V'erano inoltre un segretario del Ministero degli Esteri, scienziato di grande valore, e un uomo nel quale Beale riconobbe un membro del Comitato della Borsa dei Cereali. Rispose scuotendo il capo allo sguardo interrogativo di McNorton e stava per prender posto al tavolo, quando Kitson, che al suo ingresso si era alzato, gli fece cenno di seguirlo nel vano della finestra.

– Possiamo fare a meno di lei ancora per un poco, Beale – disse abbassando la voce. – Di là vi è qualcuno – e accennò col capo alla porta che conduceva in un'altra stanza – che desidera una spiegazione; e poiché credo che nei prossimi giorni lei sarà terribilmente occupato, credo che farà meglio ad approfittare di questo breve tempo di cui può ancora disporre.

– Miss Cresswell – fece Beale con improvvisa disperazione.

Il vechio annuì lentamente.

– Che cosa sa?

– Tocca a lei scoprirlo.

E lo spinse cortesemente verso la porta.

Beale girò la maniglia col batticuore e avanzò con l'aria di un colpevole verso la giovane che dinanzi alla legge era sua moglie.

28. Milsom

Lei si alzò per andare incontro a Beale, che s'era fermato muto e immobile sulla soglia. Gli sembrò che la giovane avesse acquistato una nuova leggiadria, una grazia eterea e delicata. Pensando ai suoi diritti legali sulla creatura che lo salutava sorridendo, il cuore gli batté così forte che temette che lei potesse udirlo. Oliva era pallida e i suoi occhi erano circondati da un alone scuro; ma la mano che strinse la sua era ferma, calda e vivente.

– Devo ringraziarla molto, signor Beale – furono le prime parole. – L'avvocato Kitson mi ha detto che devo a lei la mia salvezza.

– Ah sì? – rispose imbarazzato, mentre si chiedeva se Kitson le aveva detto altro.

Oliva tornò alla poltrona da cui si era alzata e, adagiandosi, ne indicò un'altra a Beale.

– Una storia molto melodrammatica, vero? Ma credo che la vita di un *detective* dev'essere piena di drammi e di tragedie.

– Ma sì, più o meno... Se sta buona ad ascoltarmi, le farò un riassunto dei casi più interessanti che mi sono occorsi...

Cercava di essere disinvolto, ma la ragazza si accorse che non era completamente sincero.

– Oggi è una giornata campale – disse con subitanea simpatia. – Ha arrestato il dottor van Heerden?

– Non ancora.

– Mi fa piacere.

– Piacere?

– Sì. Prima che sia arrestato – Oliva parlava con una certa esitazione – desidero che mi sia spiegata una cosa. Ne ho chiesto a Kitson, ma ha eluso la mia domanda, dicendomi che da lei avrei saputo tutto.

– Di che si tratta?

La giovane si alzò e andò a prendere la sua borsetta sulla tavola; la aprì e ne trasse qualcosa che tenne sul palmo della mano. Tornò verso Beale il quale guardava ammutolito l'oggetto scintillante.

– Ha visto?

Beale non riuscì ad articolar verbo: l'oggetto era un sottile cerchietto d'oro.

– È un anello nuziale – proseguì Oliva – me lo sono trovato al dito quando sono tornata in me.

– Ah! – fece Beale distrattamente.

– Sono sposata?

Lui fece due o tre tentativi per parlare, ma non vi riuscì; quindi si limitò ad annuire.

– È quel che temevo. Come vede, non ricordo nulla di ciò che è avvenuto. L'ultima cosa che ricordo è van Heerden seduto accanto a me, con un siringa in mano. Un piccolo dolore al braccio; ricordo ancora di avergli parlato, forse di lei, Beale – il suo volto si colorì un poco – o forse fu lui a parlarmene; non sono sicura di questo, poi non so altro.

– Nient'altro? – chiese il giovane angosciato.

– Nient'altro.

– Cerchi, cerchi di ricordare – la supplicò!

Sentiva di essere vigliacco, poiché desiderava lasciare a lei stessa la responsabilità della rivelazione. Oliva sorrise scrollando la testa.

– Mi dispiace; ma non riesco a ricordare altro. Ora lei mi dirà.

Seduto sull'orlo della sedia, Beale era più nervoso e agitato di quanto non fosse mai stato nella sua vita.

– Sicuro; le dirò... – La sua voce era rauca. – Le dirò... Ma è piuttosto difficile.

– So che per un uomo come lei è difficile parlare delle proprie imprese. Ma, per una volta tanto, lascerà da parte la modestia. – E rise.

– Ecco – cominciò Beale – io sapevo che van Heerden voleva sposarla. L'ho sempre saputo. E sapevo anche che la vera ragione per cui desiderava questo matrimonio era di impadronirsi della sua dote. Intendo – aggiunse in fretta – che, date le circostanze, il denaro era ciò che lo interessava di più.

– Non è molto lusinghiero – notò Oliva sorridendo.

– Capisco che sono brutale; ma lei mi perdonerà quando saprà ciò che le devo dire. Dunque, van Heerden voleva sposarla...

– E mi sposò – terminò la giovane. – E ora io devo fare in modo di spezzare questo legame il più presto possibile.

– È giusto – affermò Beale con voce rauca – e, malgrado le difficoltà, io farò tutto quanto è in mio potere. Mi creda, miss Cresswell...

– Non sono più miss Cresswell – osservò la giovane con aria desolata – ma le sarò grata se non mi chiamerà col mio vero nome.

– Obbedirò – rispose Beale con fervore.
– Lei, dunque, sapendo che quell'uomo voleva sposarmi per il mio denaro, e non per la mia bellezza o per le mie qualità, mi seguì alla Casa del Diacono.
– Sì, ma devo spiegarle. So che le sembrerà tremendo e che avrà un'orribile opinione di me, ma devo dirle tutto.
Vide lo spavento negli occhi di lei e si ingolfò nel racconto.
– Ho pensato che qualora lei fosse stata già sposata, van Heerden non avrebbe più fatto niente contro di lei.
– Infatti; ma poiché non lo ero...
– Aspetti, aspetti, la prego... – scongiurò Beale. – Pensi che io ero convinto che van Heerden voleva sposarla solo per il denaro; e che se lei fosse stata già sposata, o per lo meno se van Heerden avesse creduto che lei lo fosse, avrei potuto salvarla da pericoli di cui non conosco neppure l'estensione. Vi era un delinquente chiamato Homo; un ex-ecclesiastico che aveva conservato l'aspetto e i modi della sua professione. Perciò mi feci dare una licenza speciale a mio nome.
– A suo nome? – Oliva ansava. – Per sposarmi?
– Sì; e condussi Homo con me. Sapevo che avrei avuto un margine di tempo estremamente limitato; e pensavo che se Homo avesse compiuto la cerimonia e io avessi messo van Heerden di fronte al fatto compiuto...
Lei balzò in piedi con una risata.
– Ah, ho capito, ho capito! E la cerimonia per burla è stata compiuta... Dove ero io?
– Alla finestra...
– Bellissimo. E lei era fuori, col suo prete con quel nome buffo... Divertentissimo! Quindi non sono affatto sposata e questo è il suo anello.
Lo prese, con un lampo canzonatorio negli occhi e glielo porse, ma Beale scrollò la testa.
– È sposata – mormorò con voce appena percettibile.
– Sposata! Come?
– Homo non era un trucco... Era un vero ecclesiastico. E il matrimonio è stato legale.
Si fissarono senza parole. Da parte della ragazza vi era soltanto della sorpresa; ma Stanford Beale credette di leggere nei suoi occhi orrore, disgusto, costernazione, rancore, e attese le prime parole come un delinquente aspetta la sua sentenza.
– Dunque sono veramente sposata... con lei... – fece Oliva riflettendo.
– So che non mi perdonerà mai. La mia sola scusa è che ho fatto ciò che ho fatto solo perché... volevo salvarla. Avrei potuto entrare con un'arma e sparare su quel pugno di criminali. Avrei potuto far circondare la casa dalla polizia e poi fare irruzione. Ma si sarebbe perduto del tempo. Non potevo agire in modo normale...
Non vide la luce di tenerezza che apparve negli occhi di lei, perché non la guardava.
– Questa è tutta la terribile storia. L'avvocato Kitson le darà i consigli necessari per recuperare al più presto la sua libertà. È stato un orribile equivoco, addirittura tragico perché la vittima era proprio lei, la persona che meno avrei voluto mettere negli impicci.
Oliva aveva posato l'anello. Ora lo riprese e lo osservò con curiosità.
– Curioso, no? – disse.
– Sì... molto.
Gli parve di udire un singhiozzo e alzò gli occhi. Oliva stava ridendo; dapprima silenziosamente, poi, come se il ridicolo della situazione le apparisse sempre più chiaro, la sua risata divenne schietta e cristallina e fu contagiosa.
– È buffissimo – disse finalmente asciugandosi gli occhi. – Povero signor Beale!
– Merito infatti un po' di pietà...
– Non è mica bigamo, per caso?

– Oh no, no.
– Beh, che cosa si fa adesso? A pensarci, la faccenda è abbastanza seria. Io sono dunque la signora Beale... povero Beale e povera signora Beale. Spero – e questa volta la sua serietà era genuina – di non avere sconvolto qualche suo piano; almeno di non averlo sconvolto troppo. Ma... – a un tratto sedette fissandolo – potrebbe esser terribile... e non lo perdonerei mai... Mi dica... Perdoni la mia domanda, ma immagino – ed ebbe un fuggevole sorriso – che essendo sua moglie ho un po' di diritto alla sua confidenza... Vi è qualcuno che lei doveva sposare?
– Non ho commesso né ho intenzione di commettere reato di bigamia – rispose Beale che, a poco a poco, stava tornando padrone di sé. – Lei vuol forse sapere se sono fidanzato... Posso assicurarle di no. Non vi sarà nessun cuore spezzato, da parte mia. Non voglio esaminare lo stato del suo cuore...
– Non faccia lo spiritoso, Beale – replicò Oliva molto seria – la situazione è tutt'altro che allegra e non oso neanche esaminarla.
– Me ne rendo conto – riprese Beale nuovamente ardito – e, come le ho detto, farò tutto il possibile per riparare il mio errore.
– Il signor Kitson sa?
– Sì.
– E che ha detto? Certo, le ha dato un consiglio.
– Mi ha detto... – cominciò Stanford; e si interruppe arrossendo.
La giovane non continuò.
– Via, parliamo da persone ragionevoli – disse con gaiezza. – Bisogna che io domini la mia naturale inclinazione agli svenimenti, e che lei rinunci a un po' del suo orgoglio.
– Non posso ancora dirle che cosa bisogna fare. Non vorrei discutere gli spiacevoli particolari di un divorzio; d'altronde spero che lei mi concederà qualche giorno prima di decidere la nostra linea di condotta. Van Heerden è ancora al largo, e finché lui non è sotto chiave e l'immenso pericolo che minaccia tutto il mondo non è scongiurato, non riesco a riflettere serenamente.
– Kitson mi ha parlato di van Heerden. Mi pare che sia la polizia inglese che deve occuparsene. E inoltre, ho le mie buone ragioni per esser sicura – e rabbrividì – che quell'uomo non ha né scrupoli né paura.
– Non posso riunciare ad occuparmi di van Heerden. La sua cattura è lo scopo a cui tendo.
– Non è... – esitò – non è pericoloso?
– Per me? – rise. – No, non credo. E se anche lo fosse, nel senso più tragico della parola, beh... questo risparmierebbe a lei un mucchio di seccature.
– Dice delle cose orribili.
– Mi perdoni. Volevo un po' di compassione, e l'ho cercata un po' troppo a buon mercato e con mezzi teatrali. No, non credo che vi sia grande pericolo. Ma bisogna mettere al sicuro van Heerden, e ciò è più importante della mia vita.
– Milsom è con lui?
– Mi sembra che quello sia un punto debole nel complotto di van Heerden. Il dottore non credo sia un perfetto caposquadra; e quel poco che ho visto di Milsom mi induce a credere che non sia uomo da seguire ciecamente la guida del dottore. Del resto, è sempre più facile catturare due uomini che uno – aggiunse ridendo. – È un vecchio assioma poliziesco, ed è sempre giusto.
Lei gli porse la mano.
– Una faccenda complicata, no? Parlo della nostra. Non la aggiunga alle altre sue preoccupazioni. Dimentichi la nostra disgraziata... parentela, finché non possiamo sistemare ogni cosa.
Il giovanotto strinse la mano che gli veniva offerta.

– Ora – proseguì Oliva – voglio venir di là a sentire tutto ciò che voialtri, gente intelligente, pensate di fare. Non abbia quell'aria allarmata. Ho parlato tutto il pomeriggio, raccontando la mia triste avventura a un sacco di gente importante, per quanto ricordo. Ministri, commissari di polizia, dottori, eccetera.

– Un momento – fece Beale.

Trasse di tasca un grosso libro.

– Che cos'è? – chiese Oliva ridendo. – Ha pensato alle mie letture?

Il giovanotto tenne il libro in modo che lei potesse vederne il titolo sul dorso.

– *Un amico in angustia*, di S. Beale – lesse stupita. – Non sapevo che scrivesse!

– Sono letterato e anche peggio – rispose disinvolto. – Vedo che qui c'è uno scaffale con dei libri. Le chiedo il permesso di metterlo insieme agli altri.

– Non posso vederlo?

Scosse la testa.

– Devo riconosere, miss Cresswell, che tutto ciò che lei ha detto di van Heerden è esatto. È un uomo molto pericoloso. Può ancora essere pericoloso per lei. La prego di non toccare quel libro a meno che si trovi veramente in angustia. Me lo promette?

Oliva spalancò gli occhi.

– Ma, signor Beale...

– Me lo promette? – ripeté.

– Sì, glielo prometto; ma non capisco.

– Capirà a suo tempo.

Aprì la porta cedendole il passo. Kitson venne loro incontro.

– Nessuna novità? – chiese Stanford.

– Nessuna. Vi è stato uno scambio di note fra gli Alleati e il Governo tedesco. Tutte le comunicazioni con l'Ucraina sono interrotte e nel Bosforo sono stati affondati tre piroscafi, così abilmente che ormai le nostre navi-deposito del mar Nero sono isolate.

– Male – fece Beale.

Andò verso il tavolo. Era coperta di carte, di mappe e di tabelle stampate. McNorton le radunò tutte insieme.

– Ho avuto appunto adesso una telefonata da Scotland Yard – disse. – Carter, il mio aiuto, si dice sicuro che van Heerden non ha lasciato Londra.

– La ragazza ha parlato?

– La Glaum? No, è muta come un pesce.

Si udì bussare alla porta.

– Aprite, uno di voi – disse il sovrintendente – ho chiuso a chiave.

Il più vicino alla porta era il membro del Comitato della Borsa dei Cereali; fu lui che aprì la porta a un cameriere il quale annunciò:

– Vi è un uomo che...

Ma prima che potesse continuare fu spinto da parte e un individuo mal vestito entrò nella stanza e si guardò attorno.

– Mi chiamo Milsom – disse – e sono venuto a fare una denuncia.

29. Il cifrario smarrito

– Sono Milsom – ripeté l'uomo che era ancora sulla soglia.

I suoi abiti erano imbrattati di fango, il colletto sudicio e sgualcito. Aveva una barba di due giorni, ed appariva stanco come un uomo che non ha dormito.

Andò fino alla tavola con passo incerto e si lasciò cadere su una sedia.

– Dov'è van Heerden? – chiese Beale; ma Milsom scosse il capo.

– L'ho lasciato due ore fa, dopo una lunga e inutile conversazione sul patriottismo – disse, e rise brevemente. – Stava per tornare alla sua casa di Southwark.

– Allora è a Londra... a Londra!

– Sì; ma non lo troverete. Vi dico che l'ho lasciato dopo una certa conversazione concernente i miei sentimenti patriottici... Guardate!

Alzò la mano destra che fino ad allora aveva tenuto in tasca e Oliva volse gli occhi inorridita.

– Tutto l'indice e una parte delle falangi delle altre dita – proseguì Milsom filosoficamente. – Era il dito col quale premevo il grilletto... Ma lui ha sparato prima di me. Datemi da bere!

Gli fu portata una bottiglia di vino che si versò in un grosso bicchiere, e lo vuotò in due lunghi sorsi.

– Gli avete precluso le coste – riprese – passate alla censura i telegrammi e i cablogrammi, sorvegliate le strada; ma lui manderà ugualmente il suo messaggio, se...

– Non ha telegrafato? – chiese Beale, febbrile – Milsom, questo significa per lei la libertà... la libertà e tutto ciò che può desiderare nella vita. Ci dica la verità, ci aiuti ad allontanare quest'orrore che van Heerden vuol diffondere sul mondo e non vi sarà ricompensa troppo grande per lei.

Milsom socchiuse gli occhi.

– Non è stata la speranza di una ricompensa o di un perdono che mi ha fatto abbandonare van Heerden – pronunciò lentamente. – Morirete tutti quanti dal ridere, se vi dico la ragione. È stato... è stato il sapere che questo paese sarebbe stato rovinato; che la gente che parla la mia lingua e pensa più o meno come penso io, sarebbe stata schiacciata sotto i piedi della bestia... Sentimentalità da malato! Non mi credete?

– Io le credo.

Era Oliva; e parve che solo in quel momento Milsom si accorgesse di lei, perché spalancò gli occhi fissandola.

– Lei... – disse – proprio lei mi crede?

– Ma che cosa aspetta van Heerden?

L'uomo fece oscillare la grossa testa di qua e di là e il suo riso aspro fece l'effetto di una lima sui nervi esasperati degli uomini che lo ascoltavano.

– È la sua fatale pazzia! Credo che sia una caratteristica nazionale. Lo avete visto più di una volta durante la guerra: un magnifico piano rovinato da qualche eccesso di furberia da parte di un superuomo.

Un'ardente speranza riempì il cuore di Beale.

– Ha commesso qualche errore! La Ruggine non è riuscita?

– La Ruggine è riuscita come lui credeva, e anche meglio. No, non è questo. È nel lavoro di organizzazione che si trova l'intoppo. Loro sanno in parte la storia. Van Heerden ha agenti in tutti i paesi del mondo. Ha speso quasi centomila sterline per perfezionare i suoi piani, e devo ammettere che sono quasi perfetti. I lievi errori come quello di mandare degli uomini nel Sud Africa e in Australia, dove i raccolti si fanno sei mesi dopo che in Europa e in America, si possono perdonare, perché il tedesco pensa per latitudini e il nord e il sud sono i due punti cardinali dei quali si dimentica facilmente. Se quello tedesco fosse stato un popolo navigatore, avrebbe scoperto l'America prima di Cristoforo Colombo, ma non avrebbe mai trovato il Polo Nord, né avrebbe girato il Capo di Buona Speranza nemmeno in un milione di anni.

Fece una pausa e nei suoi occhi stanchi apparve il barlume di un sorriso.

– Tutto il complotto è nelle mani di van Heerden. Alla parola "Via" migliaia di agenti cominceranno la loro opera di distruzione; ma la parola deve venire da lui. Ha centralizzato il suo progetto in modo che se lui morisse improvvisamente senza che la parola fosse stata pronunciata, il lavoro di anni finirebbe in nulla. So che sospetta di tutti, non escluso il suo nuovo Governo. Durante la maggior parte di quest'anno non ho fatto che migliorare e perfezionare la sua organizzazione. Con l'aiuto di una ragazza, sua compatriota, ha ridotto tutto a pochissimi ordini. In ogni paese c'è un agente principale che possiede una copia di un cifrario semplicissimo. Al momento opportuno, van Heerden telegraferà una parola che significa "Cominciate le operazioni" oppure "Abbandonate l'azione per quest'anno e conservate le colture". So il significato delle parole del cifrario perché van Heerden le ha spesso ripetute dinanzi a me.

– E quali sono le parole del cifrario?

– Ecco il punto! Van Heerden è uno di quei tipi che non si fidano mai della loro memoria. Eppure la sua memoria per le cose comuni è sempre stata prodigiosa. Per esempio, lui poteva dire senza errore i nomi e gli indirizzi di tutti i suoi agenti. Ma quando si trattava di dati scientifici, aveva assoluto bisogno di consultare le sue annotazioni e i suoi promemoria. Pareva che fosse assolutamente incapace di ritenere una cosa, una volta che l'aveva affidata alla carta. È un fenomeno che si verifica abbastanza di frequente fra gli uomini di scienza.

– E aveva preso nota del cifrario su una carta? – chiese Kitson.

– Ecco. Dopo l'incendio del laboratorio di Paddington, van Heerden disse che era venuto il momento di agire. Lui sarebbe partito per il Continente, io per il Canada. "Prima che partiate" mi disse "vi darò il cifrario; ma non potrò farlo prima delle dieci".

McNorton, che stava prendendo delle annotazioni stenograficamente, guardò l'ora.

– Tornammo a casa sua e prendemmo il caffè. Erano le cinque di mattina. Lui preparò le sue valigie e notai che guardava attentamente nell'interno di una scatoletta che aveva portato la sera prima da Staines. Si era messo accanto alla finestra e io credetti che consultasse il suo cifrario; mi sorprese solo che dovesse differire le sue informazioni fino alle dieci. Ad ogni modo, potrei giurare che tolse dalla scatoletta qualche cosa che mise in tasca. Dopo poco lasciammo l'appartamento e andammo ad una stazione dove depositammo il bagaglio. Van Heerden mi diede mille sterline, per il caso che fossimo stati separati, e io tornai ad aspettarlo in una casa di un quartiere del mezzogiorno di Londra. Inutile chiedermi la sua ubicazione precisa, perché van Heerden non vi si trova.

Bevve un altro sorso di vino.

– Tornò alle undici – riprese Milsom – e vi assicuro che non ho mai visto un uomo preso dal panico in quel modo. A dirla in poche parole, il cifrario era smarrito.

– Smarrito! – Beale era sbalordito.

Era la farsa nella tragedia; la più grottesca, la più incredibile farsa.

– Smarrito – ripeté Milsom. – Non mi disse molto; ma dalle poche parole sconnesse che pronunciò compresi che non lo riteneva irrimediabilmente perduto; e ho ragione di credere che lui sappia dov'è. È stato dopo ciò che van Heerden ha cominciato a maledire me, il mio paese, la mia razza in decadenza, e simili. È durata così tutto il pomeriggio. Stasera siamo arrivati all'estremo limite. Lui voleva che io lo aiutassi a compiere un furto con scasso: è un genere d'operazione che non è il mio forte.

– Che cosa voleva rubare? – E McNorton dimostrò subito un interessamento professionale.

– Ah, ecco. A questo non ha voluto rispondere. Dovevo mettermi nelle sue mani. Vi sarebbe forse stato da sparare se, com'era probabile, si fosse trovato un custode nel locale. Gli dissi chiaro e tondo che non volevo aiutarlo e così venimmo a una disputa violenta.

Si guardò la mano mutilata.

– L'ho medicata con la jodina. Non è molto bella, ma è antisettica. Il dottore aveva sparato per uccidermi: su questo non vi è dubbio. Un perfetto gentiluomo!

– Dunque è a Londra? – chiese McNorton – Questo semplifica le cose.

– Secondo me, invece le complica – rispose Beale. – Londra è un terreno troppo vasto. Potete dirci per che ora aveva fissato di compiere questo furto?

– Le undici; cioè fra un'ora, circa.

– E non avete idea della località?

– Nella parte orientale della città! Avremmo dovuto trovarci a Aldgate.

– Non capisco – rifletté McNorton. – Vorrebbe dire che il cifrario è nele mani di qualcuno che non vuol consegnarlo? E ora che non ne ha più bisogno per voi, che ragione avrebbe di aspettare?

– Una ragione potentissima. Non gli serviva soltanto per me. Mi ha detto che se non l'avesse riavuto, gli sarebbe stato impossibile comunicare coi suoi uomini.

– Che cosa credete che farà?

– Si farà aiutare da Bridgers. Il dottore sa dove trovarlo.

Mentre lui parlava, un'idea germogliava lentamente nel cervello di Oliva. Chi sa che non le fosse possibile fornire una soluzione al mistero del cifrario scomparso? La sua era forse un'idea completamente errata; ma non bisognava trascurare la minima probabilità. Scivolò silenziosamente fuori dal gruppo e tornò nella sua camera. Per maggiore comodità, Kitson aveva preso per lei un appartamento adiacente al suo, e una cameriera gli era stata fornita da un'agenzia di collocamento. Oliva trovò questa ragazza che preparava la camera per la notte.

– Minnie – le disse gettando un rapido sguardo attorno – dove avete messo gli abiti che mi son tolta quando sono arrivata?

– Eccoli, signorina.

La ragazza aprì l'armadio e Oliva frugò rapidamente.

– Non avete trovato... qualche cosa, un biglietto?

La cameriera sorrise.

– Sì, signorina: in una calza.

Oliva rise.

– Vi dev'esser sembrato strano trovare un biglietto di quel genere nella calza di una signorina.

La ragazza stava frugando nei cassetti del comò.

– Eccolo, signorina.

Teneva in mano un biglietto quadrato e aveva una tale aria di disapprovazione che Oliva si mise quasi a ridere.

– L'ho trovato nella sua calza, signorina – ripeté la ragazza.

– Va bene – fece Oliva, fredda. – Ve lo avevo messo io. Porto sempre nelle calze le mie polizze di pegno.

La cameriera represse una risatina.

– Probabilmente non avete mai visto di queste cose – sorrise Oliva – e non sapevate neanche che cosa fosse.

La cameriera arrossì. Purtroppo le polizze di pegno non le erano ignote; ma vederne una fra le mani di una padrona che rappresentava per lei un posto sicuro con un buon salario, la stupiva immensamente.

Oliva tornò nel suo salottino, incerta sul da farsi. Un senso di sfiducia, il timore di apparire ridicola, la trattenne. Altrimenti, sarebbe corsa nel salone, avrebbe detto ad alta voce la sua idea e lasciato che quegli uomini abili e furbi risolvessero la faccenda. Rientrò dunque con la polizza stretta in mano.

Nessuno si era accorto che fosse uscita e nessuno si accorse del suo ritorno. Seduti intorno al tavolo tempestavano di domande il grosso uomo che era entrato così drammaticamente a prender parte alla riunione e che, con un grosso sigaro in un angolo della bocca, rispondeva prontamente e con franchezza.

Dinanzi a queste persone così intelligenti, la sua idea le parve ancora una volta buffa e ridicola. Strinse ancor di più la polizza in mano e cercò una tasca per nascondervela; ma il suo abito ne era privo.

Allora si voltò e tornò pian piano nella sua camera, sperando che nessuno si accorgesse del suo andirivieni. Chiuse la porta dolcemente e nel voltarsi vide in mezzo alla camera un uomo in abito da sera, con un leggero soprabito sul braccio, il cappello un po' a sghimbescio sul capo: il vero ritratto della calma e della sicurezza.

– Che cosa desiderate? – chiese soffermandosi sulla soglia.

– Non si muova – disse van Heerden per prevenire qualsiasi atto di ribellione e di allarme – e non gridi.

– Che cosa desiderate? – insistette ad alta voce Oliva.

– Non gridi... – ripeté il dottore con fermezza – e abbia la cortesia di consegnarmi la polizza di pegno che ha in mano.

Lei obbedì in silenzio e nel tendergli la carta attraverso al tavolo che era fra loro, alzò gli occhi allo scaffale e guardò un volume nuovo che portava il nome di Stanford Beale.

30. L'orologio

– Grazie – disse van Heerden intascando la polizza – ora non mi serve perché non posso aspettare. Presumo che non abbia rivelato che era in suo possesso.

– Che cosa glielo fa supporre?

– Abbassi la voce! – sibilò minaccioso. – Semplicemente questo: che se Beale lo avesse saputo, la polizza non sarebbe ora nelle mie mani. Se Beale ne conoscesse l'esistenza, temo che il mio piano fallirebbe. Invece, riuscirà. E ora – proseguì con un sorriso – il tempo stringe e bisogna che vi prepariate alla svelta. – Le dava del voi, come a un inferiore. – Vi risparmierò il fastidio di rivolgermi delle domande, dicendovi che vi conduco con me. Non posso fidarmi di lasciarvi. Prendete il vostro soprabito.

Rabbrividendo, lei gli passò davanti e andò nella camera da letto dove lui la seguì.

– Andiamo lontano? – chiese Oliva.

Non vi era alcun tremito nella sua voce, e si sentiva straordinariamente padrona di sé.

– Lo saprete – fu la risposta.

– Non lo domando per banale curiosità, ma per sapere se devo prendere una valigetta.

– Forse sarà meglio.

Oliva portò la valigetta *nécessaire* nel salottino.

– Non ha obiezione se mi porto qualche cosa da leggere? – chiese con aria innocente – Temo che lei non sarà un compagno molto socievole, dottore.

– Brava ragazza – fece van Heerden allegro. – Prendete quello che volete.

Oliva prese un libro dallo scaffale e poco mancò che non si tradisse con un'esclamazione, sentendone il peso.

– Infilate il corridoio e voltate a destra. Badate che rimango vicinissimo a voi. Troverete quasi subito un passaggio che conduce alla scala di servizio. Sono certo che mi crederete se vi dico che al minimo tentativo di fare un segnale o di gridare, vi ucciderò senza esitare.

Lei non rispose. Quella sicurezza e la paura di una morte violenta la resero obbediente. Scesero le scale di pietra, fino a un passaggio basso e oscuro, maleodorante di cucina, da cui passarono nella strada senza che nessuno si accorgesse di loro.

L'automobile di van Heerden attendeva in fondo alla strada, e Oliva credette di riconoscere Bridgers nell'autista.

– Viaggiamo insieme ancora una volta – disse allegramente van Heerden – e la fine di quest'avventura dipende esclusivamente dalla vostra lealtà. Perché aprite la vostra borsetta? – e cercò di discernere nell'oscurità.

– Cerco un fazzoletto... Può anche darsi che mi metta a piangere!

Van Heerden si appoggiò all'angolo con un sospiro di rassegnazione, accettando la spiegazione di lei, il cui sarcasmo gli era sfuggito completamente.

– Credo, signori – disse Milsom – di non aver altro da dirvi. Che cosa farete di me?

– Mi prendo la responsabilità di non eseguire il mandato di cattura – rispose McNorton. – Accompagnerete uno dei miei agenti stasera a casa del dottore e voi rimarrete sotto sorveglianza della polizia.

– Devo ancora darvi un consiglio – riprese Milsom. – Non stimate van Heerden troppo poco. Non avete idea della sua energia.

Lasciò la stanza accompagnato da McNorton.

– Un brutto tipo – fece Kitson – o non ho più il fiuto degli uomini.

– Un avvelenatore! – esclamò uno dei segretari. – Ricordo il suo caso. Uccise un suo nipote e si difese dicendo che era un degenerato, cosa che però era vera.

– Sì – replicò Beale – ma vi era un'altra circostanza. E cioè che lui era il solo erede del considerevole patrimonio del ragazzo.

Guardò l'orologio e si volse a Kitson.

– Suppongo che miss Cresswell ne abbia avuto abbastanza e si sia ritirata – disse.

– Ora vado a vedere. Le ha parlato?

– Le ho dato la triste notizia.

– Le ha detto che l'ha sposata? Dio mio! E che ha detto?

– Non è svenuta; ma non credo che sia di quelle che svengono. Ha un certo senso dell'umorismo e ha rifiutato di prender la cosa sul tragico.

– Male – osservò Kitson scuotendo il capo. – L'umorismo è fuori posto alla Corte dei Divorzi; ed è lì che finirà il vostro romanzetto, mio giovane amico.

– Non ne sono sicuro – replicò Beale; e l'altro lo fissò.

– Lei mi ha fatto una promessa... – cominciò con una certa asprezza nella voce.

– E lei mi ha dato un consiglio – concluse il giovane.

Kiton ringoiò ciò che stava per dire.

– Aspetti – ordinò – vado a vedere se miss Cresswell – e accentuò il nome – è andata a letto.

Passò nel salottino di Oliva e dopo pochi minuti tornò turbatissimo in volto.

– Non c'è – disse a Beale che gli era corso incontro.

– Non è in camera sua?

– Né in camera né nel salottino. Ho chiamato la cameriera... Ah, eccola.

Minnie entrava dalla camera da letto.

– Dov'è la signora?

– Credevo che fosse qui con lei, signor avvocato.

– Che cos'è questo? – Beale si curvò a raccogliere un guanto bianco di capretto. – Non è mica uscita? – Nella sua voce c'era un profondo turbamento.

– Questo non è un guanto da signora – disse la cameriera – è un guanto da uomo.

Era un guanto nuovo. Guardandolo internamente, Beale vide la marca: *Gleber, Rotterdam*.

– È venuto qualcuno? – chiese.

– No, che io sappia. La signora mi ha detto che non aveva più bisogno di me stasera. – La ragazza esitò. Le sembrava di tradire la sua signora, rivelando una cosa così meschina come la ricerca della polizza di pegno.

Beale si accorse di quell'esitazione.

– Dovete dirmi tutto e presto.

– Ecco... la signora è venuta in camera per cercare una cosa che poi ha portato con sé quando è venuta di qua.

– Mi ricordo! – esclamò Kitson. – Mi disse che aveva portato via dalla casa di van Heerden una cosa molto strana, e mi diede da indovinare che cos'era. Qualcuno poi ci interruppe... Che cos'era?

– Le dirò, signor avvocato... – la cameriera ormai era rassegnata. – Non voglio dir bugie. Era una polizza di pegno.

– Una polizza di pegno! – esclamarono i due uomini insieme.

– Ne siete certa? – soggiunse Beale.

– Certissima.

– Ma non poteva aver portato da casa di van Heerden una polizza di pegno... Per che cosa era? Che oggetto era stato impegnato?

La ragazza esitò nuovamente. Le era dispiaciuto tradire la sua padrona. Ma tradire se stessa, confessando che aveva letto attentamente una carta che non le apparteneva... questo era insopportabile.

– Sapete benissimo di che si trattava; non ci fate aspettare – continuò Beale – Che cos'era?

– Un orologio.

– Per quanto era impegnato?

– Per dieci scellini.

– Vi ricordate il nome?

– Un nome straniero... van Horden.

– Van Heerden – corresse Beale. – E presso chi era fatto il pegno?

– Ma non so... – la ragazza fece un ultimo tentativo per salvare la sua reputazione – Ho guardato appena di sfuggita e ho visto soltanto...

– Avete visto tutto – interruppe Beale duramente. – Da chi era stato fatto?

– Rosenbaum Brothers, della Commercial Road – proferì la ragazza stringendo le labbra.

– Che numero?

– Non l'ho visto.

– Si troverà sulla guida dei telefoni – disse Kitson. – Ma che diamine...?

Ma Beale era già tornato nel salotto di Kitson, in tempo per incontrare McNorton che tornava dall'avere affidato Milsom a un suo agente.

– L'ho trovato! – gridò Beale.

– Che cosa?

– Il cifrario.

– Dove? Come?

– Se non mi inganno, il cifrario è contenuto, forse inciso nella calotta, o forse scritto su un pezzetto di carta chiuso nella calotta stessa. Capisce? Van Heerden non si fidava né della sua memoria né dei suoi subordinati. Ha semplicemente scritto il cifrario e lo troveremo su un pezzetto di carta sottile chiuso nella calotta di un orologio che ha impegnato. Un'agenzia di pegno è la più sicura delle casseforti. Se anche la polizia avesse avuto dei sospetti, in una perquisizione una polizza di pegno sarebbe certamente sfuggita all'attenzione.

Kitson lo fissava con sorpresa e indignazione. Quell'uomo aveva perso sua moglie, e l'avvocato aveva ragione di credere che il giovane amasse quella donna come poche donne sono amate. Ma la passione del caso, la soluzione del problema lo assorbivano al punto da far passare il resto in seconda linea.

Eppure, era ingiusto verso Beale, perché il pensiero del nuovo pericolo che Oliva correva dominava tutte le sue rapide deduzioni, tutti i suoi piani, tutte le sue indagini.

– Miss Cresswell trovò la polizza e probabilmente la prese a titolo di curiosità. Di solito, queste carte sono custodite in piccole buste, vero, McNorton?

– Sì.

– Ecco, allora. La signorina lasciò la busta e van Heerden non si è accorto dello smarrimento fino al momento in cui ha avuto bisogno di riscattare l'oggetto per dare il cifrario a Milsom. Si ricorda? La prima cosa che gli disse fu che non poteva darglielo prima delle dieci, poiché probabilmente a quell'ora apre l'agenzia di pegni. Ricorderà ancora che Milsom ha detto che il dottore non riteneva il cifrario perduto definitivamente e che sapeva dove si trovava. Van Heerden aveva pensato, in mancanza della polizza, di penetrare mediante scasso nell'agenzia: ecco l'impresa progettata per stasera.

– Ma avrebbe potuto ottenere un duplicato della polizza – osservò McNorton.

– In che modo?

– Facendone richiesta al magistrato, sotto giuramento.

– Col proprio nome, vero? Impossibile. Sarebbe stato come andarsi a buttare fra le braccia delle guardie... No, la sola possibilità per lui era il furto con scasso.

– E Oliva? – chiese Kitson con impazienza. – Le assicuro, Beale, che non sono abbastanza grande né abbastanza stoico da non preoccuparmi della salvezza di quella ragazza.

Beale lo guardò.

– Non crederà che io me ne dimentichi, vero? – fece a bassa voce. – Non immaginerà che non ci pensi? – Il suo volto era cupo e rigido. – Ma credo, anzi sono sicuro, che Oliva sia al sicuro. E sono certo che Oliva sarà quella, fra noi, che consegnerà van Heerden alla giustizia.

– Che follia! – esclamò Kitson stupito.

– Sono perfettamente sano di mente. Venga qui.

Afferrò per il braccio il vecchio avvocato e lo ricondusse nel salotto della giovane.

– Guardi – disse indicando lo scaffale.

– Ebbene?

– Mezz'ora fa ho dato a Oliva un libro, che ora non c'è più.

– Ma in nome di Dio, come può salvarla, un libro?

Beale non rispose. Ma disse:

– Sì, sì, è salva. So che è salva. E se Oliva è quella donna che io credo, sono anche certo di vedere la fine di van Heerden.

31. Il conticino di un negoziante di granaglie

Le campane della chiesa suonavano le ventitré, quando dinanzi a una bottega che portava l'insegna delle Agenzie di pegni si fermò un'automobile. Beale e McNorton ne scesero.

Era una strada principale, ma a quell'ora quasi deserta. Beale guardò le vetrine. Erano buie. Bussò alla porta d'ingresso; in quel momento i due uomini furono raggiunti da un agente.

– Nessuno dorme qui – spiegò costui quando McNorton si fu fatto riconoscere. – Il vecchio Rosenbaum dirige la ditta, ma abita ad Highgate.

Illuminò la porta con la sua lampadina e provò a spingerla, ma quella non cedette. Un guardiano notturno che era sull'altro marciapiede attraversò la strada e venne a fornire volontariamente delle informazioni. Aveva visto un'altra automobile fermarsi e un signore uscirne. Questi aveva aperto la porta con una chiave ed era entrato. Non aveva l'aria sospetta. "Sembrava un signore ed era vestito da sera". Il guardiano aveva pensato che fosse uno dei soci della ditta. Il signore era rimasto dentro una diecina di minuti; poi era uscito richiudendo la porta e si era allontanato nella macchina un attimo prima dell'arrivo di Beale.

Solo mezz'ora dopo un omino agitato, condotto dalla polizia di Highgate, faceva entrare i due uomini.

Non fu necessaria una lunga ricerca. Appena girato l'interruttore, Beale fece la sua scoperta. Sulla grande scrivania era un mucchietto di monete d'argento e sotto a queste un pezzo di carta. Beale lo prese e lesse:

Per il riscatto di un orologio d'argento, 10 scellini e 6 pence.

Era firmato, con la scrittura caratteristica che Beale conosceva così bene, *van Heerden*.

I due uomini si guardarono.

– Ha una bella freddezza, quell'uomo – osservò McNorton. – Certo il denaro e il biglietto erano belli e pronti, a nostro esclusivo beneficio.

– Al contrario – rispose Beale scrollando il capo e esaminando la carta alla luce della lampada. – L'idea di questa bravata gli è venuta lì per lì, quando è stato in possesso dell'orologio. Guardi questa carta. Si vede che ha preso il primo foglio che gli è venuto in mano, cercandosi in tasca. È scritta con l'inchiostro qui del negozio. Il calamaio è ancora aperto – sollevò la penna – e il pennino è umido.

McNorton prese la carta. Era una fattura di un rivenditore di granaglie a Horsham, quel tipo di fatture che si adoperavano per economia in tempo di guerra, ripiegandole in modo che servissero anche da busta. Era diretta a J.B. Harden (il nome di cui il dottore si era servito quando aveva comprato le cantine di Paddington, spiegò McNorton) ed era stata spedita una settimana prima. In fondo alla fattura, che ammontava a 3 sterline e 10 scellini, era una riga che richiamava l'attenzione sul fatto che *questo conticino era stato probabilmente dimenticato*.

Beale la fece notare a McNorton il quale emise un'esclamazione di sorpresa.

– Curioso, vero? – fece Beale, ripiegando la carta e mettendola in tasca. – Come questi uomini furbi commettano sempre qualche errore che li mette nelle mani della giustizia! Quanti piani ben studiati sono crollati per una di queste sciocchezze, per una bravata o un gesto teatrale che non doveva giovare in alcun modo al delinquente!

– Infatti – riflettè McNorton – è dalle parti di Horsham che dobbiamo cercare. Credo che se riesco a tirar fuori dal letto uno dei signori Billingham, negozianti di granaglie, fra un paio d'ore avremo fatto un buon lavoro.

Uscirono e interrogarono nuovamente l'agente. Lui ricordava che l'automobile aveva girato ed era tornata dalla parte da cui era venuta. Probabilmente aveva preso una delle strade laterali e perciò non l'avevano incontrata.

– Prima di tutto – disse Beale – devo andare all'ufficio del *Megaphone*. Ho degli amici in quel giornale e voglio sapere come vanno i prezzi. I telegrammi da New York dovrebbero arrivare adesso.

Il suo cuore era stretto da un doloroso terrore che non osava esprimere. Che cosa avrebbe portato l'indomani? Se la cupidigia e l'odio di quell'uomo riuscivano a mettere in esecuzione l'orribile piano, che cosa sarebbe diventato il mondo? Attraverso i finestrini Beale vedeva gli agenti che sostavano tranquilli agli angoli delle strade, le altre automobili brillantemente illuminate con dentro uomini e donne che rincasavano ridendo allegramente, ignari del mostruoso pericolo che minacciava le loro vite.

Passò dinanzi a grandi edifici commerciali che forse fra un mese non avrebbero nascosto che tremende rovine. Per lui era una notte di spaventosa tragedia, e per la seconda volta nella sua vita stava per accasciarsi, al pensiero del pericolo di Oliva. Ma esaminando le sue impressioni, gli parve che in questa occasione lei fosse meno una vittima e più una compagna di lavoro, e trovò uno strano conforto nel pensiero di questa associazione.

L'edificio del *Megaphone* era illuminato e in pieno fervore di lavoro. Il direttore aveva in mano un fascio di cartelle.

– Ecco le notizie dei mercati – brontolò – non sono molto incoraggianti.

Beale le lesse ed emise un fischio: il direttore lo fissò con uno sguardo acuto.

– Che gliene pare? – chiese al *detective*. – Il grano va già a uno scellino la libbra. Dio sa che cosa succederà domani.

– Altre notizie? – chiese Beale.

– Abbiamo chiesto alla Germania di spiegare perché ha proibito l'esportazione del grano e di darci ragione dei suoi depositi e dei passi che ha fatto nei due ultimi mesi per accumulare delle riserve.

– Un ultimatum?
– Non precisamente. Ma intanto il Governo ha mobilitato la flotta e la Francia ha mobilitato parzialmente l'esercito. La questione è questa: la guerra risolverà la situazione?
– La battaglia non sarà combattuta nelle trincee – fece Beale scuotendo la testa – né sui mari; la lotta sarà qui a Londra e in tutte le vostre città: Manchester, Coventry, Cardiff, Birmingham, a New York e nelle centinaia di città costiere sull'Atlantico e sul Pacifico; e se il piano della Germania viene posto in esecuzione, noi saremo battuti prima di avere sparato un solo colpo.
– Ma che significa? Perché tutti comprano il grano in modo così frenetico? Non vi è carestia, che io sappia... I raccolti degli Stati Uniti e del Canada si annunciano buoni.
– Non vi saranno raccolti – annunciò Beale solennemente; e il giornalista lo fissò stupito.

32. Aiutati, che Dio t'aiuta

Il dottor van Heerden si aspettava molte cose, ed era preparato alle più strane evenienze, ma non a trovare in Oliva Cresswell una compiacente compagna di viaggio. Quando si porta via una ragazza, contro la sua volontà, da un appartamento in uno dei migliori alberghi di Londra, minacciandola di morte, e la si ficca in un'automobile, e quando per di più è stata fatta a costei, una settimana prima, un'offesa non minore di questa, c'è da aspettarsi lacrime, suppliche, scongiuri o, nella migliore delle ipotesi, un contegno gelido e sdegnoso.
Con sua grande sorpresa, Oliva era invece allegra, ciarliera, divertente. Lui aveva lasciato Bridgers di guardia allo sportello dell'automobile mentre compiva la sua impresa negli uffici dei fratelli Rosenbaum, e al suo ritorno, trionfante per il successo, aveva scoperto che la ragazza, la quale avrebbe dovuto essere triste e taciturna, era invece di ottimo umore.
– Credevo – aveva cominciato Oliva – che i rapimenti in automobile fossero un'invenzione degli scrittori di romanzi sensazionali, ma invece mi pare che lei, van Heerden, ne faccia un certo uso. Però, non è molto originale. Gliel'ho già detto un'altra volta.
Lui sorrise nell'oscurità, mentre la macchina procedeva velocemente per le strade deserte.
– Devo chiedere scusa della mia mancanza di genialità – disse – ma vi prometto che questa piccola avventura non terminerà come l'altra.
– Lo credo – rise la giovane. – Finché Beale è vivo, non posso sposarmi più di una volta.
– Dimenticavo che siete sposata. – E dopo una pausa: – Immagino che abbiate l'intezione di divorziare.
– Perché? – chiese Oliva con aria ingenua.
– Credo che non amiate quell'individuo.
– Appassionatamente – rispose con calma. – È il mio ideale.
Questa risposta gli tolse il respiro e lo ridusse al silenzio.
– Come andrà a finire quest'avventura? – riprese Oliva. – Con una gitarella in un'isola deserta? O mi porta in Germania?
– Come sapete che voglio andare in Germania? – chiese lui aspramente.
– Oh, lo diceva Beale – rispose con indifferenza – e diceva anche che in qualche punto della costa vi avrebbe acciuffato.
– Ah sì? – replicò l'altro calmo. – Lo priverò di questo piacere. Non ho intenzione di portarvi in Germania. Veramente, non ho intenzione di tenervi con me più del necessario.

– Della qual cosa le sono gratissima – e sorrise. – Ma a che scopo trattenermi, anche per breve tempo?

– È una domanda stupida, poiché sono sicuro che capite benissimo la necessità che vi tenga accanto a me finché non ho finito la mia opera. Vi dissi tempo fa che avevo un grande progetto. È verissimo che sono tedesco, dirò per di più che sono un fervente patriota. Per me, anche in questi giorni della sua miseria, il Kaiser è ancora poco meno di un dio. – La sua voce tremò per un attimo. – Il vostro paese ha rovinato il mio. Ci avete prosciugati completamente. Dicendo che odio l'Inghilterra e l'America (perché voi anglosassoni siete tutti di una razza) esprimo i miei sentimenti con termini troppo miti.

– Ma qual è il famoso progetto?

– Ve lo dirò brevemente, miss Cresswell, perché sappiate che stanotte state accompagnando la storia e partecipate alla politica mondiale. L'America e l'Inghilterra stanno per pagare. Compreranno il grano del mio paese, al prezzo che il mio paese vorrà fissare. Sarà un prezzo – e non tentò di nascondere la sua gioia – che rovinerà il popolo anglosassone in modo più concreto di quanto esso non abbia rovinato la Germania.

– Ma come?

– Compreranno il grano che è immagazzinato in Germania, a prezzi folli.

– Che sciocchezza! – esclamò Oliva beffarda. – Non mi intendo molto di raccolti e di agricoltura, ma so che la maggior parte del grano del mondo viene dall'America e dalla Russia.

A questo punto, la calma lo abbandonò. La storia della Ruggine Verde uscì dalle sue labbra in un fiume di parole mezzo inglesi e mezzo tedesche. Sembrava quasi impazzito; e la sua gesticolazione costrinse Oliva a rannicchiarsi nel suo angolo. Vedeva la sua *silhouette* contro il finestrino, udiva la sua voce ruggire e gridare con parole sconnesse il suo immane complotto; e cercava di ricostruire il meglio che poteva il racconto. Allora si ricordò il suo lavoro nell'ufficio di Beale, l'accurata statistica delle fattorie americane, i nomi degli sceriffi, gli alberghi dove era possibile procurarsi mezzi di trasporto.

Dunque era questo! Beale aveva scoperto la macchinazione e si era mosso per sventare quel piano diabolico. Ricordò l'uomo che era entrato nella sua camera per errore, invece che in quella di van Heerden, e la fialetta di segatura verde e lo sguardo di orrore di Beale nell'esaminarla. E a un tratto le scappò detto:

– Dio sia ringraziato! – con tale veemenza che il fiume di parole dell'altro fu interrotto.

– Cosa... cosa volete dire? – chiese lui sospettoso. – Di che cosa ringraziate Dio?

– Oh, di nulla. – Era agitatissima. – Mi dica ancora. È una storia meravigliosa. Ed è tutto vero?

– Vero? – Rise rauco. – Vedrete se è vero! Vedrete tutto il mondo ai piedi della scienza germanica. Domani il mondo andrà in rovina. Guardate!

Fece scattare la lampadina che illuminò l'interno della vettura e tese la mano. Sul palmo di essa era un orologio d'argento.

– Vi ho detto che esisteva un cifrario. – Oliva ricordava vagamente queste parole, ma era stata così occupata dei propri pensieri che non le aveva afferrate. – Il cifrario era in questo orologio. Guardate!

Premette un bottone e la calotta si aprì. Aderente al fondo c'era un pezzo di carta, coperto di una minuta scrittura.

– Quando avete trovato quella polizza, avevate il cifrario in mano – riprese contento. – Se voi e i vostri amici aveste compreso che cosa significava il riscatto di quest'orologio, io non potrei mandare il messaggio della liberazione della Germania. Vedete com'è semplice?

Puntò un dito, tenendo l'orologio sollevato in modo che la luce della lampadina che era in mezzo al tetto dell'automobile lo colpisse in pieno e lasciasse scorgere chiaramente le parole.

– Questa parola vuol dire "Procedete". Andrà a tutti i miei agenti principali, i quali la trasmetteranno telegraficamente a centinaia di centri minori. Martedì mattina grandi estensioni di terreno su cui oggi il frumento d'oro ondeggia fieramente, saranno color cenere ed esaleranno puzzo di putrefazione. Sabato mattina il mondo contemplerà la sua sublime catastrofe.

– Ma perché ha tre formule? – chiese la ragazza con voce rauca.

– Noi tedeschi prevediamo tutte le eventualità; non lasciamo nulla al destino. Non siamo dei giocatori; lavoriamo con precisione scientifica. La seconda formula è per dire ai miei agenti di sospendere le operazioni finché non hanno mie notizie. La terza significa "Abbandonate l'azione per quest'anno". Dobbiamo tener conto dei mercati. Può darsi che sia preferibile aspettare una migliore opportunità; l'immensità della concezione richiede che dal nostro lavoro si ottenga il massimo risultato.

Richiuse la calotta dell'orologio e lo rimise in tasca; spense la luce e si appoggiò alla spalliera traendo un sospiro di soddisfazione.

Dopo una pausa, Oliva parlò.

– Mi sembra che questo piano sia orrendo – disse lentamente – ma è grandioso.

Il dottore era evidentemente sensibile all'adulazione, perché sorrise.

– È il più grandioso che la scienza abbia mai conosciuto. È il delitto – credo che lo chiameranno così – più colossale che sia mai stato commesso.

– Ma come farà per trasmettere la parola del cifrario? I telegrafi sono in mano del Governo e credo che la trasmissione sarebbe difficile anche con una stazione radio segreta.

– Stazione radio? Bah! – e rise con scherno. – Non ho mai pensato di mandare dei telegrammi, con o senza fili. Ho un mezzo molto più sicuro; vedrete.

– E come farà per fuggire?

– Lascerò l'Inghilterra domani, dopo il levar del sole – rispose con sicurezza. – Un aeroplano che batte bandiera inglese (infatti, siamo in Inghilterra) si leverà in volo dalla mia proprietà del Sussex, e io col mio buon Bridgers sorvolerò la costa senza alcun fastidio.

Guardò attraverso il finestrino.

– Mi pare che siamo a Horsham – disse mentre attraversavano una piazza. – quel piccolo edificio è la stazione. A momenti vedrete le luci. La mia proprietà è a cinque miglia, sulla strada di Shoreham.

Era di ottimo umore mentre attraversavano la vecchia città e salivano la collina che conduce a Shoreham. E si mostrò di una cortesia senza pari quando la macchina, lasciando la strada provinciale, percorse sbuffando un viottolo e si fermò dinanzi alla porta di un vasto edificio.

– Questa è la vostra ultima scappata, miss Cresswell o signora Beale; credo sia questo il vostro nome – disse allegramente mentre la spingeva in una stanza nella quale era stata preparata la cena per due. – Fra due ore sorgerà l'alba – soggiunse senza interruzione – dovete bere un po' di vino.

Lei rifiutò con un cenno e lui rise come se il sospetto implicito che era nel rifiuto fosse uno scherzo straordinariamente spiritoso.

– *Nein, nein*, mia piccola amica; non vi propinerò nessun medicinale. Non faccio più il medico.

Oliva si aspettava di vedere qualcuno nella fattoria, ma apparentemente erano soli. Il dottore aveva aperto la porta con una chiave e nessun domestico era apparso. Seppe dopo che tutta la servitù era costituita da due vecchi, marito e moglie, i quali abitavano in una capanna e venivano solo di giorno per dare aria alla casa e preparare una cena fredda quando il padrone doveva venire.

Bridgers non si fece vedere. Evidentemente rimaneva in automobile. Verso le tre del mattino, quando le prime luci dell'alba cominciarono a schiarire il cielo, il dottore si alzò per andare in cerca del suo aiutante. Fino allora, non aveva smesso un momento di parlare di sé, del suo grandissimo piano, dei suoi progetti, delle sue prime lotte, delle difficoltà per persuadere i membri del suo Governo ad aiutarlo. Quando si diresse alla porta, lei lo fermò con questa frase:

– Tutto questo mi interessa immensamente; ma lei non mi ha ancora detto come intende inviare il suo messaggio.

– Semplicissimo – e le fece un cenno.

Uscirono all'aperto, nell'aurora grigia, girarono intorno alla casa e giunsero in un cortile circondato da tre lati da basse costruzioni. Van Heerden aprì una porta, che ne lasciò vedere un'altra coperta da una rete di fil di ferro.

– Guardate! – disse.

– Colombi! – esclamò Oliva.

Nell'interno della baracca era un fruscìo di ali bianche e grigie.

– Colombi – ripeté van Heerden – e ognuno di loro conosce la strada per tornare in Germania. È stato un gran lavoro, metterli insieme. Sono inglesi – soggiunse con una risata. – Bisogna convenire che in fatto di piccioni, gli inglesi sono superiori ai tedeschi; e voialtri ne avete fatto molto maggior uso durante la guerra.

– Ma se il piccione è ucciso da una fucilata o cade per via?

– Ne mando cinquanta – replicò van Heerden con calma – tutti con lo stesso messaggio; qualcheduno arriverà a destinazione!

Tornati nella stanza da pranzo, lui sgombrò la tavola dai resti della cena e uscì per pochi minuti, tornando con un pacchetto di carta. Dalla delicatezza con cui lui staccava i fogli uno dall'altro, Oliva vide che si trattava di carta sottilissima. Collocò un pezzetto di carta carbone fra un foglio e l'altro e cominciò a scrivere premendo con la matita. Su ogni foglietto era una sola parola. Quando furono scritte, staccò i fogli, li mise da parte servendosi dell'orologio come pressacarte e prese un altro pacchetto.

Lei lo contemplava affascinata, finché comprese che aveva ultimato il suo compito. Allora Oliva aprì la valigetta che aveva posato accanto a sé, e ne trasse un libro. Fu l'istinto che costrinse van Heerden ad alzare gli occhi su di lei.

– Che cosa avete preso? – chiese con diffidenza.

– Un libro – rispose come distratta.

– Per farne cosa? Non credo che abbiate voglia o tempo di leggere. – Si curvò in avanti, glielo tolse di mano e guardò il titolo sul dorso.

– *Un amico in angustia* – lesse – di *Stanford Beale*. Stanford Beale – ripeté con un brivido. – Non sapevo che vostro marito scrivesse.

Nessuna risposta. Van Heerden aprì la copertina e lesse il frontespizio.

– Ma è *Aiutati che Dio t'aiuta* di Samuele Smiles.

– Appunto – rispose Oliva.

Lui voltò ancora due o tre pagine; quindi si fermò perché era arrivato a un punto in cui la parte centrale del libro era stata tagliata via. Le pagine erano state incollate insieme per nascondere che quello che sembrava un libro era in realtà una scatoletta.

– Che c'era qui dentro? – e balzò in piedi.

– Questo... Non si muova dottor van Heerden!

La manina che teneva la pistola Browning era ferma.

– Non credo che manderà via i piccioni stamattina, dottore – continuò la giovane. – Rimanga lontano dal tavolo. – Si curvò in avanti, prese il piccolo fascio di foglietti e l'orologio. – Sparerò senza pietà – riprese fermamente – se lei rifiuterà di fare ciò che le dico; perché se io non uccidessi lei, lei ucciderebbe me.

Il volto del dottore era divenuto in pochi secondi grigio e vecchio. Le sue bianche mani tremavano. Cercò di parlare ma non riuscì ad emettere che un mormorio rauco. Poi il suo viso prese un'espressione indifferente. Fissò la pistola; quindi levò lentamente le mani verso di essa.

– Indietro! – esclamò Oliva.

Lui le balzò addosso; la giovane premette il grilletto, ma non si udì nessuna detonazione. Dopo un istante, si dibatteva fra le braccia di van Heerden. L'uomo era frenetico di paura e di sollievo e bestemmiava nello stesso tempo. Le strappò di mano la pistola e la gettò sul tavolo.

– Stupida! Stupida! – gridò – Non avete abbassato la sicura!

Oliva avrebbe pianto di rabbia e di mortificazione. Beale aveva messo all'arma lo scatto di sicurezza, non pensando che la ragazza non se ne intendeva; van Heerden aveva visto in un lampo il suo vantaggio.

– Ora soffrirete! – gridò e la gettò su una sedia. – Vi garantisco io che soffrirete! Vi darò una di quelle lezioni...!

Tremava in tutto il corpo. Andò alla porta e gridò:

– Bridgers!

Si udirono dei passi nell'ingresso.

– Vieni, mio caro; ti faccio un bel regalo. È...

– Come va, van Heerden? Calmo o adirato?

Sulla soglia vi erano due uomini, uno dei quali era Beale.

– È inutile che chiamate Bridgers, perché è già al sicuro – disse McNorton. – Ho un mandato d'arresto contro di voi, van Heerden.

Il dottore si voltò con un ululato di rabbia, balzò sulla pistola che era rimasta sulla tavola e abbassò la molla di sicurezza.

Beale e McNorton spararono contemporaneamente, sicché parve che fosse un colpo solo, e van Heerden cadde in avanti, attraverso il tavolo.

Era il venerdì mattina e Beale, avendo attraversato l'atrio del Ritz-Carlton, rinunciò all'ascensore e salì i gradini a due per volta. Irruppe nella stanza nella quale Kitson e Oliva stavano accanto alla finestra.

– I prezzi dei grani stanno scendendo – disse. – Il messaggio ha funzionato a dovere.

– Dio sia ringraziato! – disse Kitson. – Dunque il messaggio che diceva agli emissari di van Heerden di interrompere le operazioni è giunto a destinazione!

– Alle diverse destinazioni – corresse Beale allegramente. – Ho mandato via trenta colombi con la parola magica. Gli agenti sono stati arrestati – proseguì. – In ogni ufficio telegrafico vi era qualche agente di polizia, sicché i subagenti che hanno ricevuto il messaggio telegrafico se lo son visto recapitare da strani fattorini.

– Che cosa farà adesso? – chiese Oliva. – Deve sentirsi molto disoccupato, ora che questa faccenda è finita.

– Ve ne sono delle altre – rispose Beale.

– Quando torna in America?

Lui eluse la domanda; ma Oliva la ripeté.

– Ho da sbrigare molte cose a Londra prima di partire.

– Per esempio?

Beale si grattò la testa perplesso.

– Per dir la verità – disse poi – non so precisamente da dove cominciare. Non sono mai stato dinanzi alla Corte dei Divorzi.

– Alla Corte dei Divorzi? Per fare qualche deposizioine? Infatti, ho letto qualche volta nei giornali che alcuni *detective* fanno di queste cose. Non mi piace molto, ma lei è così bravo... Oh, a proposito: non mi ha ancora detto come ha fatto a rintracciarmi.

– È stato facilissimo – rispose Beale, felice di cambiare argomento. – Van Heerden, per uno di quegli strani errori di distrazione che tutti i delinquenti commettono, lasciò nell'agenzia di pegni un messaggio scritto sul dorso di una fattura per una fornitura di cibo per i colombi, inviatagli da un negoziante di Norsham. Ero sicuro che non avrebbe mandato il suo messaggio per via ordinaria e avevo sempre sospettato che avesse dei piccioni viaggiatori già pronti. La fattura mi diede l'informazione di cui avevo bisogno. Ci occorse un po' di tempo per trovare il negoziante; ma una volta trovato, lui ci indirizzò senz'altro alla proprietà di van Heerden. Conducemmo con noi due agenti sul luogo e arrestammo Bridgers nella rimessa dell'automobile.

Lei ebbe un brivido.

– Una cosa orrenda, vero?

– Sì orribile; ma avrebbe potuto esser peggio.

– Ma è straordinario passare da un delitto di questo genere a un banale processo di divorzio.

– Non è un processo banale; è una storia piuttosto curiosa.

– Me la racconti. – Gli fece posto nel vano della finestra e lui sedette accanto a lei. Kitson era uscito dalla stanza.

– È la storia di un errore e di un imbroglio – cominciò. – Il querelante, un bravo ragazzo, non brutto, era un giovanotto che faceva la stessa professione che faccio io, ed era stato assunto per proteggere una giovane e bella ragazza.

– Immagino che si debba dire che era giovane e bella, altrimenti la storia non sarebbe interessante.

– Non è necessario mentire in questo caso; la persona è certamente giovane e di una bellezza fuori discussione. Ha degli occhi magnifici...

– Avanti – lo interruppe lei in fretta.

– Il *detective* – riprese Beale – che chiameremo in seguito il richiedente, allo scopo di proteggere la ragazza dalle macchinazioni di un cacciatore di dote, contrasse con lei quello che credeva un matrimonio fraudolento, pensando così di liberarla dal mascalzone che la perseguitava.

– Ma perché la ragazza lo sposò, sia pure fraudolentemente?

– Perché il mascalzone le aveva dato una medicina per cui lei non sapeva ciò che faceva. Dopo il matrimonio, il giovane è venuto a sapere che il matrimonio era perfettamente valido e che lui aveva legato la donna a sé per tutta la vita. Essendo un perfetto galantuomo, figlio di poveri ma onesti genitori americani, si affretta a cercare il modo di liberarla.

– E di liberare se stesso – mormorò Oliva.

– Non bisogna sentire nessuna compassione per quel ragazzaccio – riprese Beale fermamente. – Si è comportato malissimo.

– Come?

– Era già innamorato di lei; e questo rende molto più grave l'offesa. Ma se lei diventa rossa, non posso continuare a raccontare, perché mi sento imbarazzato.

– Non sono affatto diventata rossa – negò Oliva, indignata. – Allora che cosa farà il giovane marito involontario?

Beale alzò le spalle.

– Cercherà di ottenere il divorzio.

– Ma perché? Che cosa gli ha fatto la ragazza?

Beale la fissò stupito.

– Che cosa vuol dire? – balbettò.

– Ma sì... – Oliva scosse lievemente le spalle e sorrise. – Mi pare che lui non c'entri. In caso, è la donna che deve chiedere il divorzio, non lui... Si sente poco bene?

– No – rispose Stanford con voce rauca.

– Non è d'accordo con me?

– Sono d'accordo con lei. Ma se il suo tutore fa i passi necessari?

– Il tutore non può far nulla se la donna non lo autorizza. Ma lei non ha mai pensato che anche la migliore delle medicine può cessare il suo effetto al momento buono e che forse la ragazza non era così ignara di quel che accadeva come tutti hanno creduto? Senza dubbio – soggiunse in fretta – non si rese conto che la cosa fosse realmente accaduta finché non le fu detto che la cerimonia non era quella che lei aveva creduto un bel sogno... Quando dico bello, intendo dire che non era spiacevole...

– E allora, che debbo fare? – chiese Beale smarrito.

– Aspettare che io chieda il divorzio contro di te – rispose Oliva, e voltò la testa in fretta, sicché Beale poté soltanto sfiorarle un orecchio con un bacio.

FINE